Ernesto !

Maquette et composition des ateliers du Poutan

photographie de couverture de
Laurence Fischer

Imprimé en Pologne par Bookpress.eu

ISBN : 978-2-37553-132-7

Jean Chaléard

Ernesto !

roman

Éditions du Poutan

Prologue

Mohamed Harbidi gare sa Mazda devant l'UC1.

UC, c'est ainsi que l'on nomme ces sinistres blocs de béton coincés entre périphérique et A43, sur la ville de Bron, la banlieue Est de Lyon. Des constructions HLM de la fin des années cinquante. Pas si mal à l'époque, mais qui ont tellement vieilli... Celle-là est sans doute la plus pourrie, les façades sales et délabrées annoncent la tristesse de l'intérieur : vétusté, crasse, ascenseurs HS, marches cassées, boîtes à lettres éventrées, graffitis, urine dans tous les coins...

Mohamed retire les clés du contacteur sans prendre la peine de verrouiller le neiman ni de fermer la capote, il est connu ici, nul ne songerait à s'en prendre à sa caisse. Il doit rencontrer l'émir... Nerveux, pressé, il traverse le hall sans accorder un regard aux cinq ou six jeunes qui traînent là. Ils se sont d'ailleurs respectueusement écartés. Comme s'écarte également une femme sans âge, grande, mince, voilée de la tête aux pieds, regard baissé. Il grimpe ainsi jusqu'au troisième étage, enjambant les flaques douteuses, insensible à l'odeur, ignorant les graffitis. Sur le palier, seconde porte à droite. Il frappe.

– C'est quoi ?

– C'est moi, Mohamed.

La porte s'entrouvre, il entre. L'appartement plutôt clair, impeccablement propre, contraste avec la cage d'escalier et les abords du bâtiment. Celui qui l'accueille, c'est Karim. Il le connaît bien.

– Ta mère est pas là ?

– Non, je l'ai envoyée chez la cousine. On est tranquille. Viens.

Il guide Mohamed vers le salon. Trois hommes sont assis sur des coussins, autour d'un grand plateau de cuivre posé sur une table très basse. Ils boivent du thé en silence. Aucun ne se lève, ils saluent juste d'un mouvement de tête.

– Tu connais déjà Boualem et Mehdi.

Sûr qu'il les connaît. Surtout le premier qui l'a pris sous son aile, en prison, voici deux ans. Pour le tirer de sa vie de pêcheur, disait-il. Pour qui l'a connu avant, le changement est spectaculaire : mosquée tous les jours, prières, plus d'alcool, plus de cigarette, plus de discothèque, plus de musique du tout. Sans oublier une barbe noire en broussaille.

– Lui, c'est notre émir : Abdul Ibrahim Al Faransi[1]. Il est arrivé hier, du Califat.

Il désigne l'homme d'une trentaine d'années qui le fixe. Yeux verts, regard glacé, cheveux roux coupés courts, pas de barbe. Devant la stupéfaction de Mohamed, Karim croit bon d'expliquer :

– La taqiya[2], tu connais ? Tu crois qu'il aurait passé les frontières avec une barbe de djihadiste ?

– Heu... Oui, bien sûr...

– Il boit même de l'alcool, pour donner le change, quand il est avec des kouffars[3].

L'émir se lève, regard halluciné, moue méprisante. Il crache sur le sol.

– Qu'ils brûlent en enfer !

---

1 Le Français

2 L'art de la dissimulation à ses ennemis, prôné par le Coran (d'après les djihadistes).

3 Mécréants.

Tous imitent le chef, crachant et envoyant les mécréants aux flammes de Satan. Mais l'émir n'est pas là pour parler théologie.

– Nous allons, Inch Allah, en expédier le plus grand nombre d'ici peu. Mehdi, tu es prêt pour piloter le Cessna ?

– Pas de problème, j'ai fait plusieurs décollages. L'instructeur dit que je suis bon. En plus je passe des heures sur le simulateur.

– Bien. Mohamed, Boualem, vous, vous récupérez la dynamite. Vous savez où et comment ?

Mohamed veut faire pardonner son hésitation, il se précipite pour prendre la parole :

– Sûr, j'ai contacté nos frères d'Espagne, qu'Allah lui permette de revenir au Califat ! Ils ont 400 kilos volés dans une carrière. Il y a plus de deux ans, les keufs ont oublié.

– Et pour la frontière ?

– Ça je sais faire.

Tous connaissent son passé de trafiquant de hasch entre l'Andalousie et Lyon.

– Bien, tout est en ordre. La foudre d'Allah s'abattra sur les kouffards dans un mois. On verra le jour exact suivant la météo, il faut un bon vent d'est. Si le Toutpuissant le veut, ces chiens compteront leurs morts par milliers !

Une joie féroce illumine les quatre visages levés vers le plafond. Les bras se dressent :

– Allahu akbar ! Allahu akbar !

Première partie

Chapitre I

Jour 1, mardi

Sept heures quinze. Dumesnil stoppe le réveil d'une main ensommeillée. Il a horreur de ces sonneries stressantes. En général, il ne s'en sert pas mais, hier au soir, dans un moment de lucidité, il l'a programmée. Il doit être au bureau à neuf heures et comme il a bien picolé... Une fois de plus, dirait Françoise !

Françoise Rondin, son amie, une compagne épisodique en fait. Ils se voient de temps en temps, depuis cinq ans que dure leur liaison. Justement, dimanche soir, ils se sont engueulés. Déjà, quand elle est arrivée, elle semblait fatiguée, tendue. Il n'a pas eu le temps de demander pourquoi. Ni pourquoi elle n'était pas venue plus tôt, aucune nouvelle du week-end.

Elle a lancé avec un air soucieux, contrarié : « *Il faut que je te parle...* »

Il a supposé que c'était au sujet de leur relation. Une perspective qui ne le séduisait guère, lui aussi était crevé, il avait passé son dimanche sur des taches bureaucratiques en retard. Peu désireux d'entendre ce qu'il supposait qu'elle allait dire, il s'est servi un whisky bien tassé : format Dumesnil. Ça a déclenché la dispute.

– Encore un ? T'avais déjà bu avant que j'arrive !

Ça aurait encore pu s'arranger, s'il ne s'était pas énervé à son tour :

– Lâche-moi avec ça !

Du coup, elle l'a planté là, claquant rageusement la porte. Toujours la même histoire : elle lui reproche son alcoolisme. Qu'il conteste naturellement. Certes, il boit un peu trop, mais...

Alors, Françoise partie, il s'est vengé :

– Ah ben, si je picole de trop, picolons!

La bouteille de whisky n'y a pas survécu, pas plus celle du lendemain. Forcément, ce matin, il n'est pas au mieux. Qu'importe, il repousse les draps d'un geste rageur, saute sur pied et enfile sa tenue de jogging. Question d'honneur. Il court quatre fois par semaine, aujourd'hui c'est prévu et pas question de déroger sous prétexte d'une vague gueule de bois.

Il prendra sa douche au retour, mais il lui faut son bol de café. Tout était prêt de la veille, juste à appuyer sur le bouton. Pendant que le breuvage magique se prépare, il tourne en rond dans sa cuisine, songeur.

« *Faut que j'appelle Françoise. Bon sang, on va pas se quitter comme ça...* »

Les mots reviennent :

– *On arrête cette liaison pourrie... Marre de coucher avec un gros abruti alcoolo...*

Des mots qui font mal!

– *Bah, j'la connais, elle dit ça mais...*

Pourtant Dumesnil sait bien que cette fois ce n'est pas pareil. Hier, lundi, il a tenté de la joindre : elle a accepté un rendez-vous, dans un bistro Place Jean Macé, elle avait affaire dans le secteur. À nouveau, ça c'est mal passé. Elle lui est apparue tendue, stressée, agressive... Ils se sont quittés après deux minutes, toujours fâchés.

Après l'affaire de la bourse de Paris[1], il a été muté sur Lyon. Une promotion officiellement, nommé

---

1 Voir « Objectif chaos »

commissaire de police du quatrième arrondissement[2]. Françoise l'a suivi, obtenant une affectation au SRPJ. Ils étaient alors bien décidés à oublier les heures sombres de la traque parisienne d'un tueur mystérieux et du chaos économique évité de justesse. Grâce à lui d'ailleurs, qui a réussi à convaincre Jérôme, le génial hacker, de stopper le processus. Françoise voulait croire à un nouveau départ. D'ailleurs, ils ont acheté ensemble la petite maison de Civrieux-d'Azergues, même si elle a gardé le studio qu'elle loue depuis sa mutation, rue Marius Berliet, tout près du SRPJ[3]. À l'origine elle devait le laisser et s'installer avec Dumesnil. Mais leur couple connaît toujours des hauts et des bas.

De plus en plus de bas, hier Françoise parlait sérieusement, elle veut arrêter. Il doit lui téléphoner, s'excuser, lui dire qu'elle a raison, qu'il va se calmer sur la bibine...

L'odeur du café le tire de ses introspections. Rien de meilleur que ce parfum d'Arabica. Il se sert un grand bol brûlant qu'il prend le temps de déguster. Sept heures trente. Une petite heure de jogging, il a juste le temps. En face de lui dans la cuisine, pour une fois bien rangée, un miroir lui renvoie la silhouette d'un sportif vieillissant : cheveux blancs, pas trop de rides mais des poches sous les yeux, quelques kilos de trop bien supportés par une musculature solide.

Bon, il y va. L'air de ce matin d'été est encore frais. Il aime ça. Il range ses clés dans la petite poche spéciale de son short.

Première foulée, le téléphone. Sonnerie stridente à l'ancienne : c'est le fixe. Qui peut appeler aussi tôt ? Il s'arrête, hésite un instant.

---

2 La Croix-Rousse

3 Le SRPJ est au numéro 40

– *Bah, on verra tout à l'heure.*
Il se remet en course.

Chapitre 2

Jour 1, mardi

Dumesnil ruisselle, complètement trempé de sueur. Il est vrai que la température atteint déjà les 25 degrés, la canicule est annoncée. Étirements, douche, nouveau bol de café avec une tartine. Il enfile en vitesse les vêtements de la veille. Bien sûr, au moment de partir, il s'aperçoit que le polo est taché de whisky. Vite un autre, un Lacoste rouge qui va très bien avec son jean gris. C'est en tout cas ce que pense Françoise et comme il espère bien l'amadouer au téléphone pour, peut-être, ensuite la retrouver...

Neuf heures moins vingt. Cette fois, il est carrément en retard, avec en plus le tunnel de Fourvière qui va bouchonner. Ah, l'appel de tout à l'heure ! Il hésite cinq secondes : plus le temps, il fonce. Il écoutera l'enregistrement du bureau, s'il y a un message.

Pas d'alternative, il sort le gyrophare et fonce. Les automobilistes bloqués trois kilomètres avant l'entrée du tunnel n'en croient ni leurs yeux, ni leurs oreilles : un bolide blanc remonte la bande d'arrêt d'urgence à plus de cent, précédé de flashs bleus et de stridulations de sirène. Les quais de Saône et les rues de la Croix-rousse sont avalées sur le même mode : Dumesnil ne supporte pas d'être en retard. D'autant que la réunion de ce matin a pour but de recadrer son équipe.

Neuf heures cinq. Ça va. Il laisse sa Cooper S en plein milieu de la rue, lance les clés au planton :

– Salut Guy, tu ranges la Mini.

– Bonjour patron. OK, je m'en occupe.

Le commissaire fonce vers l'étage quand le lieutenant Berthelier l'arrête.

– Eh, patron. Vous n'avez pas eu mon message?

– Ce matin, c'est toi? Non pas eu le temps de l'écouter.

– C'est grave patron...

Dumesnil hésite un instant.

– Bon, accouche, en vitesse.

– Heu, ça concerne le capitaine Rondin.

Tout le monde connaît leur liaison, Berthelier n'est pas à l'aise.

– Quoi?

– Elle est en réanimation à HEH[1].

– Qu'est-ce qui lui est arrivé? Qu'est-ce qu'elle a?

– Accident de voiture, fractures diverses dont une du crâne.

– Merde! Annule la réunion, j'y vais.

– Patron, c'est pas tout...

– Plus tard, plus tard.

Berthelier tente d'insister. En vain, Dumesnil n'écoute plus rien. Il arrache les clés de la mini des mains du planton et fonce. Gyrophare, sirène...

---

1 Hôpital Édouard Herriot, le grand centre hospitalier de Lyon.

Chapitre 3

Sandra se réveille.

Un réveil difficile, elle se sent engourdie, douloureuse, prête à vomir, le crâne sur le point d'exploser. Le retour à la conscience est pénible, les souvenirs émergent un par un, lentement... Les 20 ans de sa cousine ! Elle n'aurait pas dû boire autant, elle se jure de ne pas recommencer...

Mais non, elle n'a pas tant picolé. D'ailleurs, elle est partie avec sa voiture. Jamais elle n'aurait fait ça en étant bourrée. Peut-être un peu au-delà de la limite légale mais l'esprit clair, elle s'en souvient maintenant. Alors, pourquoi cet état, cette langue pâteuse, ce marteau-piqueur dans la tête ?

Elle tente de remonter le fil, la brume de sa conscience s'éclaircit un peu. Toujours lentement.

Sa Fiat Panda a démarré sans problème, c'est ensuite qu'elle s'est mise à hoqueter, moteur ratatouillant, d'abord une fois, puis tous les 100 mètres pour finalement caler définitivement en pleine campagne, quelques kilomètres plus loin. Maintenant, elle revoit la scène clairement :

– Merde, merde et merde ! Voilà six mois que j'aurais dû la faire réviser !

Elle descend, ouvre le capot moteur. Pour quoi faire, elle n'y connaît rien ? Peut-être seulement vérifier qu'un fil n'est pas débranché... Tout à l'air normal. Alors elle se réinstalle au volant. Démarreur. Lui, il fonctionne mais en vain, le moteur ne veut rien savoir. Elle regarde sa montre, deux heures et demi. La voila bien, en pleine cambrousse, la pluie menace. Bien sûr, pas de réseau…

Elle attend, un véhicule va forcément passer, s'arrêter, la déposer quelque part. Mais la route est déserte. Enfin, des phares. La voiture ralentit… Un regard de la passagère, le conducteur ré-accélère, en quelques secondes les feux arrières disparaissent…

– Salopards !

De nouveau la route désespérément vide. Quelques gouttes commencent à tomber. Un vent d'orage s'est levé. Des cris d'oiseaux nocturnes. L'endroit lui semble maintenant sinistre, elle frissonne, commence à s'angoisser.

À nouveau des lumières, le bruit d'un moteur. Cette fois, elle se place en travers de la chaussée, agitant frénétiquement les bras. Le véhicule s'arrête. Aveuglée par les phares elle est incapable d'identifier la marque et le type, une grosse voiture apparemment. Une silhouette en descend. Bouffée d'angoisse, sur qui va-t-elle tomber ?

– Bonjour, vous êtes en panne, je peux vous aider ?

C'est un homme, plutôt grand, athlétique. La voix est douce, rassurante, pleine de charme.

Sandra se réveille à nouveau. Elle a dû replonger. Combien de temps ? Impossible à savoir ! Maintenant ses idées sont un peu plus claires. Elle cherche des repères, tourne la tête d'un côté puis de l'autre. Aucune lumière, ce n'est pas normal. Même si c'est la pleine nuit, rideau tirés, il n'y a jamais l'obscurité absolue. Là, si ! Elle tâtonne, cherche sa lampe de chevet. Rien, le noir !

Elle n'est pas chez elle, pas dans son lit ! Où alors ? Elle a émergé inquiète, maintenant l'angoisse lui dévore l'estomac. Elle n'est d'ailleurs pas dans un lit, allongée sur une surface dure. Elle se redresse en position assise, tourne à nouveau la tête de tous côtés. Absolument aucune lumière, l'obscurité totale. La panique la submerge, elle hurle. De longs hurlements hystériques entrecoupés de sanglots. Quand elle se calme enfin, épuisée, elle prend conscience de l'absence du moindre bruit. Par contre, il règne une forte odeur de moisi, de pourriture : un parfum de mort. Une pensée atroce : elle est enterrée vivante.

Nouveau hurlement. Elle se lève comme une démente, avance d'un pas suivi d'un autre, les mains en avant pour se protéger d'un éventuel obstacle : elle doit sortir de ce tombeau. Elle ne va pas très loin, un anneau est fixé à sa cheville gauche, la chaîne se tend. Elle tombe, sa tête heurte le sol.

Elle replonge.

Chapitre 4

Jour 1, mardi

Onze heures dix, Dumesnil est de retour au commissariat un peu rassuré, il craignait de la trouver mourante. Il n'a pu voir Françoise que derrière la vitre, en soins intensifs. L'interne s'est voulu apaisant :

– Plusieurs fractures : tibia, clavicule, deux côtes et surtout pariétal droit, un gros choc. On l'a placée en coma artificiel, pour permettre au cerveau de se décongestionner.

– Jusqu'à quand ? Quand va-t-elle se réveiller ?

– Quelques jours mais...

– Mais quoi ? Bon Dieu !

– Le cerveau ne semble pas endommagé, pourtant rien n'est sûr. Disons 95 pour cent de chances qu'elle se réveille. Après...

Dumesnil a sa tête des mauvais jours, le regard sombre, le cou gonflé. Il se retient difficilement d'attraper le jeune médecin par le col.

– Après, quoi ?

– Il peut y avoir des séquelles, le scanner montre une zone fortement comprimée... Mais, je suis optimiste.

Dumesnil n'a pas insisté. À quoi bon ? Alors, direction rue de la Terrasse. Il ne pense qu'à l'état de Françoise, oubliant totalement le lieutenant Berthelier. Mais celle-ci l'attend, visiblement mal à l'aise. Elle prend des nouvelles poliment, en fait elle était déjà informée, et enchaîne :

– Il faut que je vous parle, chef. On pourrait aller dans votre bureau ?

– OK, viens.

Ils traversent le commissariat sous l'œil consterné de tous les fonctionnaires de police. Tous sont au courant du drame, tous apprécient leur patron. Ce n'était pas le cas au début, Dumesnil, vu comme un parachuté, a été accueilli dans une ambiance glaciale. C'était il y a quatre ans. Rapidement pourtant les qualités humaines du nouveau commissaire et, tout autant, celles de flic ont changé cette vision. C'est aujourd'hui un chef apprécié par ses troupes.

Dumesnil pousse la porte de son bureau, une petite pièce bien rangée, largement éclairée par une fenêtre donnant plein sud. Il prend place, désigne une chaise au lieutenant.

– Alors ?

Berthelier est maintenant hésitante.

– C'est au sujet du capitaine Rondin...

– Oui, parle-moi des circonstances de l'accident, ça c'est passé cette nuit ?

– Justement, c'est là le problème. Elle avait plus de deux grammes d'alcool dans le sang.

Dumesnil bondit :

– Qu'est-ce que c'est que ces conneries ? Elle boit pas !

– Désolé, les analyses sont formelles chef, 2,1 grammes. Mais elles doivent être confirmées. Peut-être que... Et en plus...

Dumesnil s'est réassi, sonné.

– En plus ?

– Il y a des vidéos. Caméras de surveillance à Francheville-le-haut. On la voit zigzaguer, heurter des véhicules sur la droite, puis sur la gauche. Juste devant la gendarmerie. Il y a même un blessé, un passant renversé par une des voitures qu'elle a tapées. Et elle ne s'est pas arrêtée, elle a même accéléré, pris la fuite. C'est ensuite qu'elle a basculé dans le ravin. Un vrai miracle qu'elle ne soit pas morte.

– Impossible, j'y crois pas. Impossible!

Dumesnil, le regard dur, a retrouvé sa combativité.

– Les faits semblent indéniables, commissaire. Le délit de fuite en tout cas et j'ai bien peur que l'alcoolémie soit confirmée. Quand elle ira mieux, elle n'évitera pas la garde à vue et l'inculpation...

Berthelier se fige, Dumesnil fait peur à voir : mâchoires crispées, regard dur, ses mains serrent le bord du bureau, articulation blanchies, tension maximum, tremblant de colère. Le silence s'installe, le lieutenant hésite. Quitter la pièce, laisser son chef seul pour digérer la nouvelle? Attendre? Elle a encore à dire, pas le courage de continuer.

De lourdes secondes, peut-être une minute. Finalement c'est le commissaire, retrouvant sa maîtrise, qui reprend la parole :

– Qui t'a informée? Quand ça c'est passé?

Soulagement de Berthelier qui peut poursuivre.

– C'est «Vert-de-gris». Les gendarmes de Francheville l'ont tiré du lit en plein sommeil quand ils ont découvert l'identité de la conductrice et sa qualité de capitaine au SRPJ. L'accident a eu lieu dans la nuit, vers une heure. L'autre enfoiré a appelé ce matin, à sept heures, trop content d'annoncer la nouvelle. Il espérait probablement même vous avoir directement mais c'est moi qui ai décroché, j'étais en poste depuis peu.

«Vert-de-gris», de son vrai nom Paul Griverd, capitaine au SRPJ. Un gros beauf machiste, sexiste, dragueur aussi lourd qu'insistant. Plutôt beau mec, il faut le dire : 35 ans, grand, brun, athlétique, sourire enjôleur, baratin d'enfer, il connaît un certain succès auprès de la gent féminine. Arrivé au SRPJ il y a 6 mois, il n'a pas tardé à faire des avances à Françoise

Rondin. Il s'est fait jeter mais ça ne l'a pas empêché de revenir à la charge. Saoulant le mec ! Il a fini par se prendre une baffe devant quatre collègues qui buvaient leur café. Forcément, il a pas aimé. Il a même levé la main, prêt à frapper sa collègue. Sans doute l'aurait-il fait sans témoin. Le lendemain matin, Dumesnil a débarqué avec sa tête des mauvais jours, l'a choppé au col et entraîné vers un bureau vide. Rien n'a filtré mais Griverd est ressorti pâle comme un cadavre. Depuis, c'est la guerre. En revanche, il fout la paix à Françoise. Dans l'affaire, il a gagné un surnom.

– Sûr, il a dû bicher en annonçant ça.

Bizarrement le commissaire c'est calmé. Le mépris a remplacé la colère. La détermination est toujours là.

– Tu vois avec Lambert pour les affaires courantes. La réunion est reportée à demain, même heure. Moi, je vais voir les pandores.

Chapitre 5

Jour 1, mardi

Dumesnil a pris le temps de déjeuner, suivant le conseil de Berthelier.

– Ne vous précipitez pas, chef. Vous allez arriver passé midi. Si vous sonnez la permanence, ça va pas les mettre dans de meilleures dispositions.

Le lieutenant faisait allusion à la tension toujours existante entre Gendarmerie et Police Nationale. Encore exacerbée par le récent rattachement au ministère de l'intérieur que les militaires ont très mal vécu.

À 14 heures 15, il se gare devant la brigade locale, chemin du Torey. Drôle de bâtiment ressemblant plus au chapiteau d'un cirque qu'à une gendarmerie classique. Sonnette, ouverture. Il entre.

– Monsieur ?

Une jeune brigadière, blonde, un peu boulotte, lui sourit. Sans plus.

– Bonjour. Commissaire Dumesnil, j'aurais besoin de quelques informations.

La jeune femme ne semble pas impressionnée.

– À quel sujet ?

– Un accident, vers une heure ce matin. Une femme, tombée dans la rivière avec sa voiture.

Le visage de la gendarmette se ferme complètement.

– Vous enquêtez sur cette chauffarde ? C'est du ressort de la gendarmerie.

Dumesnil a eu le temps de réfléchir, cacher sa proximité avec Françoise Rondin serait certainement une erreur.

– Je m'informe à titre privé, c'est ma compagne.

– Eh bien, bravo! Plus de deux grammes, un blessé, délit de fuite et en plus, voiture volée. Remarquez, il y a un Bon Dieu pour les ivrognes, elle a eu beaucoup de chance de ne pas se tuer.

Le commissaire serre les dents, mains crispées sur un dossier qu'il a pris pour se donner une contenance. Il doit garder son calme. À tout prix! Malgré tout, il a un regard si menaçant que la gendarmette a un mouvement de recul. Elle hésite.

– Puisque vous êtes commissaire, je vais appeler l'officier en charge de l'affaire.

Téléphone.

– Oui, adjudant-cheffe, j'ai en face de moi le commissaire Dumesnil... Oui, du quatrième arrondissement. C'est le compagnon de l'accident de cette nuit... Oui, le délit de fuite. Bien adjudant-cheffe.

Elle raccroche.

– Vous allez être reçu d'ici un quart d'heure. Asseyez-vous là.

Elle désigne un ensemble de chaises en plexiglas, couleur rose-orangé. Dumesnil se dit que l'architecte devait être bien allumé... Sous les regards goguenards de deux personnes attendant leur tour, il se résigne à patienter.

Le quart d'heure se transforme en une demi-heure. Volontaire ou pas? À nouveau la colère monte. Rester calme, il doit rester calme. Si les pandores l'envoient bouler, il n'a aucun moyen de les obliger à quoi que ce soit.

– Commissaire? adjudant-cheffe Verneau, suivez-moi!

Décidément, la gendarmerie se féminise, l'officier responsable du poste est aussi une femme. Blonde également, la cinquantaine, grande, mince, plutôt séduisante, si on aime le style militaire.

– Merci de me recevoir, adjudant-cheffe. Je sais que je n'ai aucune habilitation à vous demander quelque information que ce soit. C'est un service que je vous demande.

– Je l'entends bien ainsi. Que voulez-vous savoir ?

– Tout ! L'alcoolémie a été vérifiée ? Comment ça c'est passé ?

– Contre-expertise formelle : 2,1 grammes...

– Impossible, Françoise n'a jamais abusé ! Elle ne boit que dans les occasions et toujours raisonnablement.

Dumesnil a presque hurlé, le visage de l'adjudant-cheffe se ferme.

– C'est plus que possible, c'est sûr !

– Désolé, je ne voulais pas contester vos mesures. Je dis juste qu'il doit y avoir une explication.

– Je ne vois pas laquelle ! Je vais vous montrer les vidéos, on a deux caméras de part et d'autre de la gendarmerie.

Dumesnil hoche la tête silencieusement, un peu sonné. Il espérait que la contre-analyse infirmerait le premier résultat. Impossible que Françoise ait picolé comme ça ! À moins que... La rupture ? Non, il n'y croit pas.

La première vidéo est grise, assez floue. On voit un véhicule arriver vite, nettement plus que les cinquante kilomètres/heure autorisés en zone urbaine, zigzaguer, heurter une voiture en stationnement sur sa droite, être renvoyé vers la gauche. C'est un coupé cabriolet Mazda MX de couleur claire. Une femme conduit, les cheveux mi-longs, comme Françoise, une mèche rabattue cache une partie du visage. Mauvaise qualité des images, pourtant cela semble être elle. Sur la seconde, la Mazda heurte violemment une Twingo garée là. Le choc est suffisamment fort pour pousser la Renault sur le trottoir où elle renverse un piéton. Commentaire de la gendarme :

– C'est un de mes hommes, le maréchal-des-logis Lacour. Il loge ici et ne pouvait pas dormir. Fracture du bassin.

Dumesnil garde le silence. La vidéo montre la MX poursuivre sa route, accélérant même.

– Elle a pris à gauche, D489 en direction d'Alaï, jusqu'au pont du ruisseau de Charbonnières. Là, elle a loupé le virage et s'est encastrée dans la barrière de protection. Ça aurait pu s'arrêter là mais comme, en plus, elle ne portait pas de ceinture, elle est partie en vol plané vingt mètres plus bas, dans le lit de la rivière. Un miracle qu'elle soit vivante !

Dumesnil, généralement inébranlable est déstabilisé.

– Il doit y avoir une explication. Non seulement elle ne boit pas mais mettre la ceinture est un réflexe. Elle l'accrochait sans y penser, même bourrée elle l'aurait fait.

– Les faits sont là !

Grimaces, hochements de tête. Un silence s'installe.

– Et la voiture ?

– Pas à elle, c'est sûr. Elle appartient à un certain Mohamed Harbidi. On l'a contacté, mais il ne répond pas. Il semble bien qu'elle l'ait volée, elle n'avait pas les papiers et le contact a été forcé.

– Où était-elle garée, vous le savez ?

– Non, on attend qu'Harbidi rappelle.

Nouveau silence. La colère a quitté Dumesnil, son expression est celle d'un enfant apprenant que sa maman est malade. Il demande, presque timidement.

– Je pourrais avoir une copie des vidéos ?

La cheffe de poste hésite un instant, son visage fermé se radoucit un peu. Cet homme a l'air si désespéré, et puis, même s'ils ne sont pas de la même boutique, ça reste un collègue...

– OK, je vous en laisse une copie. Non officielle, cela va sans dire.

Chapitre 6

Jour 1, mardi

Dumesnil est sorti de la gendarmerie il y a quelques minutes, il a voulu voir le lieu de l'accident. Le pont qui enjambe le ruisseau est à un kilomètre de là. Effectivement elle n'est pas allée très loin.

Bien sûr la voiture a été enlevée. Pas de trace de freinage, le commissaire examine le rail de sécurité, la Mazda ne paraît pas l'avoir tangenté car alors le métal serait marqué sur dix ou vingt mètres. Ce n'est pas le cas, juste un impact, l'acier montre des traces sur un mètre cinquante environ. Le choc semble avoir été frontal.

Comment est-ce possible? Une vitesse excessive aurait entraîné un déport sur la gauche, la voiture aurait glissé le long de la rambarde de protection. Là, elle est venue taper de face ou presque. Un dérapage? C'est une hypothèse, mais il n'y a aucune trace. Un coup de volant brusque? L'alcool engendre des trajectoires hésitantes, pas un changement de cap à 90 degrés. Alors, un acte volontaire? Dumesnil se fige. Ces réflexions débouchent sur une pensée atroce : et si c'était délibéré, une tentative de suicide? Cela expliquerait l'absence de ceinture et l'alcoolisation...

Appuyé sur la barrière il regarde le ravin sans le voir. Impossible, Françoise ne peut avoir fait ça! Pourtant, c'est une explication qui pourrait coller avec les faits.

Tout ça à cause de lui!

Déjà ce matin, il culpabilisait, cette fois, le ciel lui tombe sur la tête. Seule pensée positive, sa compagne est en vie, elle va peut-être s'en tirer, tout est encore possible.

Il reprend le chemin du commissariat comme un automate, se gare n'importe comment sans rien demander à Guy, le planton. Berthelier vient aux nouvelles. Elle voudrait questionner son patron, elle y renonce. Elle a souvent vu Dumesnil ronchon ou encoléré, là elle se trouve devant un homme abattu : épaules basses, visage affaissé, démarche lourde. Le commissaire fait un signe de tête.

– Viens.

Un murmure à peine audible. Le lieutenant suit jusqu'au bureau du chef. Dumesnil s'effondre bruyamment dans son fauteuil, lequel proteste en émettant des craquements inquiétants. D'un coup, le commissaire lâche ce qu'il a sur le cœur, comme pour se libérer d'un poids. Il expose les faits, ses conclusions, sa culpabilité. Berthelier écoute sans s'autoriser la moindre interruption. Quand le silence se fait, elle se racle la gorge pour demander la parole. Devant le regard interrogateur qu'il lui lance, elle se décide :

– OK patron, votre conclusion colle bien avec les faits, mais...

– C'est même la seule ! Comment expliquer autrement l'alcoolémie alors que je ne l'ai jamais vu ivre ? Comment expliquer l'absence de ceinture de sécurité ? Pourquoi voler une voiture, elle a la sienne ? Sauf que sa Twingo n'est pas décapotable, avec elle n'aurait pas plongé dans le trou ?

Berthelier ne peut qu'admettre, le raisonnement se tient. Elle veut pourtant croire à une autre explication. Elle doit remonter le moral de son chef, jamais elle ne l'a vu dans cet état.

– Patron, il faut quand même qu'on enquête, qu'on prenne du recul. Nous ne devons rien négliger et, qui sait... Je vais passer au SRPJ voir son bureau, interroger ses collègues.

Dumesnil hausse ses lourdes épaules.

– Si tu veux. On fera route ensemble, son studio est à cinq cents mètres du SRPJ, j'irai le visiter.

L'idée de faire quelque chose, aussi dérisoire que ce soit, l'a un peu requinqué, les épaules sont moins basses, le regard plus droit. Berthelier note le changement et s'en félicite :

– Enfin quoi, on va trouver une explication !

Chapitre 7

Sandra revient à la conscience. Une nouvelle fois. Pourquoi a-t-elle cette impression, comme au cours d'une nuit pénible, toujours à la frontière du sommeil et de l'éveil ? Elle ne se souvient de rien.

Ah si, les idées reviennent lentement... Maintenant, elle en est sûre, ce n'est pas son premier réveil dans cet obscur caveau. Elle a faim, soif surtout, sa tête explose. Pourtant, elle n'y pense pas, une seule chose domine : l'angoisse ! Une énorme boule, là dans son ventre. Une boule qui remonte, lui bloque la respiration...

Elle se retient de hurler, tente de réfléchir. Elle doit comprendre. Comprendre pour agir. Ne pas se laisser aller. C'est forcément le type du 4X4, le grand brun avec un sourire si sympathique, celui qui a proposé de l'aider. Il a dû la droguer, elle ne se souvient plus de rien après qu'il lui a demandé quel était le problème...

Où est-elle ? Une cave apparemment. Pourquoi la séquestrer ? Elle n'a pas d'argent, sa famille non plus. Donc ce n'est pas un kidnapping. Il ne l'a pas violée, que veut-il ? Elle n'arrive à rien, seule l'angoisse progresse, glissant vers la terreur. Il fait froid. Pourtant elle est en sueur. Une mauvaise sueur, celle d'un moribond.

Un bruit. Enfin, il lui semble. Oui, quelqu'un vient, ce sont des pas. Une clé tourne dans la serrure. Explosion de lumière, ses yeux brûlent, sa tête explose.

En poussant la porte métallique le visiteur a actionné un commutateur situé en dehors de la pièce, allumant une ampoule dénudée.

Il descend quelques marches avant de s'arrêter. Peut-être pour lui laisser le temps de récupérer un peu. L'éblouissement s'estompe. Elle perçoit une ombre qui devient une silhouette. Celle d'un homme, grand, brun, dans la force de l'âge. Maintenant elle voit correctement, c'est bien le type du 4X4 mais là, il n'a plus rien de sympathique. Il lui sourit pourtant. Un sourire glaçant!

Dans la main gauche, il tient un seau hygiénique, dans l'autre un sac plastique. Il dépose le tout sur le sol en béton, juste à l'intérieur de la zone autorisée par la chaîne.

– De l'eau et des biscuits.

Ce pourrait être rassurant, ça ne l'est pas du tout. Dans un effort de tout son être, elle surmonte sa panique, elle doit savoir ce qu'il veut.

– Vous... vous allez me violer?

– Non, ce n'est pas mon objectif. Encore que... Vous savez, je suis comme tout le monde, j'ai des besoins. Alors, peut-être qu'à l'occasion... Mais ce n'est pas mon idée première.

Il explique cela d'un ton parfaitement calme, presque chaleureux, avec un léger sourire. Une attitude qui serait courtoise au comptoir d'une boutique. Dans cette cave, avec ces mots, elle est terrifiante. Sandra se recroqueville sur elle-même, incapable de parler. Elle tourne la tête à droite et à gauche dans un réflexe désespéré, cherchant une vaine issue. Rien, bien sûr. L'endroit est une sorte de cave. Plafond et sol en béton comme les murs d'un côté, en terre et bois de l'autre. C'est de là que vient cette horrible odeur de pourriture. Pas la moindre ouverture en dehors de la porte que son geôlier vient de franchir. Elle respire difficilement, ouvre la bouche à la recherche d'oxygène comme une nageuse en difficulté. Nouveau sourire de l'homme. De la tête, il désigne une grille de ventilation dans le coin supérieur de la petite pièce.

– Je vais remettre en route la ventilation, ne vous inquiétez pas.

Une phrase que pourrait prononcer le steward d'un avion, attentif au confort de ses passagers. Sandra a dépassé tous les stades de la terreur. Bizarrement, elle parvient à articuler quelques mots.

– Que… que voulez-vous ? Qu'allez-vous faire de moi ?

– Vous aimez bricoler ?

– … ?

– Moi, j'adore ! Vous verrez, on va bien s'amuser.

À nouveau il s'est exprimé comme un « gentil animateur » guidant des touristes. Il n'ajoute rien, tourne le dos à Sandra, grimpe les quelques marches et referme la porte dans un bruit de clés. La lumière s'éteint.

– Non ! Pas le noir, laissez éclairé !

Sandra a bondi, la chaîne l'a ramenée au sol. Durement. Elle croit avoir hurlé. Peut-être pas finalement. Peu importe, il ne va sûrement pas prendre ses desiderata en compte. Le noir total persiste. La jeune femme éclate en sanglots.

Il faut de longues minutes pour qu'elle se calme. Rien pour s'essuyer, son visage est trempé, son nez coule.

– *« Je dois être horrible ! »*

Elle se rend compte de l'absurdité de cette pensée, sans réagir plus avant. Elle reste ainsi prostrée quelques minutes avant de percevoir un léger changement : elle respire mieux. Le type a tenu parole et remis la ventilation. Maigre consolation !

Elle tente de rassembler ses pensées. La cave n'a aucune issue, c'est évident. Elle ne peut pas atteindre la porte qui, par ailleurs, semble inattaquable. Elle sombre dans le désespoir, se remet à sangloter. Elle est maintenant convaincue qu'elle n'a aucune chance. À moins que quelqu'un la cherche... Mais qui ? Personne ne va s'inquiéter, elle ne vit pas en couple et sa famille est loin, à part sa cousine. Peut-être la libérera-t-il quand il aura fini de « s'amuser » ? Qu'entend-il par là ? Il a parlé de bricolage. Bricoler quoi ?

Soudain, une pensée la glace encore plus : il s'est présenté à visage découvert. Ça veut dire qu'il ne craint pas qu'une fois dehors elle puisse le dénoncer. Ce qui signifie...

Chapitre 8

Jour 1, mardi

Dumesnil se gare sans précaution sur le petit parking, emplacement numéro 7. Celui de Françoise. Il ne prend pas la peine de verrouiller la Mini, ignore l'ascenseur pour gravir quatre à quatre les marches jusqu'au troisième. Sans savoir pourquoi il avait vaguement espéré trouver la porte forcée. Il n'en est rien. Tout est en ordre !

Rien de spécial dans le studio. Tout est propre, bien rangé. Un subtil parfum féminin flotte par endroit. Pas de mot, pas de trace suspecte. Son ordi est à sa place. Un portable 17 pouces. Il l'ouvre, entre le mot de passe. Échec ! Énervé, il recommence. Pareil ! Bizarre. Quand et pourquoi l'a-t-elle changé ? Quoi qu'il en soit, il ne peut pas y avoir de rapport avec ce qui s'est passé hier au soir. Il tente de se rassurer à travers l'absence de lettre, si elle avait voulu se suicider, elle en aurait laissé une. Sauf si elle n'est pas repassée chez elle ou si elle en a écrit une ailleurs… Il doit vérifier ça. D'ailleurs, comment était-elle vêtue ? Sous le coup de l'émotion, il n'a pas eu le réflexe de demander. Il appelle l'hôpital.

– Un *jean* rouge bordeaux, une chemisette blanche et une veste légère ? OK, merci.

Hier, elle portait un *jean* bleu, un vrai, un classique. Donc elle est passée se changer. Coup d'œil à la douche : une femme qui se change prend forcément une douche. La minuscule salle d'eau est impeccable. Dumesnil en conclut qu'elle n'était pas en pleine dépression. D'ailleurs, on ne déprime pas en deux heures or, elle l'a quitté vers 18 heures 30 en pleine colère. Il imagine son parcours. Trente minutes pour rentrer chez elle. À peine plus pour la douche et se changer, elle a dû sortir vers 19 heures 45.

Mais pour aller où ?

Dumesnil s'apprête à monter dans la Cooper quand Berthelier se gare à ses côtés. Regard interrogateur du commissaire.

– Rien de nouveau, patron. Les collègues n'ont rien noté d'anormal. Il semble qu'elle enquêtait sur un délinquant maghrébin, un certain Mohamed Harbidi. Aucun rapport avec ce qui lui arrive.

– Attends... Ce nom me dit quelque chose. Oui, c'est le propriétaire de la Mazda avec laquelle elle a plongé.

– Ah ! Alors, il y aurait peut-être un rapport...

– Faut qu'on trouve ce mec. Et l'ordi de Françoise, il cause ?

– Protégé par un mot de passe. En plus quand j'essayais de me connecter, je me suis fait virer par « Vert-de-gris » au motif que j'avais rien à faire au SRPJ.

– Tu parles, y va pas nous aider cet enfoiré. Bon, on va faire autrement pour les ordis, bureau et perso, je vais m'en occuper.

– Comment patron ?

– Ça, c'est mon affaire ! Au fait, et son smartphone ?

– Aucune idée. Rien dans ses tiroirs.

– Ni chez elle. Je vais appeler l'hôpital et les pandores. Toi, essaie de trouver Harbidi. On fait le point demain matin.

Chapitre 9

Jour 1, mardi

Dans le parking, à une vingtaine de mètres des véhicules du commissaire et du lieutenant, une vieille Clio grise est garée. Un véhicule banal, ancien, poussiéreux, nul n'y prête attention.

Berthelier s'en va la première, suivie par Dumesnil. Discrètement, la Renault a démarré, restant quelques dizaines de mètres derrière. La circulation est fluide mais les rues ne sont pas désertes. La Clio peut ainsi laisser quelques véhicules entre elles et la voiture du commissaire. Jusqu'à la croix-Rousse, rue de la Terrasse. Le conducteur se gare discrètement à trente mètres du poste de Police.

Deux heures plus tard, Dumesnil reprend sa Cooper. La Clio redémarre, toujours aussi discrètement. Le trafic est beaucoup plus dense mais le commissaire n'est pas pressé, aucune raison d'utiliser le gyrophare et la bande d'arrêt d'urgence, la Renault peut suivre sans difficulté. Direction Civrieux d'Azergues. Nouveau stationnement. Nouvelle attente.

Une heure s'écoule. Jugeant peut-être que le policier ne ressortira pas, la Clio reprend la route en direction de Lyon. Tunnel de Fourvière, puis Avenue Berthelot, vers HEH. À l'opposé de l'entrée principale de l'hôpital, un quartier calme de petites rues. Le véhicule ralentit, cherchant à se garer.

Coup de chance, une place se libère. Il est 22 heures, le quartier est calme, au loin l'orage menace, l'obscurité commence à se faire. Le conducteur ne descend pas, il prend le temps d'allumer une cigarette. À la lueur du briquet, un passant entrevoit le visage d'un homme brun de 35 à 40 ans. Il n'y prête aucune attention.

L'homme tire sur sa cigarette avec une sorte de délectation, presque de soulagement, comme s'il était en manque. Il la savoure lentement avant de saisir son smartphone et de pianoter quelques instants, semblant chercher une information. Enfin, il se décide à descendre de son véhicule.

Maintenant, la nuit est tombée, c'est à la lueur d'un lampadaire que sa silhouette serait visible. Celle d'un homme plutôt grand et athlétique, dans la force de l'âge. Mais la rue est déserte.

Du coffre de la voiture, il retire une blouse blanche qu'il enfile, accroche un badge d'identification sur sa poitrine, s'empare d'une mallette en cuir dont il extrait un stéthoscope qu'il place autour de son cou. Il referme son véhicule et se dirige tranquillement vers la rue Viala, juste à l'angle. Les premières gouttes de pluie sont là, dans quelques instants l'orage va éclater, il presse le pas, s'approche du portillon métallique de l'entrée. Là, il marque un temps d'arrêt. Personne. À la lueur d'un éclair, il voit l'allée déserte, de l'autre côté. Insensible au tonnerre qui suit la foudre, il sort un objet de sa poche, le glisse dans la serrure et ouvre.

À 22 heures 44, il pénètre à l'intérieur de l'immense centre hospitalier.

Chapitre 10

Jour 1, mardi

Aucune nouvelle du smartphone de Françoise. Ni à l'hôpital, ni à la gendarmerie. Le brigadier-chef qui lui a répondu a suggéré que l'appareil devait être quelque part au fond de l'Yzeron. Hypothèse vraisemblable vu le vol plané effectué par son amie. Dumesnil enrage, avec la totale sensation de patauger. De retour chez lui il n'a pas le temps de poser son blouson que son mobile se manifeste.

– Allo, Dum ?

C'est Jérôme[1], le hacker, qui rappelle. Après l'affaire de la bourse de Paris, Dumesnil et lui ont noué une relation de respect mutuel, de sympathie également. Ainsi, le jeune informaticien est le seul à se permettre d'appeler le commissaire « Dum ». Il a évité une condamnation en acceptant de travailler pour la DGSE. Bien sûr, tous ses échanges sont surveillés, c'est pourquoi les deux hommes ont mis en place un protocole de communication spécial : Dumesnil laisse un message sur un site caché quelque part sur le « dark web » et Jérôme le contacte avec un mobile sécurisé.

– Oui, merci de rappeler. J'ai besoin d'accéder au contenu de deux machines...

Dumesnil expose rapidement les faits et pourquoi il a besoin d'entrer sur l'ordinateur personnel de Françoise ainsi que sur celui du SRPJ de Lyon. Les données techniques connues du commissaire, fournisseur

1 cf. « Objectif chaos »

d'accès, types de connexions, identifiants, mots de passe le plus souvent utilisés, sont échangés.

– OK Dum, je m'en occupe cette nuit. Je te recontacte dès que j'ai du nouveau, probablement demain matin.

Après avoir raccroché, Dumesnil décide de faire un saut jusqu'à HEH malgré l'heure tardive. Rien de nouveau, aucun toubib de disponible, seule une infirmière lui confirme le diagnostique : Françoise devrait être réveillée du coma artificiel dans quelques jours et là, on verra...

Dumesnil rentre chez lui, peu rassuré sur l'état de santé de sa compagne et plus qu'agacé par son enquête qui n'avance pas. Pourtant, il n'est pas découragé. Plus combatif que jamais.

Malgré la température étouffante, il rallume un feu de bois dans l'insert, les flammes le rassurent. Installé dans son vieux fauteuil de cuir, il se sert un Nikka 12 ans, une petite merveille. Pour faire le point. La flamme pétille, il fait chaud. Trop chaud, il ruisselle. Il n'y prête guère d'attention, y trouvant même du réconfort, il se détend un peu, parvient à réfléchir.

– «*L'alcoolisation de Françoise, le comportement de la voiture, pourraient indiquer une tentative de suicide. Comme le fait de ne pas boucler sa ceinture et d'utiliser un cabriolet. Pourquoi celui de Harbidi? Peut-être par hasard, elle pistait cet homme, il possédait ce type de véhicule. Alors, si elle avait envie d'en finir... Mais non, elle n'était pas suicidaire! Et puis, une femme qui veut mettre fin à ses jours ne prend pas une douche avant de se changer. Sans compter qu'on peut trouver plus simple comme «modus operandi». Surtout, elle aurait laissé un message... Peut-être pas. Qui peut savoir? Le smartphone! Il faut le retrouver, étudier le bornage... On verra demain. Peut-être que les ordis auront parlé...*»

Dumesnil renonce à une seconde rasade et tente de dormir. Mais le sommeil est long à venir.

Chapitre 11

Jour 2, mercredi

Sept heures 15, la sonnerie réveille Dumesnil d'une fort mauvaise nuit, il n'a guère récupéré.

– Allô ? Ah, oui. Quoi ? C'est pas possible... J'arrive !

Les nouvelles ne sont pas bonnes.

Dès son arrivée au commissariat, saluant à peine ses hommes, Dumesnil s'est précipité dans son bureau, à l'abri des oreilles indiscrète faisant juste signe à Berthelier de le retrouver.

La lieutenant le rejoint, ferme la porte et s'assoit en silence, attendant le feu vert de son chef. Celui-ci dévisage longuement la jeune fliquette. Comme s'il ne l'avait jamais vue. Il connaît bien pourtant ce sourire timide, ces yeux verts, ces taches de rousseur, complémentaires d'une tignasse châtain clair. Berthelier n'a guère plus de trente ans, de taille moyenne elle semble plus grande qu'elle ne l'est. Sans doute sa minceur, c'est une marathonienne. D'ailleurs, Dumesnil a couru quelque fois avec elle avant d'y renoncer : pas dans la même catégorie ! Le commissaire ne s'en est pas formalisé, il apprécie le dynamisme, la bonne humeur et l'efficacité professionnelle de Berthelier. C'est la seule femme OPJ de son commissariat.

Pour l'heure, Dumesnil est perdu dans ses pensées. Enfin, il prend la parole :

– Tu dis que le maréchal-des-logis est mort ?

Hochement de tête.

– Celui que Françoise a renversé ?

Nouveau hochement de tête.

– Comment?

– Arrêt cardiaque.

– Quoi, arrêt cardiaque? Un militaire en activité! Quel âge il avait?

Le commissaire s'est dressé, hurlant presque, Berthelier ne s'habitue pas à le voir dans cet état. Elle demeure quelques longues secondes, tétanisée, puis ouvre une chemise cartonnée et répond.

– J'ai commencé un dossier sur l'affaire, chef. Il avait 46 ans.

– On ne fait pas un arrêt cardiaque à 46 ans, et dans un hôpital en plus!

– Il n'y a aucun doute d'après les gendarmes...

– Oui, quoi encore?

Nouvel aboiement de Dumesnil, la porte s'entrouvre timidement, le planton apporte du café.

– Ah, merci Robert. Pose ça là.

Le lieutenant reprend, hésitante :

– Vous imaginez l'attitude des pandores, ils hurlent à la mort, parlent de poursuites pour homicide.

– Ouais, je vois. Ils ouvrent une enquête sur le décès de leur collègue?

– Pour quoi faire : mort naturelle. Constatée par tous les soignants, toubibs en tête. D'après le cardiologue, ce pourrait être le stress lié à l'accident...

– Ça fait beaucoup! Il y a trop de choses invraisemblables dans cette histoire.

Le silence s'installe, Dumesnil pensif, sa jeune collègue n'osant troubler ses réflexions. Dehors les nuages se dissipent, un rayon de soleil vient éclairer le bureau où flotte une bonne odeur de café . Un ambiance qui serait chaleureuse dans un autre contexte. Un bref instant de calme, détruit par la sonnerie d'un smartphone. le commissaire décroche.

– Salut Dum.

– Alors, t'as trouvé des trucs ?

– Je vais bien merci, ironise Jérôme. Un peu « à la ramasse », j'ai bossé toute la nuit sur tes bécanes.

Grommellement du flic que le hacker décide de prendre comme des excuses, il connaît trop le commissaire pour se formaliser.

– Je passe sur les détails, pas trop de problèmes pour rentrer dans les disques durs. J'aurais besoin d'un peu de temps pour affiner les analyses mais, en gros, RAS sur le PC du domicile : courriers perso, factures, photos. Sur celui du bureau, beaucoup de documents administratifs, des rapports d'enquêtes...

– Tu m'envoies ça !

– OK, OK, c'est déjà parti, laisse-moi terminer !

– Hum, hum...

– Un truc bizarre : des fichiers ont été effacés. Pas simplement mis à la corbeille, là je pourrais les récupérer facilement. Non, détruits par écrasements multiples mais pas avec un logiciel spécialisé...

– Comment alors ?

– De manière artisanale, à la mimine si tu préfères.

– À la main ?

– C'est une image, mais ça veut dire que ça a été fait par quelqu'un qui voulait vraiment éliminer certaines informations...

– Mais qui n'avait pas d'outil professionnel pour le faire...

Dumesnil commence à comprendre, il enchaîne :

– Et pas le temps d'en trouver, donc dans une certaine urgence.

– Exact, Dum ! Et en plus, ça signifie que le gars qui a fait ça dispose d'un minimum de connaissances informatiques.

– Françoise aurait pu le faire ?

– Difficile à dire, tu la connais mieux que moi...

– Ouais, je croyais, aujourd'hui je sais plus. En tout cas, elle est plus douée que moi... Alors, peut-être.

Nouveau silence.

– Eh, Dum, toujours là?

– Je réfléchissais. Les infos effacées, tu peux en tirer quelque chose?

– Je vais voir. Mais rien n'est sûr, ça prendra du temps.

– OK, merci Jérôme. Rien d'autre?

– Si, une chose que j'oubliais. Sur sa bécane perso, elle a changé le mot de passe la veille. À 7 heures 38 exactement.

– Bon, autre chose. On ne sait pas ce que Françoise a fait le soir de l'accident, on n'a pas son smartphone. Rien! De plus, sans raison officielle d'enquêter pas de commission rogatoire ni quoi que ce soit. Impossible de saisir les opérateurs de téléphonie pour un bornage.

– Tu veux savoir quoi?

– Ce qu'elle a fait avant-hier soir en détail, où elle était. Et si possible dans les jours et les semaines qui ont précédé.

– C'est tout? T'es pas gonflé toi, j'suis pas magicien! Bon, tu connais le nom de son opérateur?

– SFR je crois.

– Elle avait un compte Google?

– Hum, je crois...

– Super, avec toutes ces infos... Son numéro, tu l'as?

– Ouais, ça tout de même je l'ai, je te l'envoie.

– Bon, j'm'y mets, j'te rappelle. Bon courage mec.

– Merci Jérôme.

Dumesnil raccroche, visage fermé. Son adjointe est restée silencieuse, juste attentive aux propos. Elle a eu, comme beaucoup dans la maison, quelques échos de l'affaire de la Bourse de Paris. Uniquement des bribes, secret oblige. Suffisamment pour entrevoir à qui le commissaire s'adressait. Elle attend sans poser de question sur l'échange. Mais elle a besoin d'action.

– Alors, commissaire, on fait quoi ?

Bien que compétente et dynamique, Berthelier, quand elle est avec son patron, attend toujours que celui-ci prenne l'initiative.

– On va au SRPJ, il faut interroger les collègues, savoir sur quoi elle enquêtait.

– Vous pensez que...

– Écoute, il n'y a que 3 possibilités. Un, elle a voulu se suicider. Mais elle n'était pas désespérée, n'a laissé aucun mot et ça cadre pas avec elle, une battante, pleine de vie. Deux, elle a picolé vraiment et fait des conneries. Là encore, ça ne cadre pas. Qu'elle se défonce au whisky ou au gin, admettons mais jamais elle n'aurait pris le volant. Sans compter qu'à 2,1 gramme elle serait incapable de conduire...

– Et puis, pourquoi piquer la Mazda de ce mec ? Pourquoi cette route à Francheville, je suppose qu'elle n'avait rien à faire là-bas ?

– Exact. Rien ne colle. Donc...

– Donc, troisième option, c'est une mise en scène, un coup tordu !

Dumesnil approuve :

– Sûr, c'est la seule hypothèse, la piste qu'on doit suivre. Trouver qui peut lui en vouloir...

– Une vengeance ?

– Ça vaut le coup de vérifier si des lascars qu'elle a fait boucler ne sont pas sortis de zonzon récemment. Ou alors...

– Alors ?

– Elle dérangeait quelqu'un. Viens, on y va.

Deuxième partie

Chapitre 12

Jour 2, mercredi

Une lumière magnifique éclaire Lyon, un matin d'été sans un nuage, sauf peut-être quelques brumes montant de la Saône. Les deux flics n'en profitent pas, ils rejoignent directement les quais du Rhône jusqu'au pont de la Guillotière. Le fleuve, d'une belle couleur verte, est paisible en cette saison, de nombreux piétons ou cyclistes se pressent déjà sur ses bords. La circulation est calme en cette fin juillet, il ne leur faut pas plus de vingt minutes pour arriver au SRPJ. En ce milieu de matinée, il fait déjà chaud, pas encore étouffant. Une atmosphère de vacances.

Il reste des places dans le parking, juste devant l'hôtel de police, un bâtiment de style moderne, sans cachet. Le planton ne les connaît pas, il s'interpose. Dumesnil sort sa carte et continue sa route. L'homme s'écarte à contrecœur, grommelant, pas trop fort toutefois :

– Pas le commissariat ici !

Berthelier suit, direction le premier étage où sont les locaux de la BRB1[1], l'affectation de Françoise. Directement au bureau du patron, le commandant Morin.

– Entrez. Ah, Dumesnil... Ta visite ne me surprend pas. Des nouvelles de Rondin ?

Les deux hommes se connaissent. Sans s'apprécier particulièrement, sans animosité non plus. Morin est en fin de carrière mais à 62 ans, il en paraît cinq de plus. Bedonnant, presque dégarni, il s'obstine à porter

1 Brigade de répression du banditisme.

une fine moustache grise qui ne le rajeunit pas. Un visage gris-jaune lui donne un air maladif. Peut-être réel d'ailleurs, il est tout sauf en forme. Un bon flic cependant.

– État stationnaire. Il faut attendre.

– Hum… Que puis-je pour toi ?

– J'essaie de comprendre. Pour moi, la seule explication c'est un coup tordu. Monté par qui, toute la question est là. Sur quoi et qui enquêtait-elle ?

– C'est simple, deux affaires. Le braquage de la supérette à Vaulx-en-Velin…

– J'en ai entendu parler.

– Affaire réglée, les deux lascars sont bouclés. Ensuite, il y a le blessé par balles de l'avenue Lacassagne. Toujours en cours. Probablement une querelle de territoire. Des petits bras de la dope, pas l'envergure de s'attaquer à des flics et surtout pas de cette manière détournée. Tu pourras prendre l'avis de Mazouzi, c'est un jeune lieutenant, issu de la diversité comme on dit, qui faisait équipe avec elle depuis trois mois.

– C'est tout ?

– Oui. À part que… Elle a évoqué un certain Mohamed Harbidi…

– J'en ai aussi entendu parler. De plus, c'est avec la voiture de ce type qu'elle a plongé.

– Ah oui ? Bizarre en effet. Concernant Harbidi, c'est un petit malfrat qu'elle a fait coffrer pour trafic de cannabis, il y a quatre ans environ, juste à son arrivée ici. Il a dû faire deux ans, peut-être un peu moins. Depuis, on en a plus entendu parler.

– Du petit gibier apparemment, alors, pourquoi ?

– Je sais pas vraiment. Elle a juste dit qu'elle voulait vérifier quelques infos. Un indic lui aurait affirmé qu'Harbidi était sur un gros coup.

– Du sérieux ?

– Tu connais les indics... Bien souvent, ils balancent n'importe quoi pour se faire mousser.

– Mouais... Harbidi, je peux voir le dossier ?

– Sans problème. Voilà, c'est tout ce que je peux te dire.

– Tu as l'accès à son PC ?

– Non, j'ignore son mot de passe. Tu en connais sans doute plus que moi à ce sujet.

Dumesnil répond par une moue dubitative, il remercie et quitte le bureau suivi de son adjointe. À peine sortis, ils croisent dans le couloir « Vert de gris » et son acolyte, un lieutenant nouvellement arrivé. Berthelier craint le pire, surtout dans l'humeur actuelle de son chef. Mais celui-ci la joue tranquille, se contentant d'une simple interrogation de principe, sur un ton froid mais pas agressif.

– Et toi, Griverd pas d'info sur les enquêtes du capitaine Rondin ou sur qui pourrait lui en vouloir ?

L'interpellé est plus vindicatif, cachant mal une joie mauvaise.

– Rien sur ses enquêtes. Si toutefois elle enquêtait... Quant à elle, je l'ai vu la veille au soir. On a même pris un verre ensemble, avec quelques collègues. Enfin, moi j'ai pris un verre. Elle, elle picolait dur !

Dumesnil n'attendait rien de cette interrogation de pure forme. Surpris, il bondit, agrippant Griverd par son blouson.

– Quoi, vous avez bu ensemble ? Où ? Avec qui ?

Le grand brun se dégage d'un geste violent et agacé. Berthelier redoute à nouveau la bagarre. À tort, le commissaire se calme, fixant l'autre d'un regard lourd d'interrogations. Griverd, après un temps d'hésitation finit par répondre :

– Elle est passée « à l'usine » vers 20 heures, on est sorti en même temps, j'étais avec Laurent, il désigne son adjoint, on lui a proposé de prendre un gorgeon, là, juste à côté chez Béber. Elle nous a rejoint cinq minutes plus tard, on y a trouvé Le Doumer.

Dumesnil s'accroche à cette nouvelle piste :

– À quelle heure est-elle partie?

– Sais rien. Nous on a sifflé deux pastagas et on s'est arrachés. J'avais à faire ailleurs. Et j'picole pas moi!

– Tu veux dire qu'elle est restée? Qu'elle buvait?

– Elle est restée, c'est sûr. Peut-être Le Doumer pourra t'en dire plus. Pas sûr, il était bien allumé le vieux. Quant à ta dulcinée, elle a carburé au scotch et, si tu veux mon avis, elle avait commencé bien avant.

«Vert de gris» a craché cette dernière phrase comme du venin. Dumesnil ne relève pas, il fait juste un signe de tête à Berthelier. Les deux flics repartent en sens inverse vers le bureau de Le Doumer, plantant leurs interlocuteurs. Peine perdue, il n'y a personne.

– Doit être chez Béber, c'est son QG.

À deux mois de la retraite, le capitaine Le Doumer est plus réputé pour sa capacité à absorber un nombre invraisemblable de «p'tits jaunes» que pour ses interpellations. Avant de partir à sa recherche, Dumesnil et Berthelier interrogent quelques collègues de Françoise. Le lieutenant les avait déjà questionnés, au cas où... En vain, ils ne savent rien de plus. Même Mazouzi. Le jeune flic a haussé les épaules :

– Harbidi? On a dû échanger deux phrases à son sujet. Elle enquêtait seule sur ce coup-là.

Le dossier du lascar n'en dit pas plus. Petit malfrat, trafic de hasch, sorti de taule voilà deux ans. Rien sur lui depuis. Aucune envergure.

– Il aurait été sur un gros coup?

Dumesnil réfléchit à voix haute, Berthelier répond malgré tout :

– Ouais, bizarre. On le voit pas monter « L'attaque du train postal ». Alors, pourquoi le capitaine Rondin s'intéressait-elle à lui ?

– Même pas sûr. À creuser cependant. Bon, allez, on file chez Béber.

– Autre chose, patron : pourquoi le capitaine Rondin a-t-elle été prendre un verre avec Griverd ?

– Ouais, moi aussi j'ai tiqué. C'est bizarre. Un problème à régler ? Peut-être même qu'elle n'est repassée au SRPJ que pour ça...

Chapitre 13

Jour 2, mercredi

Griverd et le lieutenant Laurent Tadéi, son adjoint corse, sortent du SRPJ côte à côte, silhouettes identiques, même allure, mêmes blousons. Au SRPJ beaucoup rigolent en douce, persuadés que le second tente de ressembler au premier.

Sitôt dans la rue, chacun allume une cigarette. Double première bouffée libératrice.

– Ah, ça fait du bien. Deux heures que j'en avais envie.

– Sûr ! On va chez Béber ?

– Ah non, l'autre connard doit y être. On va à la Santa Monica.

Griverd est un amateur de pizza. D'un signe de tête il invite son équipier à le suivre vers leur véhicule garé juste en face, sur le parking du SRPJ. La vieille Renault démarre dans un bruit de pot d'échappement fatigué.

Le restaurant est situé Grande rue de la Guillotière, rue de la Guill' comme disent les Lyonnais, il ne leur faut pas plus de dix minutes pour y être. Le patron les connaît bien et les salue amicalement.

– Votre table, comme d'habitude ?

– Comme d'hab, Mario !

Il est midi passé de quelques minutes seulement, la salle est presque vide, seul un vieil habitué savoure des spaghettis en lisant son journal. Après une interrogation muette Mario leur amène deux pastis, prend la commande et laisse les deux flics bavarder.

C'est le Corse qui revient sur leur rencontre avec le commissaire.

– Qu'est-ce qui veut le Dumesnil ?

– C'est clair, il cherche à dédouaner sa gonzesse. Peut pas admettre qu'elle ait picolé et fait des conneries. Mais là, il perd son temps, elle va plonger la pouffiasse !

– Ouais, elle est mal barrée ! Ceci dit, j'ai l'impression que t'as un peu chargé la barque, j'ai pas eu l'impression qu'elle avait tant picolé quand on l'a rencontré l'autre soir.

Le lieutenant Tadéi lance un regard amusé à son chef, les deux hommes se comprennent. Griverd ricane :

– Elle avait peut-être pas bu au départ, mais elle s'est rattrapée par la suite. Et là, elle est bien dedans !

– D'autant que j'ai appris que le pandore qu'elle a foutu en l'air a fait un arrêt cardiaque cette nuit. Homicide involontaire, délit de fuite, le tout avec plus de deux grammes et un véhicule volé, on est pas près de la revoir au SRPJ. Elle ne nous emmerdera plus la pimbêche !

Griverd hoche la tête en silence, pensif. Il va reprendre la parole quand Mario arrive avec les deux pizzas.

– Et voila, une calzone et une *frutti di mare* !

– Super, merci Mario !

Maintenant le restaurant s'est rempli, la lumière de juillet entre à flots par les larges baies vitrées, chaleur, délicieuses odeurs de cuisine, joyeux brouhaha. Ambiance de vacances. Le corse attaque sa pizza avant de s'interrompre, levant la tête vers son chef à nouveau silencieux, comme préoccupé.

– Un problème ?

– En fait, depuis notre conversation avec Dumesnil, je me demande pourquoi Rondin est repassée à la boutique l'autre soir. Elle s'était barrée en fin d'après-midi, pourquoi revenir si tard ?

– Bah, elle avait dû oublier son rouge à lèvres ou un autre truc de gonzesse...

Haussements d'épaules, sourires. Les deux hommes se laissent aller à savourer leurs pizzas.

Chapitre 14

Jour 2, mercredi

Ils ne se sont pas attardés chez Béber où se trouvait effectivement Le Doumer. Bien imbibé naturellement, mais encore en état de répondre à leurs questions. Le seul problème étant qu'il n'avait pas grand-chose à dire. Oui, il se souvenait bien de la soirée, de l'arrivée du capitaine Rondin et des deux autres, mais guère plus. La consommation d'alcool ? Il n'y a pas prêté attention. Ce qui s'est dit ? Rien de marquant. De quoi avait l'air la femme ? Bof, comme d'habitude, un peu réservée. De quoi ils ont parlé ? Rien de spécial. À quelle heure Françoise Rondin était-elle partie ? Un peu après les deux autres mais bien avant lui. Quant à l'heure précise...

En sortant Dumesnil a décidé de passer à HEH prendre des nouvelles :

– Bon, je fais un saut à l'hosto. Je mangerai un casse-dalle, on se retrouve au bureau. J'aimerais que tu passes chez Harbidi. Tu te démerdes avec la serrure et tu jettes un œil dans son appart. On sait jamais. Tu as toujours le passe que je t'ai donné ?

– Oui patron, j'y vais.

Quatorze heures, on frappe à la porte. Dumesnil relève la tête.

– Oui !

C'est Berthelier.

– Alors ?

– J'ai pu rentrer sans problème, une serrure tout ce qu'il y a de bas de gamme. Un T3 sans rien de spécial, dans une des UC, vous connaissez?

Dumesnil hoche la tête, incitant sa subordonnée à poursuivre.

– Rien trouvé. Plutôt en désordre mais sans rien d'anormal. Aucune trace de passage récent. Personne n'a vécu là depuis au moins 15 jours. Voire plus...

– Moi, j'ai le contenu de ce qui restait sur les deux ordis de Françoise. Rien non plus. Sur celui du SRPJ des rapports sur les enquêtes évoquées par Morin. Rien d'officiel sur Harbidi, juste une note évoquant des déplacements du lascar du côté de Chambéry. Françoise projetait de le prendre en filature à son prochain voyage...

– Il y a une date?

– Le fichier a été enregistré il y a 8 jours environ. Ça ne nous avance pas beaucoup.

– Sûr! Au fait patron, que disent les toubibs?

– Toujours pareil, faut attendre.

– Attendre, attendre, sont marrants eux!

Berthelier n'apprécie que peu le corps médical. Le commissaire regarde dans le vague, en direction de la fenêtre ouverte. On entend les bruits de la rue, les oiseaux qui piaillent encore malgré la chaleur. Une belle journée d'été. Il se dit que, peut-être, Françoise n'en profitera plus avant longtemps... Combien d'années de prison? Deux? Trois? Plus? Il culpabilise, se sent fautif. Le lieutenant attend, respectant le silence de son chef. Pas longtemps, le Dumesnil combatif reprend vite le dessus :

– Ouais, le temps nous on en a pas. Faut qu'on se bouge, qu'on trouve quelque chose!

– Alors, on fait quoi, patron?

– Écoutes, moi je vais retourner voir les pandores, savoir s'ils ont du nouveau concernant le décès de leur collègue, s'ils ont retrouvé le mobile de Françoise. Toi, tu rappelles Morin, on a oublié de prendre les coordonnées de l'indic qui a rencardé au sujet d'Harbidi. Tu le trouves et tu m'appelles, je veux l'interroger moi-même.

– Bien commissaire. Mais...

Berthelier marque une hésitation avant de reprendre.

– Les gendarmes... Vous n'allez pas être bien accueilli. Non ?

Dumesnil hausse les épaules sans un mot, déterminé. Il se lève, imité par son adjointe, ferme la fenêtre, attrape sa veste, s'apprête à sortir. Téléphone. Le commissaire décroche rageusement.

– Ouais ? Qui ? Ah, Le Doumer. Articulez mon vieux ! Ah, oui. Vous êtes sûr ? Bon Dieu, faites un effort ! De quoi il avait l'air ? Bon, merci quand même.

Le commissaire raccroche, rencontrant le regard interrogateur de la jeune femme.

– Le Doumer. Il croit se souvenir qu'un homme attendait Françoise à l'extérieur de chez Béber. Mais il est pas sûr, il dit qu'il n'a vu qu'une silhouette.

– Peut-être une piste, patron !

– Mouais... ça nous avance pas beaucoup. Bon je file à la gendarmerie.

Pour ce qui est de l'accueil, sûr qu'on a déjà vu plus chaleureux. Devant son insistance buttée, l'adjudant-cheffe Verneau a fini par le recevoir. Entre deux portes, sur un ton glacial.

– Le maréchal-des-logis Lacour est décédé d'un infarctus provoqué par le stress dû au choc subi. Par la faute d'une chauffarde alcoolique, irresponsable : votre compagne. Il n'y a rien à dire de plus, pas d'enquête à ouvrir.

Dumesnil sent bien qu'il perd son temps. Pourtant, il s'obstine :

– Mais… le smartphone ? Vous l'avez retrouvé ?

L'échange tend vers le zéro absolu de la cordialité.

– Non, et on s'en fout ! Que voudriez-vous qu'on en tire ? Si ça vous amuse de le chercher, allez voir sous le pont, quelque part au fond de l'Yzeron.

C'est ce qu'il a fait. Il y est, au bord de la rivière. Le commissaire est descendu dans le ravin en s'accrochant à la végétation, risquant de se rompre le cou à plusieurs reprises. Avant cette aventure périlleuse, il a inspecté minutieusement le site depuis le pont. À l'œil nu d'abord, puis avec de puissantes jumelles. Rien. Tout en descendant, il appelle régulièrement le numéro de Françoise, espérant être guidé par la sonnerie. Rien, toujours rien.

Au bord de la rivière, il scrute les eaux transparentes, recommence les appels. En vain, aucun trace. Il décide de renoncer à sa recherche. Reste à trouver le meilleur passage pour remonter. Il inspecte les pentes encore plus raides vues du bas. Il s'apprête à l'élancer quand son propre mobile se fait entendre.

– Allo ? Ah, Berthelier. Tu as trouvé l'indic ? Comment ? J'arrive. Attends-moi sur place.

Chapitre 15

Sandra se réveille. Tête lourde, bouche pâteuse. Elle a de plus en plus de mal à émerger de son sommeil. L'angoisse. Toujours l'angoisse : une douleur dans son estomac, comme un coup de couteau. Depuis combien de temps est-elle là ? Combien de temps a-t-elle dormi ? Impossible à dire. Sans lumière, sans montre, elle a complètement perdu la notion de durée.

Des souvenirs confus refont surface. Son geôlier, il est revenu. Combien de fois ? Elle renonce à se rappeler. Des idées contradictoires, floues, se bousculent. Elle a faim. À tâtons, elle cherche les biscuits. Rien. Elle insiste fébrilement, finissant par renverser le sceau hygiénique. Manifestement, elle l'a déjà utilisé, la puanteur se propage, s'ajoutant à l'horrible odeur de moisi. Elle sent l'humidité, se recule dans un mouvement de dégoût. Sa chaîne la blesse à la cheville. Hurlements !

Des hurlements déments, pendant de longues minutes. Enfin, elle se calme un peu, les sanglots remplaçant les cris. Elle tente de remettre un peu d'ordre dans ses idées. Manifestement, elle a mangé et bu. Plusieurs fois. Elle est donc là depuis un certain temps. Pour l'instant il ne lui a rien fait. Alors, peut-être qu'il veut juste lui faire peur, l'effrayer... Mais pourquoi ? Elle n'arrive pas à se concentrer, ses réflexions ne vont jamais très loin. La faim et la soif se rappellent à elle.

Une pensée atroce. Et s'il ne revenait pas, s'il était mort ou blessé ou malade? Elle serait alors enterrée vivante. À nouveau les hurlements, puis les sanglots.

Perte de conscience. Ou sommeil. Quelle différence? Une nouvelle fois, un demi éveil. C'est un bruit qui l'a tirée de sa léthargie. Un bruit de pas, il revient.

À nouveau la lumière brûlante, à nouveau son crâne qui explose. C'est bien lui qui entre. Toujours le même, silhouette athlétique, brun, souriant. Mais ce sourire a perdu tout son charme. Comment a-t-elle pu le trouver séduisant? Cette interrogation fugace autant qu'inutile lui traverse l'esprit, l'espace d'un instant. Ce qui a changé depuis leur rencontre sur la route déserte, suite à la panne, ce sont les yeux. Pas la moindre lueur d'humanité, le regard froid, glacial, d'un saurien s'approchant d'une proie tétanisée. La seule expression qu'on peut y lire est celle d'une joie mauvaise. Le contraste entre le sourire qui, ailleurs, chez une autre personne, pourrait être chaleureux et ce regard maléfique est tout simplement terrorisant.

Sandra voudrait parler, elle n'y parvient pas. Son geôlier hoche la tête, désapprobateur, contemplant le sol ou le vase de nuit s'est répandu.

– Ah, on a fait des bêtises. Tant pis pour elle, elle restera comme ça.

– Je... Je... vous en prie...

Il ignore totalement la supplique.

– Voilà des biscuits et de l'eau. Je ne veux pas vous affamer. Vous n'avez pas froid? Je peux augmenter un peu la température de la ventilation.

Le ton est calme, la voix grave, douce et basse, posée. Sandra reprend un peu d'espoir. Peut-être ne lui veut-il pas de mal finalement? Le carcan d'angoisse se relâche un peu.

– Pourquoi suis-je ici? Que me voulez-vous?

– Je vous l'ai dit, nous allons faire un peu de bricolage.

En prononçant ces mots, son regard s'est éclairé, l'espace d'un instant. Une brève lueur, un éclat mauvais, totalement mauvais. Expression éphémère, il retrouve son apparence reptilienne.

– Puisqu'elle est curieuse, je vais lui apporter quelque chose. Je ne sais pas si ça va lui plaire. Mais bon...

Il sort quelques minutes, sans même refermer la porte ni éteindre. L'angoisse étouffe à nouveau la jeune femme. Que va-t-il chercher ?

Chapitre 16

Jour 2, mercredi

Dumesnil ne met pas plus d'une demi-heure pour rejoindre son lieutenant. Berthelier l'attend au pied d'une tour à Villeurbanne, rue du canal. Limite Vaulx-en-Velin, un immeuble HLM, plutôt coquet, dans un cadre tranquille.

– Vous avez fait vite. Je vais appeler le SRPJ maintenant, j'ai préféré attendre, que vous puissiez vous faire une idée par vous-même, avant le déferlement.

– Tu dis qu'il est mort ?

– Ça, plus mort on fait pas ! Vous allez voir. Sentir surtout !

C'est au deuxième. Les deux flics grimpent rapidement par l'escalier sans attendre un ascenseur incertain. Dès que le lieutenant ouvre la porte avec son passe, l'odeur les agresse littéralement. Dumesnil a déjà rencontré des cadavres bien avancés mais, on ne s'habitue pas à ce genre de chose. Malgré un mouchoir devant les voies respiratoires c'est insoutenable. Ils s'obligent néanmoins à faire un tour rapide.

– Voilà ce qu'il reste d'Adolfo Tavarez. Un petit maquereau sud-américain.

En dépit de la décomposition avancée, il est encore visible que l'homme a été égorgé. Une large tâche au sol semble le confirmer. Dumesnil s'étonne pourtant un peu :

– J'aurais pensé qu'une carotide tranchée produisait plus de sang...

– La moquette aura absorbé.

Berthelier se veut pragmatique. D'ailleurs, la probable arme du crime gît au sol, juste à côté, à vingt centimètres de la gorge qu'elle a tranchée. Un petit couteau noir et plat, une lame courte, tranchante comme un rasoir. De l'index, elle le montre au commissaire.

– Un Douk-Douk.

Berthelier est surprise.

– Vous connaissez ce type de couteau, patron ?

– Sûr, je connais. Un outil très utilisé en Afrique, surtout en Algérie. Les traîtres, ou considérés comme tels , étaient souvent exécutés avec ça par le FLN.

– Vous en déduisez que…

– Rien du tout pour l'instant. Mais… On verra.

– Vous avez vu ?

Du doigt Berthelier montre ce qui reste du genou gauche de la victime. L'articulation est complètement explosée. Dumesnil confirme d'un hochement de tête que cela ne lui a pas échappé.

– Torture ?

Dumesnil est d'humeur grinçante :

– C'est ça, ou alors un accident de moto. Juste avant de grimper ici ! Rien d'autre ?

– Comme vous l'avez vu, l'appartement a été saccagé. Probable que le ou les assaillants cherchaient quelque chose. Toute la question est de savoir s'ils ont trouvé, et quoi.

– Apparemment, le genou droit est intact. S'il n'avait pas parlé, il serait dans le même état que l'autre.

Au loin une sirène. Le commandant Morin s'est déplacé lui-même, preuve qu'il prend l'affaire au sérieux. Petit signe de tête à Dumesnil.

– On ne se quitte plus.

– Humm, humm… Et je crains que ça ne continue.

Morin, est un type intelligent, connaissant son boulot. Il approuve.

– Soit c'est une coïncidence extraordinaire, soit il faut bien admettre qu'Harbidi était sur un truc. Pourtant, quand on voit le profil du bonhomme...

Berthelier, encore ébranlée par la macabre découverte, revient dans la conversation.

– Peut-être une grosse opération dont il ne serait qu'un exécutant.

Dumesnil approuve.

– C'est une possibilité. Ça expliquerait que le cerveau de l'opération ait voulu mettre Françoise hors d'état de nuire en montant ce coup tordu.

– Tu penses toujours que Rondin est victime d'une cabale ?

– Plus que jamais. Rien ne colle autrement.

Morin semble convaincu cette fois.

– OK, on va enquêter. Avec l'assassinat de Tavarez, j'espère qu'on n'aura plus de problème pour les commissions rogatoires ou autres. Je te tiens au courant.

Morin rectifie aussitôt.

– On se tient au courant. Parce que je suppose que tu vas continuer ta propre enquête.

Dumesnil hausse les épaules, ne jugeant pas utile de confirmer. Il fait signe à Berthelier.

– Allez, on s'arrache.

Les deux flics quittent la scène de crime, laissant les gars de la scientifique à leurs prélèvements.

Chapitre 17

Jour 3, jeudi

Camille Berthelier a expédié les taches courantes, réussissant à échapper aux réunions, elle quitte le commissariat un peu avant 17 heures. Elle sait que son patron enrage d'être coincé par la paperasse. Peut-être qu'elle, elle pourrait avancer, une idée lui est venue, elle décide de retourner chez Tavarez.

Le lieutenant met le contact, son antique Rover s'élance poussivement dans un nuage de fumée noire. La conductrice se dit qu'elle devrait changer de voiture. Là, « ça le fait vraiment pas », question pollution. Toute à ses pensées écologiques, elle ne remarque pas une vieille Clio grise qui démarre quelques mètres derrière elle.

La Renault suit à distance sans se faire repérer, intercalant deux ou trois voitures entre elle et la Rover. À 17 heures 20, celle-ci se gare dans le parking de l'immeuble de feu Tavarez, la Clio stoppe à proximité, dans la rue mais avec une vue dégagée sur l'entrée du bâtiment.

Le lieutenant Berthelier grimpe rapidement les escaliers menant à l'appartement de la victime. Les scellées sont sur la porte, elle les brise sans hésiter, il sera toujours temps d'en reposer. À l'intérieur l'odeur s'est estompée tout en demeurant présente, encore à peine supportable. Tout a été fouillé, les objets susceptibles de « parler » emmenés au labo, il ne reste finalement que peu de choses, quelques meubles minables, des rideaux usés, une moquette élimée, auréolée d'une grande tache marron, presque noire. La jeune femme ne s'attendait pas à trouver quoi que ce soit ici, pas après le passage des collègues de la scientifique, juste une idée qui lui est venue. La chambre et la cuisine, aussi dénudées, n'offrent rien de plus. Le frigo, encore en fonctionnement, est vide à l'exception d'une bouteille d'eau, d'une casserole de spaghettis en train de moisir et d'un pot de sauce tomate.

Prise d'une inspiration Camille s'empare du flacon pour le vider dans l'évier. Bien vu ! La préparation, peu appétissante, laisse apparaître une mini clé USB. La jeune femme la récupère avec précaution pour la déposer dans un sachet en plastique, résistant à la tentation de la rincer.– « *S'il l'a planquée ici, c'est forcément que la clé contient des infos importantes. Mais sera-t-elle lisible après deux ou trois semaines dans un milieu aussi corrosif? À voir.* »

En fait, elle n'espérait pas trouver autant. Elle n'est montée jusqu'à l'appartement que pour le cas où... Surtout à la recherche d'une clé de cave. C'est ça son idée : il doit y avoir une cave et nul n'a songé à la chercher. Qui sait, elle pourrait y trouver des choses intéressantes. Aucune clé, rien. S'il y en avait une, les gars du labo l'auraient trouvée et fouillé le local. Pas grave, elle forcera la serrure sans difficulté. Seul problème, trouver le local. Elle se lance dans le porte à porte.

– Bonjour, lieutenant Berthelier. Je cherche une cave, savez-vous comment les numéros sont organisés ?

Peu de réponses, et à chaque fois négatives. Manifestement les flics ne sont pas les bienvenus. Ou alors les locataires redoutent les représailles. À moins tout simplement qu'ils ignorent tout du système de numérotation...

Une seule solution : appelez la société HLM. Pas simple, même en avançant sa qualité de flic elle est baladée de service en service, en butte à une évidente réticence à divulguer ce genre d'information, sans doute considérée comme hautement stratégique. Enfin, alors qu'elle est sur le point de renoncer, un responsable de l'entretien encore devant son ordinateur à cette heure lui redonne l'espoir :

– Je vais pouvoir vous trouver ça. Juste le temps de me connecter. Vous dites Tavarez ?

– Oui, Adolfo Tavarez.

– OK, je l'ai, Adolfo. Appartement F2309, cave numéro 29.

– Vous êtes sûr ?

– C'est en tout cas ce que dit la machine.

Camille Berthelier remercie sans demander d'explication sur ce bizarre système de repérage.

L'ascenseur n'est pas disponible, elle se décide donc pour l'escalier. Peu engageant : sale et mal éclairé. Il n'y a heureusement qu'un seul niveau de sous-sol que l'on parcourt par des couloirs étroits, peu ventilés, malodorants. L'éclairage est encore plus chiche que dans l'escalier. Affublé d'une minuterie économe, il s'éteint toutes les trente secondes. Naturellement les rares interrupteurs ne sont pas lumineux et doivent être recherchés à tâtons ou à la faible lueur de son smartphone. Aucun bruit, l'ambiance est déplaisante, presque angoissante. Un couinement, un tic-tic-tic de petites pattes…

– « Des rats, quelle horreur ! »

À l'extérieur, une silhouette plutôt athlétique, vêtue de sombre et encapuchonnée, claque la portière d'une vieille Clio grise avant de se diriger vers l'immeuble.

Le lieutenant Berthelier se dit qu'elle n'aurait jamais dû venir ici seule. Elle hésite, décide pourtant de continuer. Quand elle dispose d'un peu de lumière, elle tente de déchiffrer les numéros sur les portes de caves. Beaucoup sont presque effacés. Enfin, elle trouve le 29. Avant-dernière cave au fond d'un couloir en cul-de-sac. La porte, semblable aux autres est un modèle étroit, pas plus de soixante centimètres de large, une menuiserie bas de gamme qui sera facile à forcer. Le tournevis, qu'elle a pris la précaution d'emporter, en vient à bout en quelques secondes, même pas besoin du passe.

Le petit local pue le renfermé, sa minuscule grille de ventilation bouchée depuis fort longtemps. L'ampoule est grillée. Elle se maudit une fois de plus pour n'avoir pas prévu de lampe. Tant pis, elle se débrouillera! Peu de choses dans cette cave : quelques rayonnages poussiéreux garnis de boîtes en carton ou de bacs plastique. Au sol, trois sacs de supermarché remplis du bric-à-brac que l'on peut s'attendre à trouver en semblable lieu. Malgré la poussière, la crasse et les crottes de rats, elle se force à tout inspecter. Rien. À part une bouteille de Meursault 1984 sans doute oubliée là.

– « Bizarre, on l'imagine pas amateur de bons vins, le Tavarez... »

Du coup, elle pense à Dumesnil. Le commissaire apprécierait certainement! Elle résiste à la tentation de lui ramener la bouteille et décide de remonter. Elle s'est trompée, rien d'intéressant ici.

Alors qu'elle fait demi-tout son regard s'arrête sur un sac de patates, presque invisible dans le coin opposé. Les tubercules ont germé et pourri tout à la fois. Elles ont été à moitié dévorées par les rats qui, en échange, y ont largement déposé leurs excréments. L'ensemble est franchement peu engageant. Pourtant quelque chose l'intrigue, la poussière. Une partie du sac éventré semble en être moins couverte. Manipulé récemment ?

Surmontant sa répugnance, elle examine ce qui en reste. Un jus malsain s'en échappe ainsi que de petits insectes. Elles doivent dégager une odeur infecte qui, toutefois, ne se distingue pas de la puanteur générale. Son obstination est récompensée, l'un des tubercules présente un meilleur aspect que ses congénères, plus fraîche sans doute. Camille s'en saisit, une incision a été pratiquée sur la patate. À l'intérieur une autre clé USB. Elle emballe le tout dans un mouchoir papier avant de la glisser dans sa poche. Elle a le sourire, finalement son idée était bonne. Reste à retrouver la sortie.

Une nouvelle fois la lumière s'éteint. Nouveau tâtonnement à la recherche d'un interrupteur. Elle pose la main sur le bouton, prête à appuyer quand elle perçoit un bruit de pas. Elle retient son geste, écoute. Plus rien. Elle éclaire. Elle est à une intersection, il lui faut (elle croit bien) bifurquer sur sa gauche. Elle s'y engage quand une voix en provenance de la droite la fige.

– Alors, poulette, on se promène seule dans les caves ?

Une lampe-torche est braquée sur elle, elle distingue vaguement deux silhouettes. Un frisson la parcourt, le ton calme, presque courtois, est pourtant clairement menaçant. Elle écarte son blouson, laissant apparaître le Mauser 9 mm dans son étui de cuir.

– Police !

– Ouais, t'es une fliquette. On est au courant et, tu sais quoi, on aime pas les keufs ici !

À moitié éblouie par la torche, le regard rivé sur les deux lascars, Berthelier décide de sortir son arme. Sans percevoir l'ombre qui se glisse derrière elle.

Chapitre 18

Jour 3, jeudi

Une journée de perdue! Dumesnil peste tout seul.

Il vient de retrouver son domicile par une splendide fin de journée estivale. La lumière du soir met en valeur la pierre jaune des constructions. La région des «Pierres dorées»! Ils sont tombés sous le charme quand ils l'ont visitée la première fois, Françoise et lui.

Il est 19 heures, la journée a été consacrée à des réunions et autres opérations administratives dont il a horreur. Mais qu'il doit pourtant assumer. Pas une minute pour l'affaire qui le préoccupe. À peine a-t-il eut le temps de faire un saut jusqu'à HEH : rien de nouveau, état stationnaire, il faut attendre.

Après avoir jeté un œil distrait sur le courrier, il décide de prendre une douche réparatrice. Un peu déprimé, il reste longtemps sous le jet. Même en plein été, il aime cette sensation de quasi-brûlure, sa musculature lourde s'assouplit, tout son corps se relâche. Il se sent mieux. Survêtement de tissu léger, Lacoste et chaussures de jogging, la forme est revenue, il s'installe dans son salon, renonce à faire une flambée. La chaleur est encore beaucoup trop forte même si les murs épais conservent à la demeure une relative fraîcheur. Il aime cette bâtisse rustique où pierre et bois règnent en maîtres, snobant les matériaux modernes de construction.

Il hésite à se servir immédiatement un Lagavulin. Non, il doit d'abord lire ses mails. Une bonne vingtaine! Sans intérêt, des propositions de voyages, de réductions mirifiques et autres arnaques de basse intensité. Il va refermer la messagerie quand un retardataire s'affiche. Un expéditeur improbable au nom grec, un texte incompréhensible. Le visage de Dumesnil s'éclaire, c'est Jérôme. Le hacker lui a fourni les outils de décryptage, rapidement tout est lisible. Peu d'informations cependant.

Jérôme a pu récupérer quelques bribes des zones effacées sur l'ordinateur de Françoise au SRPJ. Le jeune homme lui a expliqué la technique mais Dumesnil a oublié ce que, de toutes façons, il n'avait pas compris. Des mots épars...

« *centrale genda(rme ?) islamistes jeunes fem (mes ?) bombes série avion flics fichiers Arvey vent Vogl recherches portrait signalement motos bruits maison cache (caché-e-s ?) EDF train mairie ligne cave orange eau stop table quatre pont mine sommet* ». La liste égrène encore une centaine de groupes de lettres sans signification ni connexion apparente. Le hacker a complété par un tableau indiquant la proximité positionnelle des mots les uns par rapport aux autres dans les phrases effacées. Maigre bilan.

Dumesnil d'abord excité est maintenant déçu. Que tirer de ce fatras ?

Mais cette fois, la première impression n'est pas la bonne. En étudiant plus attentivement la liste le commissaire associe « islamistes » et « bombe ». Le lien avec Harbidi de nationalité tunisienne et d'obédience islamique lui semble évident. Ainsi ce serait ça le gros coup que préparait le petit malfrat ? Sans doute au sein d'une équipe, encadré par quelques « pointures » d'un tout autre calibre. Ça se tient et ça cadre avec le meurtre de Tavarez à l'aide un Douk-Douk. L'égorgement pour les traîtres, ce type de mise à mort étant aussi fort prisée des djihadistes, le couteau abandonné volontairement comme signature et avertissement.

Requinqué par cette piste qui s'ouvre, Dumesnil prend conscience que son estomac réclame son dû. Il hésite à se lancer dans la cuisine, pas le courage de mijoter un bon petit plat, deux tranches de jambon et du pain de mie feront l'affaire. Repas vite avalé, il va s'installer pour reprendre tous les éléments. La nuit tombe, il fait plus frais, alors, toutes fenêtres ouvertes, il décide d'une petite flambée. Il aime le feu, les flammes l'apaisent, l'aident à réfléchir.

Bien calé dans son vieux fauteuil au cuir râpé, un verre de whisky d'une main, la liste des mots de l'autre, il récapitule.

Harbidi semble une piste certaine, de nombreux indices s'y rattachent. Un, les affirmations de l'indic le disant sur un gros coup. Deux, l'assassinat de ce même indic, avec une arme valant signature. Trois, la voiture d'Harbidi avec laquelle Françoise a plongé. Quatre, les notes non effacées du capitaine Rondin mentionnant Harbidi, la ville de Chambéry ainsi qu'une possible filature. Cinq, les données effacées et en partie récupérées par Jérôme. Il paraît acquis que le tunisien préparait (seul? Peu vraisemblable) une opération importante. Est-il légitime de conclure à un attentat islamiste? C'est le plus logique, mais ce pourrait être une coïncidence, peut-être juste un braquage... Dumesnil décide de laisser de côté cette question. Peu importe finalement ce qui était en préparation, il faut remonter cette piste. Mais les pensées s'accélèrent. Pourquoi «était»? Rien ne dit que le plan d'Harbidi et de ses complices n'est pas toujours en préparation. Si c'est un casse, ce n'est pas trop grave, mais si c'est un attentat... Dès demain, il contactera les anciens collègues de la DGSI. Le Tunisien semble avoir disparu, il n'est pas passé chez lui depuis longtemps, son mobile est sur messagerie, il n'a pas déposé plainte pour sa voiture volée (empruntée ? Prêtée ?).

Dumesnil griffonne des notes entre deux gorgées de Nikka, finalement préféré au Lagavulin :

Qui a pénétré l'ordinateur de Françoise au SRPJ ? Jérôme dit que ça peut se faire à distance, d'ailleurs lui l'a fait, mais il n'y a probablement en France pas plus de quelques dizaines de hackers capables de ça. Il ne croit pas trop à cette hypothèse. Alors sur place, un collègue ? Un flic complice d'un attentat en préparation ? On a, malheureusement, déjà vu pire, pense le commissaire. Nouveau flash : Mazouzi, le jeune lieutenant, équipier de Françoise ! Qui aurait été mieux placé que lui ?

Dumesnil se reproche cette idée en forme de préjugé. Non, ce pourrait être n'importe qui, il y a du monde au SRPJ. Sans compter qu'il y a aussi des équipes de nettoyage, de maintenance, des plombiers étaient là l'autre jour...

Le sommeil le gagne, le feu s'est éteint, son verre est vide, il ne lui reste plus qu'à aller se coucher. Il ferme les fenêtres, provoquant un courant d'air, ses notes s'envolent. Il les récupère, énervé. Son regard s'arrête sur la liste des mots. Tiens, il n'avait pas remarqué deux majuscules : Arvey et Vogl. Des noms propres ? Il décide de vérifier sur Internet.

Bonne intuition ! « Arvey », le moteur de recherche indique quelques sociétés, l'ouragan Harvey mais aussi Saint-Jean d'Arvey. Il vérifie, trouvant une petite commune à proximité de Chambéry. Par contre « Vogl » ne donne rien, mis à part quelques patronymes anglo-saxons ou germaniques. Dumesnil est satisfait, son enquête progresse. Un peu. Il va devoir se rendre à Chambéry et Saint-Jean d'Arvey. Mais que chercher ?

Harbidi ? Peut-être, si les excollègues l'ont pisté dans ce secteur.

Le sommeil est passé, le commissaire récapitule, une nouvelle fois, les éléments. Il en est sûr désormais, Françoise a été victime d'un coup tordu destiné à l'éliminer. Ce qui voudrait dire qu'elle était sur une piste chaude, qu'elle risquait de faire capoter une opération importante. Un attentat ? Les islamistes ne s'embarrassent guère de solutions compliquées pour se débarrasser des gêneurs. Une rafale, une gorge tranchée et l'affaire est réglée. Sauf qu'éliminer un flic de cette manière aurait généré un sacré remue-ménage. Alors qu'un accident ou un suicide seraient beaucoup plus discrets. Ça se tient. Reste une question : pourquoi utiliser la voiture d'Harbidi ? Il fallait un cabriolet, pas le temps d'en voler un autre ?

Ces réflexions l'amènent à Camille Berthelier. Drôle de nana, vive, dynamique, intelligente et pour tout dire efficace dans le boulot. Elle manque peut-être un peu d'initiative, toujours à suivre son chef, à attendre ses décisions. Dès son arrivée dans son commissariat, Dumesnil l'a prise sous son aile. Normal, la seule femme, jeune dans le métier. Jeune tout court. Bien sûr certains ont jasé, des bruits malveillants ont couru. Peut-être encore. Pourtant, le commissaire est respecté, il n'est pas homme à jeter son dévolu sur une jeune femme de vingt-cinq ans sa cadette... Mais justement, il se demande, avec une certaine inquiétude, si elle de son côté...

Le sommeil revient, cette fois Dumesnil se couche pour de bon.

Chapitre 19

Jour 4, vendredi

Dumesnil a mal dormi. Des cauchemars. L'image de Françoise est revenue le hanter. Tantôt elle restait indéfiniment à l'état de légume, tantôt, elle retrouvait toute sa conscience, reprenait vie mais c'était juste pour lui signifier leur séparation définitive. Au petit matin, il s'est réveillé une nouvelle fois, en sueur, angoissé. À quoi bon essayer de retrouver le sommeil. Puisqu'il est sur pied de bonne heure, autant en profiter pour évacuer un maximum de paperasse avant d'appeler la DGSI.

À 6 heures 30, il s'installe à son bureau. Non sans avoir lancé une cafetière de son breuvage préféré (après le whisky). À 8 heures 30, étonné de ne pas encore l'avoir vue, alors qu'elle vient toujours le saluer en arrivant, il pousse la porte du bureau de Berthelier, à l'autre bout du commissariat. Personne! Bizarre. Vaguement agacé, le commissaire regagne son antre, saluant au passage quelques-uns de ses subordonnés. La routine. Il est temps d'appeler les anciens collègues.

– Allo, Boudard? Ah enfin, ça fait 10 minutes qu'on me balade, ça ne s'est pas arrangé dans la boutique.

Le capitaine Boudard, après un temps d'hésitation reconnaît son ancien chef.

– Ah, command..., pardon commissaire, quelle surprise!

– Bon, comme tu t'en doutes, je ne t'appelle pas pour des mondanités, j'ai besoin d'un tuyau.

– Si je peux...

Dumesnil ne s'arrête pas au ton un peu hésitant, il poursuit.

– J'ai besoin de savoir ce que vous auriez sur un certain Mohamed Harbidi, domicilié à Bron dans le Rhône.

– OK, je regarde, reste en ligne.

L'attente ne dure guère.

– Ouais, j'ai ça en magasin. Un fiché S. Un petit malfrat sans envergure, deux ans de placard avec des barbus. Évidemment, il ressort radicalisé. Rien de nouveau. Le jour où «ils» comprendront qu'il faut mettre les djihadistes à l'écart des autres détenus...

– Vous le suivez régulièrement ?

– Non, tu connais le problème on ne peut pas pister tout le monde. On doit faire des choix et ton client n'a pas l'air bien dangereux. Il fréquente des salafistes mais rien de plus. Alors, on fait quelques vérifs régulièrement, rien de systématique. Pourquoi tu t'intéresses à lui ?

– Cette fois, il semble être sur un gros coup. Peut-être même un attentat.

– Ah, merde !

– Comme tu dis.

– T'as quoi comme infos ?

Le commissaire lui fait un résumé succinct des événements sans trop s'attarder sur Françoise Rondin.

– Mouais, pas énorme, mais je vais transmettre à nos équipes de Lyon, ça mérite qu'on le suive d'un peu plus près. D'ailleurs c'est curieux, je vois qu'on a rien depuis deux semaines. Normalement, il y a un rapport hebdomadaire. Bon, on se tient au courant.

– Attends, une dernière chose. Savez-vous s'il s'est rendu à Chambéry récemment ?

– Je vérifie. Affirmatif. On a deux passages là-bas, le mois dernier. Aller-retour en 48 heures.

– Donc il y a passé une nuit. Où ?

– Aucune idée, c'est pas noté. Je vais poser la question mais pas sûr que...

– Ouais, ouais, je sais. Allez, à plus.

Dumesnil raccroche. 9 heures 20, toujours pas de Berthelier, cette fois, il commence à s'inquiéter. Il n'a pas le temps de se lever pour retourner au bureau de son OPJ que le téléphone sonne. Il décroche nerveusement, persuadé que c'est la jeune femme.

– Dumesnil ? Boudard. J'ai pensé à un truc, on n'a pas l'ADN d'Harbidi. Tu as quelque chose ?

– Quelques objets récoltés chez lui. On a pas vu la nécessité de faire un relevé d'ADN. Je t'envoie une brosse à dent, tu les feras.

– OK, ça marche.

Dumesnil raccroche, son regard s'arrête sur la pendule murale. 9 heures 30 et toujours aucune nouvelle de la jeune femme. Agacé, il sort de son bureau comme un taureau jaillit dans l'arène.

– Quelqu'un sait où est passée Berthelier ?

Que des réponses négatives. Sans commentaire, quand le patron est dans cet état-là, mieux vaut faire profil bas. Le commissaire regagne son bureau, hésitant entre la colère et l'inquiétude quand son mobile se manifeste.

Cette fois c'est la lieutenant.

– C'est moi, patron.

– Ah, tout de même ! Panne de réveil ?

Le bon bourru ne parvient pas à masquer un vrai soulagement.

– Non, je sors des urgences, après une nuit en observation. J'ai été agressée...

– Quoi ? Comment ? Où ?

– J'arrive, commissaire, je vous expliquerai de vive voix.

Chapitre 20

Attente interminable.

Sandra garde les yeux rivés sur la porte restée ouverte. Si elle pouvait décrocher cette chaîne, peut-être que... Absurde, elle le sait ! Que va-t-il pouvoir ramener ? Nouvelle poussée d'angoisse, elle vomit. Presque rien. Normal, elle ne mange quasiment plus.

Enfin des pas. Combien de temps s'est-il absenté, des heures, quelques minutes ? Elle perd complètement la notion du temps. De tout d'ailleurs, elle est dans un autre monde. Est-ce que ça ressemble à cette cage, l'enfer ? Elle se surprend à se réjouir du retour de son geôlier. La silhouette inquiétante est à nouveau là. Même regard inexpressif, même manières doucereuses, presque obséquieuses... Elle s'est interrogée, au début : est-ce son état naturel ou une attitude de composition destinée à jouer avec son angoisse ? Mais c'était « au début », maintenant elle ne se pose même plus cette question.

– Alors, elle a été gentille ? Elle n'a pas fait de bêtise ?

– ???

– Elle voulait savoir comment on va s'amuser tous les deux. Bon, je lui ai amené de quoi s'informer.

Il pose devant sa captive un petit ordinateur portable de couleur noir. Il est en position d'arrêt, écran refermé. Il n'y a ni souris ni chargeur. Elle regarde cet objet pourtant ordinaire avec étonnement et suspicion, comme le ferait un paysan du Moyen Âge. « Que veut-il que je fasse avec ça ? ». L'interrogation cède la place à un fol espoir : « un message, je vais pouvoir envoyer un message ! ». Le faible éclat dans les yeux de la jeune femme n'échappe pas à son bourreau. Sans doute l'attendait-il.

– Qu'elle ne se fasse pas de mauvaises idées, il n'y a pas d'Internet. Aucun moyen de communication, aucun logiciel sauf de quoi visionner des vidéos.

– Des vidéos ?

– Elle voulait savoir, alors elle peut regarder des vidéos. Il y en a trois. C'est tout ce qu'elle trouvera sur cet ordinateur.

– Mais…

Le cerveau de Sandra est comme un cormoran englué dans le goudron d'une marée noire. Il essaie de fonctionner, s'agite, tente de décoller mais n'arrive à rien.

– Elle n'est pas obligée de regarder. Peut-être que le programme ne lui plaira pas, mais elle doit savoir que la batterie va se décharger. En 4 ou 5 jours si elle ne l'utilise pas, en beaucoup moins de temps si elle visionne les films.

En prononçant ces mots, le visage du geôlier reste impassible, son attitude neutre, le ton courtois. Seul le regard a changé. L'absence d'expression a laissé la place, un bref instant, à une joie épouvantable.

– Bon, si elle n'a rien à dire je vais m'en aller. À elle de choisir. Visionner ou pas ?

Sans autre mot, il se retourne et s'éloigne. La porte se referme, la lumière s'éteint. Un léger bruit de pas. Plus rien, le noir, le silence !

Le premier réflexe de Sandra est de s'emparer du petit ordinateur. Elle tend le bras, commence à ouvrir la machine. Quelque chose bloque en elle, comme un mécanisme qui se grippe. Elle le referme avant que l'écran ne se soit allumé. Que va-t-elle découvrir sur ces vidéos ? Des horreurs, elle en est certaine, il n'y a rien à attendre de ce type. Mais ne pas savoir, n'est-ce pas pire ?

Elle renonce à trouver une réponse, à prendre une décision. Elle renonce à tout espoir, elle s'effondre, une nouvelle fois en larmes...

Chapitre 21

Jour 4, vendredi

Laurent Tadéi, jeune lieutenant arrivé depuis quelques mois au SRPJ de Lyon termine un rapport. Toujours la paperasse ! Il lève la tête, la porte de son bureau restée ouverte vient d'être obscurcie par une haute silhouette, son chef le capitaine Griverd s'approche, l'air mécontent.

– Voilà un quart d'heure que je t'attends. On doit « essorer » les indics de Cusset[1]. T'as oublié ?

– Ah ouais, le braquage du Super U.

– Si ça t'intéresse pas, dis-le !

Le ton est grinçant, Griverd n'est réputé ni pour son humour ni pour sa patience. Il apprécie pourtant le nouvel OPJ muté dans le service en provenance d'un commissariat de province. Les deux hommes ont la même allure, grands, minces, athlétiques, presque le même âge, partageant un identique goût pour les nanas, les blagues machistes et les sous-entendus grivois.

– C'est pas ça, chef. Mais faut absolument que je termine un rapport...

– Quel rapport, y a pas eu d'intervention hier ?

Tadéi est manifestement embarrassé, il gratte machinalement sa toison pectorale libérée par plusieurs boutons oubliés. Griverd le regarde plus attentivement. Le corse est brun, velu comme un ours, parfois négligé comme ce matin où il n'est pas rasé de deux jours avec une chemise de la veille voire l'avant-

1 Un quartier de Villeurbanne, en banlieue de Lyon.

veille, élimée et noircie au col. Après quelques longues secondes de silence embarrassant, il se lance.

– J'ai tiré hier. Tu connais le règlement, faut tout expliquer en long en large et en travers !

– Quoi, t'as utilisé ton arme de service... Pourquoi ? Sur quoi, ou sur qui ?

– Sur personne. Une connerie ! J'étais chez des amis à Chaponost[2], on prenait l'apéro dans le jardin, j'ai voulu leur montrer le fonctionnement... Le coup est parti accidentellement.

– Un seul ?

– Deux, en fait.

– Combien de morts ?

Le ton est lourdement sarcastique, sans aucune nuance d'indulgence. Griverd se fout du règlement. Par contre, il a horreur des ennuis et autres tracasseries administratives. Si jamais le patron apprend ça, il est bon, lui aussi, pour un rapport. Voire plus si l'IGPN[3] n'a rien d'autre à faire en ce moment.

– Aucun, chef. Aucun, le flingue était dirigé vers le ciel.

– Encore heureux. Par contre, ça veut dire que tu n'as pas récupéré les balles ?

– Heu... non. Les douilles mais pas les balles.

– Démerde-toi à faire un rapport au carré, je veux pas de complication.

– Oui, oui.

– C'est bien compris ? Abruti !

Griverd a senti monter la pression depuis le début de cet échange. La perspective d'être mis en cause le rend fou de rage. Cette fois, il se lâche, le ton n'exprime plus que cette colère. Visage fermé, lèvres pincées, ses yeux, aussi noirs que ceux du Corse, restent

2 Commune de l'Ouest lyonnais.
3 La police des police.

quasiment inexpressifs. Juste une lueur meurtrière. C'est vrai qu'il étranglerait volontiers son subordonné.

– Oui chef. Je... Je vais mitonner ça pour que ça passe sans vague.

– T'as intérêt. Tu termineras ce soir. Maintenant, tu me suis.

Le ton est sans réplique, Tadéi se lève.

Chapitre 22

Jour 4, vendredi

– Ouais, quoi encore ?

Dumesnil n'est pas à prendre avec des pincettes. Trois fois déjà qu'on frappe à son bureau depuis qu'il attend Berthelier. Toujours pour des broutilles. Le précédent importun, le lieutenant Bataille, un jeune aussi, c'est fait recevoir. Alors...

– C'est moi, patron.

La jeune femme entre timidement, un pansement sur la tête.

– Qu'est-ce qu'il t'est arrivé ?

Le ton bourru masque l'intense soulagement du commissaire. Il sait qu'elle est fiable, si elle n'était pas là sans prévenir c'est qu'il y avait un problème.

– Je me suis faite agresser... dans les caves de chez Tavarez.

– Qui ? Qu'est-ce que tu foutais là-bas ? Seule, j'imagine.

Dumesnil a hurlé, libérant dans cette fureur la tension accumulée ce matin. Berthelier a beau le connaître, savoir que ses accès de colère ne durent pas, qu'ils font partie du personnage, c'est toute tremblante qu'elle répond.

– J'ai eu une idée, commissaire, on n'avait pas pensé à la cave. J'ai voulu vérifier, il pouvait s'y trouver quelque chose.

– Humm, et tu pouvais pas m'attendre ?

– Vous étiez pris par les réunions...

– C'est vrai... Quand même ! Alors ?

Le ton s'est radouci. L'OPJ reprend confiance, retrouvant un ton normal.

– J'ai trouvé deux clés USB cachées. Une dans le frigo, une autre dans la cave et...

Dumesnil l'interrompt brutalement. Trop pris par l'affaire, il n'a pas réagi immédiatement mais la jeune femme ne devrait-elle pas être encore à l'hôpital?

– C'est normal que tu sois déjà sortie?

– J'ai passé une radio et un scanner. Rien. J'ai juste été KO. Tout va bien. Donc, dans les caves...

– C'est là que tu as été attaquée?

Camille Berthelier raconte par le détail son expédition, jusqu'aux deux lascars braquant une lampe.

– J'ai senti une présence derrière moi au dernier moment, juste avant de prendre un coup sur la tête.

Dumesnil montre le pansement à l'arrière du crâne de sa subordonnée.

– Pas trop grave alors?

– Non, d'après les toubibs, ce serait une matraque souple. Un truc qui met KO sans blesser. De fait j'étais complètement étourdie...

– Combien de temps?

– Je sais pas trois ou quatre minutes. Quand on est dans les vaps...

– Ensuite?

– Je crois que les racailles ont voulu me violer, mon pantalon était baissé quand on m'a retrouvée. C'est confus, j'ai eu l'impression d'être fouillée ou alors c'était juste du pelotage.

– Une idée sur tes agresseurs?

– Des trafiquants du quartier que la présence de flics dérangeait. Ils auront été prévenus et ont voulu donner un avertissement tout en en profitant pour se faire une fliquette.

– Plus jamais ça Berthelier, tu as eu de la chance!

La jeune femme hoche la tête, prise de tremblements. Dans l'agitation de la nuit et de la matinée c'est la première fois qu'elle prend conscience du danger auquel elle a réchappé. Viol à coup sûr, peut-être pire... Le commissaire retrouve un ton chaleureux.

– Je suppose que tu es sûre de ne pas avoir été violée. Alors, pourquoi se sont-ils interrompus ? Je n'imagine pas une prise de conscience tardive.

– Ils auront été dérangés. Par le locataire qui m'a trouvée ?

– Tu crois que trois voyous de ce style se laisserait arrêter par un inoffensif habitant de l'immeuble ?

– Non, c'est sûr, ça colle pas.

– Alors qui ? Quelqu'un les a mis en fuite. Pourquoi ?

– Un truc me revient, dans mon étourdissement il m'a semblé entendre un coup de feu. Mais je ne serais pas capable de le jurer, c'est comme dans un sommeil dont on émerge sans parvenir à retrouver les détails du rêve.

– Prenons cette impression comme exacte. Donc un type arrive (juste à ce moment, belle coïncidence !), il a un flingue, tire et fait fuir les lascars. Sûr que s'ils ont pris une bastos, ils n'ont pas dû demander leur reste. Des traces de sang ?

– Sais pas, faudrait y retourner.

– Le gars qui t'a trouvée, il a appelé qui, les flics, le Samu ?

– Aucune idée, mais des collègues du commissariat local sont venus m'interroger à HEH.

– Quand ?

– Dans la nuit, sais pas quelle heure il était.

– Donc le voisin a simplement alerté les secours.

– Il a sans doute pensé à un malaise.

– Avec le pantalon baissé ?

– Non bien sûr ! Il aura voulu éviter les représailles.

– Les collègues de Villeurbanne, ils ont dit quoi ?

– Pas grand-chose, quelques questions. Que je passe dans la journée faire une déclaration écrite et déposer plainte. En fait, je leur ai pas signalé que je suis OPJ. Alors, pour eux c'est la routine...

Dumesnil n'insiste pas plus, il est évident que Camille a voulu éviter d'avoir à expliquer pourquoi un lieutenant du commissariat de la Croix-Rousse se baladait dans les caves d'un HLM de Villeurbanne. La colère le gagne à nouveau, il résiste à l'envie d'appeler le commissaire du secteur pour l'engueuler. Plus tard peut-être. Un bref silence s'installe, juste troublé par le vrombissement d'un frelon entré par la fenêtre ouverte. La canicule perdure. Dumesnil attrape une chemise cartonnée pour chasser l'intrus, Berthelier suit le mouvement des yeux puis son regard inspecte le bureau, peut-être pour se donner une contenance. Tout est en ordre, bien classé, rien ne traîne. Armoires et tiroirs sont fermés, le PC dans un coin du bureau, des casiers à documents dans l'autre, un sous-main au centre avec un pot rempli de stylo. Elle est allée une fois chez le commissaire, en compagnie de Françoise Rondin. L'ordre ici contraste avec la pagaille du domicile. Le frelon est parti, Dumesnil reprend la parole.

– Heu... Pardon, chef, j'étais ailleurs.

– On peut pas compter sur l'enquête à venir. Nous devons aller voir sur place. Mais il y a un problème dans cette histoire.

– Oui ?

Camille en voit pas mal des problèmes, mais elle préfère laisser parler son chef.

– Le gus qui a mis en fuite les loubards. Pourquoi était-il là et surtout que voulait-il ?

– Soit le hasard, soit il m'a suivie... Je me suis demandé, ces jours derniers, si je n'étais pas filée.

– Le hasard j'y crois pas! Quant à ce que tu sois suivie, peut-être! Je me suis, moi-même, demandé si je ne l'étais pas. Mais la vraie question est, pourquoi intervient-il?

– Pour me venir en aide?

– Dans ce cas, il aurait appelé les secours. Ce qu'il n'a pas fait. Donc en fait, il se foutait de ce qui pouvait t'arriver.

– Les clés USB!

Fébrile, Camille Berthelier fouille les poches de son jean et de son blouson. Ce matin, son premier réflexe a été de chercher son arme. Les soignants l'avaient mis dans une boîte plastique avec l'étui et sa carte de flic. Encore en état de choc, elle a zappé les supports informatiques. Elle retrouve rapidement la première clé dans son sachet plastique, glissé dans une petite poche intérieure de son vêtement. Mais l'autre, restée dans la patate fendue et enveloppée dans un mouchoir en papier reste introuvable.

– On m'a piqué la seconde, celle de la cave.

– Donc, il t'a fouillée, il s'attendait à ce que tu trouves quelque chose. Soit il te surveille (nous surveille) soit il surveille chez Tavarez.

– Un gars de l'équipe d'Harbidi?

– Ça se pourrait. S'ils ont essayé de mettre Françoise hors circuit, ça veut dire que leur coup est encore en préparation, qu'ils craignaient qu'elle remonte la piste.

– Et comme on enquête, ils veulent savoir ce que l'on a.

Dumesnil secoue la tête, contrarié.

– Ce qui veut dire qu'on doit être prudents. Ils ont tenté de «suicider» Françoise, ils n'hésiteront pas à nous éliminer.

– Pourtant dans la cave, il aurait pu m'étrangler ou me fracasser le crâne, on aurait mis ça sur le compte des racailles.

– Sauf qu'il n'avait pas prévu ton agression, qu'il ne savait (et ne sait peut-être toujours pas) où nous en sommes. Il n'a pas voulu prendre de risque.

– Ou il a hésité à agir sans ordre.

Le téléphone se manifeste par une improbable sonnerie à l'ancienne. Encore une bizarrerie de Dumesnil, songe le lieutenant Berthelier. C'est Jérôme.

– Salut Dum, en forme ?

– Ça pourrait être mieux. Du neuf ? Ah, excuse-moi, bonjour Jérôme.

Le jeune informaticien poursuit, toujours aussi caustique.

– Tu vois, c'est mieux quand on se salue comme des gens civilisés.

– Muumm... Alors ?

– J'y arrive. J'ai bossé comme un malade. J'ai la liste, avec les noms des destinataires, de tous les appels de Françoise, celle de tous les points où elle a « borné » et toutes les localisations enregistrées par Google.

– Magnifique, bravo ! Je te demande pas comment tu as fait...

– Vaut mieux pas. Je te stocke tout ça sur le web.

– OK, merci. Bon travail.

Dumesnil raccroche, il consultera ce soir le site caché ou le hacker lui transmet les informations sensibles. Pour l'heure, il faut retourner chez Tavarez. Berthelier a écouté la conversation en silence, elle ne pose aucun question, attendant les directives de son chef.

– As-tu suffisamment récupéré ?

Approbation muette. Dumesnil s'apprête à donner le signal du départ, il a commencé à se lever de sa chaise mais stoppe net son mouvement.

– La clé USB, avec le coup de fil on n'a même pas vérifié le contenu.

Berthelier tend l'objet au commissaire. Il l'essuie soigneusement, passe un coup de soufflette dessus avant de la connecter sur son PC.

– Pas la peine de chercher des empreintes, on trouvera à coup sûr celles de Tavarez.

– Oui, et après deux ou trois semaines dans de la sauce tomate…

Dumesnil grommelle tout seul. Manifestement, son ordi a du mal à lire la clé. Il la retire, la nettoie avec un produit spécial informatique. Nouveau jet d'air comprimé. Nouvelle tentative de connexion. Cette fois ça va mieux. Pas pour longtemps : le contenu est visible mais inaccessible.

– Fichier crypté ! Fallait s'y attendre !

– On est bloqués ?

– Non, je vais l'expédier à quelqu'un qui saura la cracker.

Le lieutenant Berthelier ne pose pas de question.

– Alors on y va.

Chapitre 23

Jour 4, vendredi

Nouvelle descente dans les peu engageantes caves du HLM de Tavarez. Cette fois Berthelier a pris une lampe, une puissante torche à leds. Après quelques hésitations dans le dédale des couloirs poussiéreux et malodorants, ils sont devant le numéro 29. Personne n'a réparé la porte, il suffit donc de la pousser pour pénétrer à l'intérieur du petit local. Après une brève inspection, la jeune OPJ constate :

– Il y a eu de la visite.

– Pourquoi ?

– Il traînait sur une étagère, une bouteille de bon vin. Un Meursault ! Je ne me souviens plus l'année, vieux en tout cas. J'ai même failli la piquer pour vous la ramener.

– Bravo Berthelier ! J'apprécie l'attention. Mais, question déontologie…

– J'aurais mieux fait pourtant !

– Bon, on est pas là pour parler pinard. Encore que… Tu trouves pas bizarre qu'un minable comme Tavarez conserve une bouteille de qualité, ici dans cette cave pourrie ?

La jeune femme hoche la tête, les souvenirs de la veille, en partie estompés par le KO, remontent à la surface : elle s'était, elle aussi, fait cette remarque.

– Sûr, patron. C'est zarbi ! Et, juste dans la foulée, la bouteille disparaît. Doit pourtant pas y avoir beaucoup de connaisseurs en bourgogne par ici.

– Quoi qu'il en soit, on peut pas y faire grand-chose. Gardons pourtant ce détail en mémoire.

Sur ces mots, le commissaire sort du local pour examiner attentivement le couloir. Aucune trace de quoi que ce soit. Pas de sang. Pas de douille. Nul objet abandonné. Berthelier scrute le sol, sans plus de succès que son chef. Prise par ses pensées, elle sursaute quand ce dernier l'interpelle.

– Ils étaient où, les lascars ?

L'adjointe du commissaire désigne un couloir perpendiculaire à celui où se trouve la cave.

– Là, à quelques mètres de l'intersection.

– Et toi ?

– Juste à l'angle, j'ai dû faire un pas dans leur direction. Donc par ici.

Elle désigne un point sur le sol. Dumesnil se baisse, lampe à la main. Il examine le béton poussiéreux.

– RAS. Ton sauveur n'a rien laissé traîner. Peut-être les balles, on les cherche.

– Si elles existent. Je ne suis pas certaine qu'il y ait eu un coup de feu, encore moins plusieurs.

Pendant cinq longues minutes les deux flics inspectent murs, plafond et portes de caves. C'est la jeune fliquette qui trouve en premier.

– Là, commissaire !

Elle pointe le doigt vers le haut d'une huisserie bois encadrant la porte de la dernière cave de ce tronçon. Une perforation est visible sur l'angle extérieur, un peu en dessous du plafond.

– Bien vu lieutenant !

Dumesnil s'approche, éclairant à son tour le point désigné. Aucun doute pour qui a déjà vu des impacts de balles. Le haut du mur en maçonnerie est ouvert sur vingt centimètres pour la ventilation. Ils dirigent les faisceaux lumineux vers l'intérieur, une marque est clairement visible sur le béton du plafond.

– Il faut trouver la balle, force la porte, tu as l'habitude.

Berthelier ne relève pas l'ironie, elle sort le gros tournevis dont elle s'est munie. La fermeture n'oppose pas plus de résistance que celle de feu Tavarez. L'intérieur tient autant de la décharge, à cause de nombreux détritus, que du marché aux puces, en raison du bric-à-brac de meubles et de vieux appareils entreposés. Berthelier est un peu découragée :

– Ben ça va être coton de la retrouver dans ce bordel !

Dumesnil hausse les épaules, tout à la fois bougon et rigolard.

– Faut faire marcher un peu ses méninges, lieutenant ! Regarde, on a le trou dans le montant de la porte et l'impact au plafond. Donc, une trajectoire précise ! Tu vois, elle a dû ricocher par là.

Il désigne l'angle opposé de la cave, vire le bazar entreposé, soulevant une poussière âcre à l'odeur déplaisante. Berthelier a compris, elle tente de matérialiser l'angle de rebond.

– Oui, elle a ricoché par ici sur le mur. Là !

Le mur en maçonnerie, moins dur que le béton, a absorbé le projectile visible, dans la lumière électrique, à environ deux centimètres de profondeur. Le tournevis, après avoir servi de pied-de-biche, fait office de burin. Après quelques minutes d'effort la balle est dégagée. Bien abîmée mais reconnaissable pour un œil averti comme celui du commissaire.

– Du 9 mm Parabellum !

– Classique ! Une arme de truand ?

Dumesnil hausse les épaules. Aujourd'hui n'importe qui peut acheter « au black » une Kalachnikov, alors un calibre 9 mm...

Les recherches reprennent mais sans succès. Pas d'autre trace de balle, aucun autre indice.

– Bon, c'est déjà ça, tu l'enverras au labo. Pour l'heure, on va interviewer les voisins. En commençant par celui qui t'a trouvée.

Chapitre 24

Jour 4, vendredi

Le capitaine Boudard n'a pas hésité longtemps, par les temps qui courent, s'il y a un risque d'attentat, il vaut mieux prendre toutes les précautions. Il transmet donc à un collègue de la DGSI, en charge de la région lyonnaise, l'information concernant Harbidi : fiché S, en possible préparation d'attentat suivant des sources sérieuses (Boudard ne cite pas lesquelles), semble avoir disparu de nos écrans radar depuis une quinzaine.

Le lieutenant Pierre Meunier pousse un chariot rempli à ras-bord de victuailles et autres produits ménagers. L'engin refuse d'aller en ligne droite, tantôt d'un côté, tantôt de l'autre. L'agent de la DGSI peste contre cette machine infernale tout en cherchant, en vain, une caisse sans file d'attente. Il a profité d'un creux pour faire ses courses, espérant trouver un supermarché sans trop de monde. Espoir déçu !

Bien sûr, c'est quand son tour arrive enfin, quand il est en train de déballer ses produits sur le tapis-roulant que son téléphone se manifeste. Il hésite, regarde le numéro : masqué. Peut-être la « *boutique* »... Il décide de répondre, bien énervé toutefois, si c'est une pub, l'importun va se faire recevoir !

– Allo, oui ?

– ...

– Ah, c'est vous. Bonjour commandant. Oui, je vous entends mal...

– Avancez monsieur, il y a du monde derrière vous !

Furieux, le lieutenant Meunier montre sa carte au caissier impatient. Haussement d'épaules de ce dernier.

– Je vous rappelle dans trente secondes.

Le temps de tout passer en caisse, de remettre dans le chariot et de payer, ce sont cinq bonnes minutes qui se sont écoulées quand il rappelle son chef. Comme il s'y attendait, il se fait engueuler.

– Excusez-moi, patron, faut bien que je trouve un moment pour mes courses...

– ...

– Quoi, Harbidi? Oui, je vois qui c'est. Un attentat? Vraiment, j'y crois pas trop. Mais, c'est une drôle de coïncidence que vous me parliez de ce gus, j'avais perdu sa trace depuis deux semaines et, justement, hier, un indic m'a appelé. Il l'aurait vu à Chambéry et saurait même où il loge.

– ...

– Comment? Pourquoi je suis toujours à Lyon? Ce type ne me paraît pas prioritaire. Je suis sur la piste de quelques agitateurs gauchistes et...

Le correspondant, quelque part au siège de la DGSI, l'interrompt sans ménagement pour une copieuse engueulade.

– Oui commandant. Oui, je pars sur l'heure pour Chambéry. Je vous tiens au courant.

Le lieutenant Meunier raccroche de fort mauvaise humeur. Il a horreur des supermarchés et encore plus de se faire «remonter les bretelles». La prochaine fois, sa femme se démerdera avec les courses!

Le temps de passer chez lui poser ses achats, de prévenir madame et de faire le plein, une heure plus tard, il est en route pour Chambéry. Soixante-deux minutes de trajet indique le GPS, inutile de mettre le gyrophare. D'ailleurs il ne voit aucune urgence.

Qu'Harbidi puisse préparer un attentat, il n'y croit pas... Pourtant l'idée fait son chemin, il repense aux attaques de l'an dernier : rien que des « pieds-nickelés » agissant au coup par coup, sur l'inspiration du moment, profitant d'une occasion. Alors, qui sait ? Il a suivi personnellement et à plusieurs reprises, le suspect. Rien d'extraordinaire : Harbidi s'est radicalisé en prison, devenu salafiste, il fréquente des salafistes... Normal. Aucun ne semble réellement dangereux. Nul discours djihadiste, aucun message appelant au meurtre. L'imam de leur mosquée est certes virulent, prônant un islam moyenâgeux, aussi rigoureux qu'intolérant mais sans prêcher la violence envers les « *kouffars* ».

Les kilomètres défilent, monotones, ennuyeux. Le lieutenant cherche dans ses souvenirs, en deux ans de surveillance, plus ou moins lointaine, rien n'a attiré son attention. Le seul fait marquant, c'est quand il a croisé une des relations d'Harbidi : un jeune type, la trentaine, sans aucune origine arabe ou africaine, un roux à la peau très claire, sans taches de rousseur toutefois, cheveux ras. Rien d'un djihadiste à la longue barbe noire. Une fréquentation rassurante, à priori. Rien d'inquiétant. Sauf les yeux. Des yeux bleu pâle, hallucinés, un regard aussi humain que celui d'un requin.

Finalement, il lui faut moins d'une heure pour atteindre sa destination, un petit hôtel du centre de Chambéry, non loin de la fontaine des « Quatre-sans-cul ». Le lieutenant Meunier connaît son métier, il a patiemment constitué un réseau d'*indics*. Du classique, petits malfrats sur les agissements desquels on ferme les yeux en échange de renseignements, plus les autres, les monsieur-madame tout-le-monde. Pour ces derniers, choisis dans les professions qui voient passer du monde, bistro, hôteliers, taxi, Meunier a un truc : il échange les renseignements contre de petits services, à commencer par « *l'évaporation* » de PV. Et ça marche, il est ainsi parvenu à se constituer un joli petit réseau. Celui qu'il a en face de lui s'appelle Manuel De Oliveira, gérant d'hôtel de son métier.

– Alors, Manu, du nouveau ?

– Oui chef. Le mec que tu suis...

L'hôtelier alterne sourires mielleux et courbettes, il s'interrompt un instant pour proposer :

– Une petite bière commissaire ?

Le lieutenant connaît son interlocuteur, il n'essaie même pas de corriger l'erreur (volontaire) de grade, totalement indifférent à la cordialité aussi sirupeuse qu'artificielle.

– Ouais, pourquoi pas, j'ai soif. Merci. Alors, accouche ! Harbidi ?

– Tu sais, il logeait ici, je n'ai pas manqué de t'informer à l'époque... J'ai toujours l'œil à ton service...

– Au fait Manu, au fait !

– Eh bien, il est repassé, hier matin.

– Pour une chambre ?

– Non, il cherchait un truc oublié. Il m'a demandé si je n'avais rien trouvé.

– Trouvé quoi ?

– Il a parlé d'un carnet. Mais j'ai eu l'impression que c'était autre chose, il ne voulait pas s'étendre.

– Tu parles !

– Il a dit qu'il avait dû le laisser dans sa piaule, il a insisté pour monter. Je l'ai accompagné, rien bien sûr. Depuis trois semaines j'aurais trouvé. Il cherchait sûrement quelque chose, mais quoi ? Ça...

– C'est tout ? Tu sais où il loge maintenant ?

– Non ! Je lui ai posé la question. Pas de réponse, juste un regard noir, le genre « mêle-toi de tes oignons ! ». Par contre, j'ai eu le temps de noter sa plaque. C'était pas la Mazda qu'il utilisait, auparavant, une vieille Renault.

– OK, merci Manu, j'y vais.

– Dis commissaire, j'me suis fait flasher hier.

– Je m'en occupe ce soir. Donne-moi les infos : lieu, heure, véhicule...

Le lieutenant Meunier a le sourire en sortant. Quelques coups de fil à la boutique pour transmettre le numéro minéralogique et la description du véhicule. Les collègues s'occuperont d'interroger les nombreuses caméras de vidéo-surveillance (pardon, vidéo-protection). Bien sûr, ils n'ont pas le droit de le faire sans autorisation d'un juge... L'officier se marre tout seul : tu parles, y vont se gêner !

Chapitre 25

Jour 4, vendredi

– Bilal Korovac ?

Dumesnil montre sa carte au type qui vient d'ouvrir. Un homme d'une soixantaine d'années, mince, marqué et ridé, cheveux blancs, fatigué. Vêtements sales, usés, à l'image du bonhomme. Le visage, fort peu souriant, se ferme encore à la vue du document. Il acquiesce de la tête, sans un mot, épaules affaissées, regard baissé. Pour lui, flic rime avec ennuis…

– C'est bien vous qui avez trouvé une blessée dans les caves hier ?

Nouvelle approbation silencieuse. Du menton il désigne la jeune OPJ qu'il semble avoir reconnue.

– Cette femme.

– Oui, c'est bien elle, le lieutenant Berthelier, que vous avez secourue.

– Je vous remercie, tient à affirmer la jeune femme.

– Juste appelé médecin.

Les deux flics et le témoin sont toujours sur le pas de la porte. Ce dernier ne leur propose pas de rentrer, Dumesnil n'insiste pas. À quoi bon ? Il s'est renseigné et n'attend rien d'une inspection à l'intérieur. L'homme originaire du Kosovo est en France depuis 25 ans. Pas de casier, pas d'histoire, juste la pauvreté, à la limite de la misère.

– C'est pas vous qui avez mis les agresseurs en fuite ?

– Non, juste descendu à cave et trouvé femme couchée par terre.

– Rien vu des agresseurs, rien entendu ?

Korovac marque une certaine hésitation. Depuis le début, il ne parle qu'avec réticence, dans un français approximatif. Là, il se tait quelques instants avant de lâcher :

– Vu un type partir. Pas d'ici.

Il faut lui arracher chaque mot, Dumesnil commence à perdre patience, il se rapproche du témoin, regard dur, verbe haut.

– À quoi il ressemblait ?

– Grand un peu, sportif. Capuche sur tête. Pas vu plus.

Camille Berthelier, intervient à son tour :

– Parti à pied ?

– Non, voiture.

Le Kosovar est de plus en plus réticent à parler. Il est manifestement inquiet : parler avec les flics lui semble risqué. Le commissaire n'en a cure, perdant patience, il attrape le type au col pour les secouer.

– Quelle voiture ? Quelle couleur ?

– Renault, je crois…

Devant le regard noir du flic, il se précipite pour ajouter :

– Oui, Renault. Clio, grise… Vieille.

Berthelier n'arrive pas à déterminer si son chef est vraiment prêt à fracasser ce pauvre type ou s'il bluffe. Avec Dumesnil, impossible de savoir ! Dans le doute, elle pose une main apaisante sur le bras du commissaire. Son regard semblant dire : on en tirera pas plus. Elle a cependant une dernière question.

– Pas vu trois lascars descendre dans les caves, genre racaille ?

– Non, non, personne ! Rien vu !

Cette fois leur interlocuteur est vraiment paniqué.

– Pas entendu tirer ? Un coup de feu.

Dénégations véhémentes, le Kosovar recule, pousse la porte. Les deux flics laissent faire, sachant bien qu'il ne dira rien de plus. Le verrou se referme. Camille interroge :

– On fait les voisins ?

– On va le faire, un miracle est toujours possible. Ça m'étonnerait toutefois qu'on apprenne quoi que ce soit.

De fait, nul n'a rien vu ni rien entendu. Les deux flics ont pourtant retrouvé un certain sourire. Surtout Camille Berthelier, Dumesnil demeurant renfrogné. La lieutenant tire un bilan plutôt positif.

– Peu importe les loubards qui m'ont agressée, on s'en fout. D'ailleurs, on les coincera à l'occasion. Ce qui est important c'est l'autre, le type à la capuche. On a une vague description : grand, athlétique...

Dumesnil la coupe, sarcastique.

– Ouais, et on sait aussi qu'il porte une capuche. Peut-être même une montre !

Berthelier se fige, sourire évaporé. Juste un instant avant de se détendre à nouveau. Le commissaire est souvent insaisissable mais là, œil pétillant et moue moqueuse indiquent qu'il la charrie. D'ailleurs il enchaîne.

– On sait aussi qu'il porte un flingue...

– Et qu'il s'en sert à l'occasion.

– Il y a également la voiture. Banale certes mais c'est déjà une piste.

– D'ailleurs...

Après avoir débuté sa phrase Berthelier s'est tue, semblant réfléchir. Dumesnil la relance immédiatement.

– Oui ?

– En fait, je vous ai dit que je craignais avoir été suivie. Je suis pas sûre, évidemment, mais... ce que j'avais repéré, c'était une vieille Clio grise.

– Ça collerait! Et c'est logique, le gars te suivait. La question c'est pourquoi?

– Et pourquoi il m'a secourue?

– Quels que soient ses plans, il est probable qu'il ne voulait pas attirer tous les flics du département après l'agression de l'une des leurs.

– Possible. Sans doute aussi voulait-il savoir si j'avais trouvé quelque chose. Et il a récupéré la clé USB.

– Une seule. Il n'a pas trouvé l'autre. Plus la bouteille de Meursault.

– Si c'est lui! Ce pourrait être n'importe qui passé par les caves.

– Tu vois un habitant de cet HLM descendre dans les sous-sols, voir une femme étendue sur le sol et l'enjamber tranquillement pour aller voir si, des fois, dans une cave ouverte il n'y aurait pas quelque chose à piquer?

– Non, en effet, patron, vous avez raison. C'est donc bien M. Capuche qui a pris le Meursault. Mais pourquoi? Amateur de bon vin ou avait-il un autre intérêt pour cette bouteille?

Dumesnil a un mouvement de la main signifiant son peu d'intérêt pour ce détail :

– Bah, on verra...

Leur échange est interrompu par un violent coup de tonnerre. Ils n'y ont pas prêté attention mais le ciel s'est obscurci, d'énormes nuages noirs occultent la lumière, poussés par un vent mauvais. L'orage arrive, il est temps de rentrer.

Chapitre 26

Jour 4, vendredi

Au loin, sur les Monts du Lyonnais les éclairs illuminent par instants les sommets fatigués de la vieille montagne. Ils sont noirs comme le ciel avec lequel ils se confondent entre deux arcs électriques. Là-bas, l'orage se déchaîne, déversant ses cataractes. Sur la métropole lyonnaise, il ne pleut pas encore mais, de toute évidence, cela ne durera pas, la chaleur est étouffante, l'air saturé d'électricité. Régulièrement un coup de vent violent emporte les menus objets dans un tourbillon. Puis le calme revient, pas pour longtemps.

– J'aime l'orage !

Berthelier hoche la tête sans commentaire, elle voit bien que son chef est à l'aise dans cette ambiance si particulière. Ce n'est pas son cas, depuis toute jeune, le tonnerre la terrifie.

– Je vais passer à HEH.

Nouvelle approbation muette de la jeune femme. Elle a horreur des hôpitaux mais comme ils partagent le même véhicule et qu'elle ne se voit pas s'opposer à cette visite...

Dumesnil ne s'embarrasse pas de longues recherches, il laisse sa Cooper sur un emplacement soignant, gyrophare bien en évidence. Françoise Rondin est toujours en soins intensifs, ils doivent donc s'équiper : blouse, sur-bottes, masque et gants. Lui non plus n'aime pas cette ambiance. Après avoir échangé avec une infirmière -état stationnaire, il faut attendre-, ils s'avancent dans le box surmédicalisé : tubes, tuyaux, moniteurs, pompes…

Le commissaire observe son amie, inerte, perfusée, intubée, électrodes sur la tête et au niveau du cœur. Elle respire régulièrement, les cadrans semblent afficher des valeurs normales. Dumesnil tente de se rassurer, envahi par un sentiment de culpabilité : est-ce par sa faute qu'elle est là ?

Derrière lui, un peu en retrait, la jeune OPJ se sent mal à l'aise : l'odeur, l'ambiance, les bruits inquiétants des pompes, les cliquetis. Et surtout ce corps immobile, regard vide… Elle a hésité à accompagner son chef, peut-être aurait-elle dû attendre dans la voiture ? Elle s'est sentie obligée de le suivre, elle le regrette à présent. À cause de ce mal-être qu'elle éprouve mais aussi parce qu'elle ne se trouve pas à sa place, comme si elle s'immisçait dans l'intimité du couple. Mais sont-ils vraiment un couple ? Elle en est là de ses réflexions quand une infirmière vient mettre un terme à ce moment pénible :

– Vous devez la laisser maintenant, même si elle ne communique pas, votre présence la fatigue.

Dumesnil n'insiste pas, il se dirige vers la sortie, Berthelier suit, soulagée. Dehors, le ciel s'est encore obscurci, il n'est que 16 heures pourtant la nuit semble tombée. Tonnerre violent mais toujours pas de pluie.

Quand ils récupèrent la voiture un individu gesticulant exprime son mécontentement vis-à-vis du stationnement abusif. Dumesnil ne répond pas et démarre. Dans le rétro il voit le type noter le numéro, sans doute n'a-t-il pas remarqué le gyrophare.

Direction le commissariat de la Croix-Rousse, il ne leur faudrait pas plus de 15 à 20 minutes normalement. Mais un nouveau claquement de tonnerre semble donner le coup d'envoi du déluge.

En un instant les rues de Lyon sont transformées en torrents, les essuie-glaces s'agitent frénétiquement. Sans succès, la visibilité est presque nulle. La rue Terme qui permet d'accéder au boulevard de la Croix-Rousse est quasi impraticable, ils avancent lentement dans 20 centimètres d'eau, le flux dévale la pente. Au loin des sirènes. Collègues ou pompiers ?

La jeune femme est terrifiée. Et si le flot les emportaient ? Le tunnel, à mi-pente, est particulièrement impressionnant, c'est comme de pénétrer dans une rivière souterraine... Enfin, ils sont au commissariat. Le temps de franchir les quelques mètres entre le parking et l'entrée, ils sont trempés. Dumesnil se précipite vers son bureau, Berthelier le suit. Par habitude ou pour faire le point sur l'enquête. Elle ôte rageusement son blouson trop léger pour avoir procuré la moindre protection. Son Tshirt, tout aussi gorgé d'eau, désormais transparent, lui colle à la peau. Un soutien gorge bleu, dévoile plus qu'il ne cache une poitrine à même d'attirer l'œil de n'importe quel homme. Le commissaire ne peut s'empêcher de remarquer que son adjointe est plutôt sexy.

– Hum, tu ferais mieux d'aller te sécher dans ton bureau, on fera le point plus tard.

La jeune femme semble se rendre compte de son apparence et jette sur ses épaules le voile pudique, quoique dérisoire, de son blouson. Elle se précipite dans le couloir, croisant Robert, le planton. Le regard insistant de ce dernier confirme qu'il apprécie le T-shirt mouillé.

– Ça va Robert ? Quand tu auras suffisamment maté, tu me diras ce que tu veux !

Le jeune flic en uniforme sursaute, paniqué, il va se faire remonter les bretelles. Mais Dumesnil n'insiste pas.

– Heu, désolé commissaire... c'est que. Le SRPJ vous a transmis le rapport de l'identité judiciaire et de la scientifique, au sujet de Tavarez.

Il tend un dossier de belle épaisseur, toujours un peu hésitant, découvrant son patron lui aussi trempé.

– Voilà commissaire. Heu... Vous voulez un maillot sec ?

– Tu aurais ça ?

– Je vais trouver.

Sur le bureau du commissaire la paperasse s'est accumulée, il pose le dossier Tavarez à côté de l'imprimante. La vue de celle-ci lui rappelle qu'il doit mettre sur papier les infos transmises par Jérôme. Pour l'instant, il lui faut d'abord se sécher, heureusement Robert revient avec un maillot aux couleurs de l'OL. Dumesnil et le foot, ça fait deux, mais il ne proteste pas. Un ventilateur, posé au sol, séchera le pantalon...

Dumesnil a toujours considéré les taches administratives comme des corvées, aujourd'hui, elles l'exaspèrent totalement. Commissaire, ce n'est pas un cadeau ! En tout cas, pas pour lui. Il est 18 heures passées quand Camille Berthelier frappe timidement à la porte du bureau.

– Heu, commissaire...

Il lève la tête, agacé, concède une amorce de sourire. Son œil de flic, habitué à capter les moindres détails, note le changement vestimentaire. La lieutenant porte un chemisier rouge impeccable et son jean semble sortir du repassage. « *Comment font donc les femmes, c'est pas croyable ?* ». Regard et mouvement de menton interrogatifs.

– Je pensais que vous voudriez faire le point, avant de partir.

– Pas eu le temps de réfléchir. Regarde-moi ça, statistiques, budgets, des chiffres, encore des chiffres !

La lourdeur et les contraintes administratives elle connaît aussi, bien qu'à un degré moindre. Elle s'est jurée de ne jamais passer commissaire et ne peut que compatir par un petit sourire. Dumesnil désigne le dossier Tavarez et surtout la pile de feuilles A4 produite par l'imprimante : le rapport de Jérôme sur les déplacements et appels téléphoniques de Françoise Rondin.

– Il faut que j'analyse tout ça, on parlera demain.

Berthelier hésite un instant avant de proposer :

– Je peux le faire avec vous, j'ai commencé à suivre cette affaire.

Le commissaire reste silencieux, l'air bougon. La jeune femme attend, mal à l'aise, son chef semble contrarié. Elle va se retirer quand il lance :

– J'avais prévu d'éplucher ça chez moi. Je dois avoir des pizzas au congélateur. Si ça te tente ?

Chapitre 27

Sandra alterne les cauchemars, réveillée ou endormie. Le noir, l'attente, toujours l'attente. Elle a faim, dans l'obscurité elle cherche à tâtons la boîte de biscuits. Vide ! Depuis quand n'est-il pas venu ? Elle ignore, bien évidemment, le nom de son geôlier mais pourrait l'évoquer mentalement par des termes comme « mon ravisseur », « mon agresseur », « le type du 4X4 »... Elle se contente de « IL ». Peut-être va-t-« IL » venir bientôt ? Elle guette un éventuel bruit de pas. Rien !

La dernière fois qu'IL est venu, IL n'a presque rien dit, juste posé une bouteille d'eau et un peu de nourriture. IL a lancé un regard amusé au petit ordinateur.

– Elle est pas si curieuse, elle a pas encore regardé. Elle devrait pourtant, c'est amusant.

Rien d'autre, IL a tourné les talons, quitté la cave, refermé la porte et éteint la lumière. Sandra s'est sentie encore plus désespérée. En repensant à cet épisode elle s'interroge. Comment pourrait-elle se sentir « encore plus » désespérée ? Pourquoi cet espoir fou quand elle entend ses pas ? Elle sait bien qu'elle n'a rien à attendre de ce fou furieux. Elle est arrivée à cette conclusion : ce type est dingue, c'est un psychopathe, un sadique, un monstre !

– Calme-toi, calme-toi ma grande !

Elle s'est parlé à elle-même, à haute voix. Enfin, elle croit, elle n'est plus sûre de rien. Seules l'angoisse, la terreur même, et la faim sont des certitudes. Depuis combien de temps est-elle là ? Elle se sent sale, l'odeur de moisi ajoutée à celle du seau hygiénique renversé expliquent la puanteur dont elle vient de reprendre conscience. Elle a mal partout, le sol dur agresse ses articulations, son dos.

Elle a mal, elle a faim ! Elle a envie de hurler. Elle le fait, appelle ses amis, ses parents. Aucune autre réponse, silence sépulcral. Même son geôlier ne répond pas à ses cris. IL doit d'ailleurs être loin d'ici. Pourquoi cette pensée se demande-t-elle ? Peut-être qu'elle est dans une cave de sa maison, qu'IL vit tout près ? Quelle importance ?

Ses pensées filent, à la limite du délire. L'a-t-il violée ? Non, elle le saurait. Elle n'est même plus certaine, tellement son corps est douloureux. Violée ou pas, elle se sent souillée.

Elle a bougé, sa main touche l'ordinateur. Savoir, elle doit savoir ! Elle l'ouvre, l'écran s'allume. Elle le referme brutalement, repousse l'appareil comme s'il l'avait brûlée. Elle pourrait le casser, le rendre définitivement inutilisable, mettant fin à cette insupportable tentation. Pourtant elle ne le fait pas, sans doute a-t-elle, au fond d'elle-même, décidé de connaître le sort qui lui est réservé.

– Non, ça va être encore pire, c'est ce qu'IL veut, ce taré !

À nouveau elle a parlé à haute voix, hurlé en fait. Elle replonge en sanglots, se laisse aller, face contre terre.

Chapitre 28

Jour 4, vendredi

Il est 18 heures. Griverd et Tade i regagnent le SRPJ. C'est le Corse qui conduit. À l'arrière, menotté serré, Dylan Galache, plus connu dans le milieu sous le surnom de Brako (il insiste pour le K). Un surnom lié à son activité professionnelle bien qu'il n'y brille pas par son efficacité : des coups minables pour lesquels il se fait serrer une fois sur deux, au moins. À 38 ans, il en a déjà passé près de vingt sous les verrous. Cette fois c'est pour l'attaque d'un Super U, un petit magasin : moins de 400 euros dans la caisse. Voilà quatre jours que les deux flics du SRPJ enquêtaient. Ils l'ont chopé chez lui dans son minable T2 de Vaulx-en-Velin, l'autre abruti n'avait même pas prévu une planque.

Direction la salle d'interrogatoire, les deux flics ne veulent pas perdre de temps, pressés de conclure cette enquête, pressés de terminer la journée. Les braqueurs étaient deux, les caméras de surveillance le montrent sans ambiguïté. Deux hommes armés et cagoulés qui se sont enfuis en moto. Brako a trouvé le moyen de laisser son ADN sur la caisse, il a donc été identifié sans difficulté, ne restait plus qu'à le « *loger* ». En ce qui concerne le complice, les flics optent pour Abdel Bernaoui vu que les lascars font équipe depuis une dizaine d'années. Reste à avoir confirmation.

– Alors, Dylan, t'es parti pour repasser par la case « *zonzon* » ?

– J'emmerde les keufs !

Bing! Griverd lâche une mandale de mammouth, la tête du malfrat part en arrière, le nez explose, la lèvre supérieure et une dent aussi. Tadéi joue le gentil flic.

– Tu devrais rester poli, mon chef est nerveux, tu vois.

Silence. Le corse tend un mouchoir en papier que l'autre récupère avec difficulté, gêné par les menottes. D'une voix calme, presque amicale, il poursuit :

– De toute façon, on sait que c'est Abdel qui était avec toi, des témoins l'ont identifié formellement.

Toujours le silence. Brako essuie comme il peut le sang qui continue de couler. Griverd qui semble avoir retrouvé tout son calme décide de sortir de la pièce.

– Je vais chercher un café, je t'en ramène un Laurent ?

Tadéi confirme d'un mouvement de tête. Il sourit au gangster pendant que son chef quitte le bureau tout en sortant un petit tube métallique et une ceinture de sa poche. Dans un geste d'une rapidité surprenante, il ouvre le bracelet gauche des menottes, passe les bras du truand dans son dos et referme.

– Que… Qu'est-ce que vous faites ?

Le flic n'attendait que ça, il passe la ceinture dans la bouche du prisonnier tout en serrant très fort.

– Humm, humm…

– Bon, tu vois, on t'a demandé gentiment de confirmer le nom de ton complice, mais tu ne veux pas faire d'effort. Alors…

Il s'exprime calmement, courtoisement. Sans rien dire d'autre, il attrape l'annulaire de la main gauche du malfrat, l'introduit dans le tube métallique et pousse vers le bas d'un coup sec.

– Haaa… Gruuuu…

Sous la souffrance, l'homme s'agite violemment, renversant sa chaise, roulant lui-même sur le côté. Sur le même ton, le Corse poursuit :

– Ah, tu vas te blesser si tu continues. Attends, je vais t'aider.

Il recommence la même opération sur un autre doigt. Nouveau hurlement étouffé. Tout en redressant la chaise, le flic desserre le bâillon de cuir.

– Bon, à toi de choisir : je continue ou tu nous confirmes pour Abdel? Il reste huit doigts. À toi de voir.

– Ça va, je vais parler. C'était bien Abdel avec moi.

La porte de la salle d'interrogatoire s'ouvre, Griverd pose deux gobelets sur le bureau. Il a entendu.

– Eh bien, voila! On va mettre tout ça par écrit.

Tadéi range tranquillement le tube et la ceinture, ajoutant :

– Finalement, il est très coopératif. Malheureusement, il s'est agité, a renversé sa chaise et s'est abîmé deux doigts de la main gauche.

– Pas de chance ça.

Les aveux transcrits sur papier et signés, les deux flics considèrent leur journée terminée, ils iront cueillir l'autre demain matin. Le capitaine Griverd n'ignore rien des méthodes de son coéquipier, il s'en moque. Une seule chose compte : l'efficacité. C'est d'un ton guilleret, après avoir remis Brako en cellule, qu'il propose :

– On va se boire un pastaga chez Béber?

– Heu… Non, pas ce soir.

Pas le genre du lieutenant de refuser l'apéro, le capitaine insiste.

– Il n'est que 19 heures 30, t'as le temps!

– Non, vrai, pas ce soir, j'ai à faire.

– Un rencard? Blonde? Brune? Dis que tu seras en retard!

Le corse prend un air buté, regard noir, masque fermé. Griverd n'insiste pas plus avant, les deux hommes se quittent sur ces derniers mots.

– « *Drôle de mec, ce Tadéi. Qu'est-ce qu'il peut bien avoir ce soir? D'ailleurs, s'il parle souvent de nanas, je n'en ai jamais vu aucune. Si ça se trouve, il est pédé...* »

Chapitre 29

Jour 4, vendredi

Il est 19 heures passées quand Dumesnil et Berthelier arrivent à Civrieux, chacun dans sa voiture. La maison du commissaire est située sur les hauteurs. Normalement la vue est magnifique, pas ce soir. Toute la vallée est noyée dans un brouillard d'eau. La pluie a cessé mais l'air est saturé d'humidité, la température a fortement chuté. Trop, on est passé de la moiteur tropicale à une fraîcheur désagréable à cause d'un méchant vent de nord-ouest. À peine entré, Dumesnil pose les dossiers sur une table basse et s'affaire à démarrer un feu de bois. Ce n'est que lorsque la flamme, d'abord hésitante, se propage qu'il semble se rappeler de la présence de Berthelier.

– Ah, excuses… Débarrasse-toi !

La jeune femme a déjà posé l'épais dossier Tavarez, elle sourit, amusée par l'empressement juvénile de son patron pour allumer ce feu. Elle ôte son blouson, cherche un portemanteau, n'en trouve pas et décide de laisser le vêtement sur un canapé. Elle apprécie ce qu'elle voit, pierre, bois, cuir, grands dallages ocres au sol, meubles rustiques, massifs mais sobres. Elle se demande si c'est un choix du commissaire ou de sa compagne, conclut que son patron doit y être pour quelque chose. Elle ne saurait dire pourquoi, finalement elle le connaît peu. Il semble plutôt « rustique », « brut de décoffrage » mais elle le sait intelligent, perspicace et rigoureux, beaucoup plus humain qu'il ne paraît souvent. Alors, pourquoi pas raffiné ?

– Bel intérieur, j'aime ces pierres jaunes.

– On dit « Pierres dorées » par ici. Sinon, tu vas te faire lyncher... Mais, ne reste pas debout. Whisky ?

Le lieutenant Camille Berthelier n'aime pas trop les alcools, elle hésite, peut-être par crainte de vexer son chef. Ce dernier n'insiste pas, enchaînant :

– Ou Beaujolais ?

– OK, patron, un verre de Beaujolais rouge. Merci.

Dumesnil remplit les verres, met en route le four et revient s'asseoir. De l'air chaud se diffuse doucement dans la pièce, la flamme pétille, l'odeur des pizzas s'ajoute à celle du bois brûlé. L'ambiance est à la détente après cette journée chargée. Il reste songeur, silencieux, savourant son Lagavulin. Berthelier ne sait pas quoi dire, elle observe son chef engoncé dans un vieux fauteuil de cuir, elle-même installée sur un canapé moderne. Le silence perdure quelques minutes, chacun perdu dans ses pensées, dégustant son verre, au chaud, au sec. La détente après une journée difficile. Dumesnil, alerté par une odeur de brûlé, se manifeste le premier.

– Les pizzas sont en train de cramer ! Je vais les chercher, on mange en vitesse et au boulot !

La jeune femme reprend pied dans la réalité, elle s'était laissée aller à une douce rêverie, savourant la chaude ambiance de la demeure. Elle se lève précipitamment.

– Je vous aide, patron.

Celui-ci est sur le point de lui dire :

– « *Laisse de côté patron, chef ou commissaire et appelle-moi Ernest* ».

Il se reprend à temps, convaincu qu'une trop grande proximité ne serait pas une bonne idée. De plus, ce prénom est ridicule...

Les pizzas sont vite avalées bien que médiocres. Il est vrai que le Morgon arrange bien les choses. Enfin, vaisselle rangée, ils se remettent au travail avec une certaine fébrilité, impatients de ce qu'ils vont découvrir. Dumesnil analyse le rapport transmis par le SRPJ, Berthelier celui de Jérôme.

Les pages défilent sans commentaire, tantôt l'un, tantôt l'autre griffonne quelques notes sur les documents ou souligne au stabylo. Parfois un bref regard échangé. Une certaine complicité s'installe. C'est Dumesnil qui achève le premier sa tâche.

– Pour moi, rien de concluant. Tavarez n'était rien d'autre qu'un petit maquereau de bas étage, trois ou quatre filles qui tapinaient pour lui, sur place dans les appartements. Les collègues ont mis la pression sur ses relations. Rien! Il touchait pas à la came, jamais de braquage ou d'agression...

– Côté terrorisme?

– Aucun indice. Originaire d'Amérique du Sud, il était super catho. Il fréquentait quelques musulmans mais sans plus. Aucun intégriste, aucun «fiché S».

– Comment a-t-il pu fournir des tuyaux sur un attentat préparé par Harbidi?

– Mystère! Peut-être que Morin avait raison de douter. Un verre?

Dumesnil se sert une belle rasade de Jura 18[1]. Le liquide ambré dégage un parfum que la jeune OPJ se surprend à apprécier, autant que la couleur. Elle se laisse tenter.

– Je vais essayer. Juste un fond, j'ai déjà bu trois verres de beaujolais.

Le commissaire lui tend un verre ne dépassant pas la dose prescrite. Elle goûte prudemment.

1 Jura est une petite île écossaise qui donne son nom à un whisky renommé. Le 18 correspond à la durée de maturation : 18 ans.

– C'est fort. Mais pas mauvais. Jusque-là, je n'avais jamais apprécié le whisky.

– Ça c'est autre chose que du simple whisky.

– Hum, hum. Je reviens à Tavarez, Morin n'a pas parlé d'attentat mais de « gros coup ». Peut-être qu'on se plante.

Dumesnil approuve non sans quelques restrictions.

– C'est vrai, à part que je n'arrive pas à voir Harbidi sur un casse ou un braquage d'envergure. Alors que les attentats sont presque toujours commis par des branquignols.

Il enchaîne immédiatement, interrogeant la jeune femme sur ses recherches.

– Et le dossier des appels et déplacements du capitaine Rondin ?

Berthelier qui s'apprêtait à parler marque un temps d'arrêt, surprise des termes utilisés : « capitaine Rondin ». *Pourquoi ne dit-il pas Françoise Rondin ou Françoise ?* Elle ne s'y arrête pas et répond :

– Rien d'extraordinaire. Pas d'appels vers Harbidi ou Tavarez. Par contre, elle s'est rendue chez celui-ci, ou a planqué à proximité. Même chose pour Harbidi. Elle a borné à proximité plusieurs fois ainsi que près de bars que celui-ci fréquentait.

– Ça confirme ce qu'on pensait, elle a eu vent de quelque chose. Rien de nouveau toutefois.

– Si. Elle a également été localisée à Chambéry et dans les environs, deux jours avant… « l'accident ».

– Donc elle a suivi Harbidi là-bas.

– Ou alors elle vérifiait des infos, sur une éventuelle planque.

Dumesnil s'est levé, enthousiaste. Peut-être enfin une piste.

– On peut affiner ses déplacements ?

– Sûr ! Je ne sais pas comment votre correspondant a pu faire, mais on a les déplacements du capitaine Rondin quasiment rue par rue. On a aussi quelques villages voisins où elle semble s'être rendue.

Dumesnil sourit. « *Impossible de lui dire ce qu'a pu faire Jérôme, sans doute pirater un fournisseur de positionnement GPS... D'ailleurs je ne le sais pas moi-même.* »

– Je crois qu'il va falloir nous rendre sur place.

La jeune OPJ note le « nous » avec plaisir, elle se sent désormais totalement impliquée dans cette enquête et puis... elle a du mal à l'admettre, mais elle aime être proche du commissaire. Celui-ci la regarde toujours, les deux se sourient, debout face à face.

Dans la grande pièce l'atmosphère est douce, le feu presque éteint lance encore quelques flammes vacillantes. Dumesnil revoit la jeune femme avec le t-shirt mouillé, image fugitive mais puissante, un violent désir le saisit. Face à lui, elle soutient son regard, souriante...

Elle ne le repoussera pas, il le sait. Pourtant il hésite, trop de choses se bousculent en lui. C'est un de ces instants où tout peut basculer sur un rien.

Ce soir, le rien c'est la sonnerie du téléphone. Le commissaire décroche sans savoir s'il est agacé, contrarié ou soulagé. C'est Jérôme.

– Salut Dum !

– Ouais ?

– Bon, le fichier crypté que tu m'as envoyé, celui récupéré sur une clé USB...

– Ouais, je sais d'où il vient !

– Waouh, de bonne humeur ce soir, on dirait ! Ça fait plaisir de bosser pour te rendre service.

– Excuse-moi, journée difficile. Alors ?

– Tu vas être déçu : rien en relation avec ton affaire, des vidéos pédopornographiques.

– Merde, quel salopard : maquereau et pédophile! Voilà pourquoi il avait planqué la clé USB avec tant de soin. Rien d'autre?

– Non, juste ces saloperies. Je te les envoie, tu pourras toujours transmettre, il doit exister un réseau. Mais je n'ai rien découvert concernant la provenance.

– Ok, merci. Bon boulot!

Berthelier s'est rassise. Le moment est passé, elle en est consciente. «*Sans doute mieux ainsi*». Dumesnil raccroche et lui explique en deux mots.

– Au moins, ce salopard aura eu ce qu'il méritait.

Le commissaire hoche la tête, il repense justement aux sévices subis par le sud-américain.

– Les mecs qui l'ont torturé, c'était certainement pas pour ces vidéos.

– Peut-être pour l'autre, celle qui m'a été piquée.

La lieutenant, un instant déçue, a retrouvé le sourire. La réflexion qu'elle vient de faire l'emmène sur une autre conclusion :

– Si cette seconde clé USB est importante, vu qu'elle était toujours dans la cave où je l'ai trouvée, peut-être que Tavarez n'a pas parlé...

– Contrairement à ce que nous pensions. Peut-être, nous aurons le rapport d'autopsie demain. On en saura plus. Au fait, le bornage le soir de «l'accident», ça dit quoi?

– Ah, c'est vrai. Je me suis focalisée sur Tavarez et Harbidi mais j'ai oublié ça.

La jeune femme se replonge dans les notes et les cartes avant de reprendre :

– Rien de surprenant, on trouve sa trace au SRPJ, à proximité de son domicile puis au SRPJ, de nouveau, et à côté de chez Béber. Ensuite le long d'un parcours menant à Francheville.

Dumesnil, sa pulsion retombée, en partie seulement, venait de décider que le mieux était d'aller dormir. Cette dernière information le fait sursauter.

– Attends, ça veut dire qu'elle serait partie directement se suicider. Comme ça, en sortant de chez Béber et avec la voiture de Harbidi. Cette hypothèse ne colle pas du tout !

– Dans ce cas, c'est le gars aperçu dehors par Le Doumer qui l'aurait embarquée pour l'éliminer.

Les deux flics ont oublié l'instant précédent, ils sont redevenus des enquêteurs. Dumesnil enchaîne :

– Le type, ce pourrait être Harbidi venu avec sa voiture et l'emmenant avec. Là, ça collerait.

– OK patron mais alors, ça implique deux choses. Premièrement, la voiture du capitaine où est-elle ? Elle a dû, dans ce cas, la laisser au SRPJ. Mais on a rien vu. Ni chez elle.

– Merde, c'est vrai ça. J'ai négligé ce point, je me fais vieux ! Et le deux ?

– Le second point c'est que, si l'accident est une mise en scène, il a fallu la faire boire. Soit de force, mais elle ne portait pas de marques de violences, soit en la droguant.

– Bien vu, Berthelier. Je vais voir si on peut reprendre les analyses de sang vu que les pandores n'ont cherché que l'alcool ou la drogue genre hasch ou coke. Bon, on a un peu avancé. Pour ce soir…

– Ouais, ça fait une bonne journée, je vais rentrer chez moi.

– Non lieutenant, pas question !

La jeune femme sursaute, entre crainte et espoir. Son chef poursuit, indifférent à sa réaction. Au moins en apparence.

– Tu as bu 3 verres plus un whisky. Pas question de reprendre la voiture. J'ai une chambre d'amis.

La proposition n'est pas négociable. Le temps de trouver des serviettes de toilette (la chambre est toujours prête) et les deux flics se séparent après un dernier regard lancé par la jeune femme. La déception l'emporte sur le soulagement.

Chapitre 30

Jour 5, samedi

Le lieutenant Meunier a pu obtenir les vidéos sans difficulté. Ensuite les logiciels de la DGSI ont fait des miracles, le véhicule une Clio grise de 2005 a été repérée, tracée. Selon toute apparence, Harbidi a une planque dans le village de Saint-Jean-d'Arvey. L'endroit précis n'a pu être identifié mais le patelin fait moins de 2000 habitants. Meunier se dit que l'homme ne devrait pas être trop difficile à débusquer.

Il est sur place dès 7 heures 30. Petit village sympa, au pied de la montagne, adossé à un grand bloc rocheux. Première déconvenue, il n'y a aucun bistro, une boulangerie, un hôtel, un coiffeur et quelques boutiques ésotèrico-branchées comme un cabinet de réflexologie. Il avait envisagé un bon petit déjeuner, c'est raté. Direction la boulangerie-pâtisserie, il commande deux croissants et se renseigne.

– Il y aurait un bar, un endroit où prendre un café ou une bière ?

La commerçante le regarde d'un drôle d'œil.

– Oui, je sais ce qu'est un bar ! Le plus proche est à Saint-Alban, à 3 ou 4 kilomètres. Mais je peux vous servir une boisson sans alcool.

D'un mouvement de tête elle désigne une minuscule table ronde perchée loin du sol comme ses deux tabourets.

– OK, ça ira, merci. Vous m'apportez un grand caoua avec les croissants.

Il s'installe, non sans difficulté vue sa taille d'un mètre soixante-huit. «*Quelle idée ces trucs!*». Une fois perché, il peut observer la place du village. Sa commande arrive, il va enfin se restaurer. Voyant la boutique vide, il sort la photo d'Harbidi tout en montrant sa carte de flic.

– Déjà vu ce type?

La boulangère fronce le sourcil, remet ses lunettes en place, fixe un moment l'image avant de hocher la tête.

– Oui, je crois qu'il est venu ici deux ou trois fois, chercher du pain.

– Il vit au village?

– Sais pas! Mais je crois qu'il était à pied. Doit pas habiter bien loin.

– Depuis combien de temps il vous arrive de le voir?

– Bof, deux ou trois semaines, maximum.

– Seul?

– Deux fois, je crois. Plus une où il y avait avec lui un rouquin, un gars bizarre avec des cheveux très courts et un regard... étrange!

Des clients entrent, le lieutenant en reste là, terminant sa collation en réfléchissant. «*Ainsi le roux au regard halluciné serait là avec Harbidi. Sûrement pas en vacances!*» Il ne peut rester trop longtemps ici, il sort de la boutique, marche quelques pas dans les rues, cherchant un endroit où planquer. Il passe devant l'hôtel-restaurant, vérifie que celui-ci ne fait pas bar. C'est hélas le cas, Meunier poursuit sa route jusqu'à l'église. Rien de rien, pas un coin où s'installer discrètement. Il finit par se décider pour l'escalier bordant l'édifice religieux. De là, il verra les passants. Ensuite, il changera de place, espérant avoir de la chance.

Cela va être le cas. Il se lève après deux heures d'attente, les fesses endolories, retourne jusqu'à son véhicule garé à l'entrée du village pour se changer. Ne pas être repéré, c'est la base de son métier. Il choisit un blouson jaune pâle, en toile légère au lieu du beige en coton de ce matin, et s'équipe d'un chapeau de paille adapté à la saison qui présente l'avantage de laisser une partie de son visage dans l'ombre. Pour compléter le changement, il s'équipe d'un sac en bandoulière et, bien que non fumeur, d'une pipe en bouche. La transformation achevée, il remonte la rue principale vers le centre et la boulangerie.

C'est là que la chance lui sourit.

Au moment où il arrive devant la boutique, le rouquin pénètre dans la supérette, juste à côté. Meunier lui emboîte le pas, sans le coller. Il n'a pas vu directement le regard du type mais, aucune erreur possible, c'est bien lui. Cheveux roux, très courts, silhouette mince mais athlétique, identique à son souvenir. L'homme met des légumes, des œufs, du pain et de l'eau minérale dans un panier. Trop pour un seul homme, mais pour combien ? Il faudra voir…

L'agent de la DGSI attend un peu, le laisse passer en caisse avant de le suivre à l'extérieur. Il a pris sur la gauche, en direction de la sortie est du village, vers la montagne. Meunier suit à bonne distance, avec beaucoup de précautions, le type a l'air méfiant. À quelques centaines de mètres de la sortie du village, sur la droite, un chalet annoncé en location. Le rouquin s'y dirige non sans avoir jeté un coup d'œil derrière lui. Le lieutenant a ôté son blouson jaune trop repérable, il est sur ses gardes mais là, il n'a rien pour se mettre à couvert. Il est à 100 mètres environ. Le type l'aura-t-il aperçu ? Sans doute mais un promeneur n'a rien d'anormal en cette saison. Pour donner le change

Meunier poursuit sa route avant de faire un long détour dans le but de rejoindre sa voiture.

Ce cheminement l'amène jusqu'à un talus en surplomb, sur la route voisine, un excellent poste d'observation. Il s'installe dans l'herbe, sûr d'être invisible pour les occupants du chalet, il sort de son sac une puissante paire de jumelles et commence sa planque. Non sans avoir informé sa hiérarchie par téléphone.

Le temps s'écoule, il a chaud, soif et faim. Les croissants sont loin, la petite bouteille d'eau qu'il a emportée est vide depuis longtemps. Enfin, ça bouge. Quatre hommes sortent du chalet : le roux, Harbidi et deux autres lascars de type maghrébin. Les mêmes qu'il avait précédemment remarqués à Lyon. Ils s'installent dans la vieille Clio qui démarre en direction du village.

Meunier est furieux, la hiérarchie n'a toujours pas répondu. Les renforts demandés ne sont pas là, le temps qu'il rejoigne sa voiture les quatre seront loin.

Partent-ils en expédition ? Un attentat est-il lancé ? Si, par bonheur, il n'en est rien, vont-ils revenir au chalet ? A-t-on perdu la piste ?

Chapitre 31

Jour 5, samedi

Réveil à 7 heures. Dumesnil réagit instantanément, dès qu'il ouvre un œil il est opérationnel. Il lance le café et fonce vers la salle de bain. Quelques minutes plus tard il en sort, propre, rasé, détendu. Un coup à la porte de la chambre d'amis puis deux, puis trois. Berthelier est dure à réveiller.

– Humm...

– C'est l'heure, au boulot !

Il se change rapidement, se sert un bol fumant. Une porte s'ouvre, il ne peut s'empêcher de jeter un œil, la jeune femme a utilisé un t-shirt, prêté par son chef, pour dormir. Petit signe de la main, sourire, elle se précipite vers la salle de bain, ses seins tressautent, ses jambes se découvrent. Le commissaire apprécie, tout en s'efforçant de penser à autre chose. Il savoure son café en patientant. Peu de temps, contrairement à ce qu'il redoutait, elle ressort fraîche et pimpante, juste enveloppée dans sa serviette éponge. Encore quelques minutes et la voila, chemisier rouge, *jean* gris, comme la veille mais miraculeusement impeccables.

– Bonjour patron. J'ai pas été trop longue ?

– Je m'attendais à pire. Pas mal... pour une nana !

Elle ne réagit pas à la remarque machiste, avale son café accompagné d'une tartine à la confiture de framboise.

– Quel est le programme ?

– On fonce au bureau, je règle quelques problèmes administratifs, il y en a même le samedi ! Toi, tu étudies le rapport d'autopsie, il doit arriver ce matin, on analyse en détail l'itinéraire du capitaine Rondin du côté de Chambéry et on prend la route. C'est là-bas que se trouve la solution!

Il est 7 heures 50 quand ils quittent Civrieux, quarante-cinq minutes plus tard, ils arrivent au commissariat.

– On fait le point dans deux heures. Tu vois pour le rapport du légiste.

– OK patron.

Dumesnil signe des documents, classe des paperasses tout en pestant contre la bureaucratie. Et encore, il a la chance de pouvoir déléguer au capitaine Geandard, un rat de bureau ayant horreur du terrain mais, d'une efficacité redoutable pour tout ce qui est administratif.

À onze heures c'est le briefing des gardiens et OPJ de permanence, en salle de réunion. En entrant Berthelier lui a murmuré «J'ai le rapport», avec un air mystérieux. Il n'en attendait rien, se pourrait-il qu'il y ait du nouveau?

La réunion est vite expédiée : tous connaissent leur boulot, et leur chef. Ils savent que le commissaire a horreur de ces assemblées trop souvent interminables. Il fait signe à Berthelier qui le suit dans son bureau. Dumesnil note quelques regards ironiques.

– «*Faudra que je recadre ça, yen a qui commencent à se faire leur cinéma!*»

Aussitôt la porte refermée, la jeune femme prend la parole :

– Tavarez n'est pas mort égorgé…

– Quoi?

– C'est vous qui aviez raison, patron.

Elle se retient d'ajouter «comme toujours» et poursuit :

– S'il l'avait été, il y aurait eu plus de sang, il se serait totalement vidé. Il a bien eu la carotide tranchée, mais post-mortem. Il a, en fait, succombé à un arrêt cardiaque. Probablement dû à la torture.

– Et ses agresseurs, voyant ce qu'il en était, lui ont tranché la gorge pour l'exemple.

– C'est sûrement ce qui s'est passé.

Dumesnil réfléchit en silence, la jeune OPJ, toute excitée poursuit :

– C'est pas tout, commissaire. Le sang répandu n'est pas le sien !

– Quoi ? Eh oui, bien sûr. Étant déjà mort, il n'aurait pas pu saigner autant. Trop ou trop peu ! Ce qui signifie qu'une autre personne a été molestée.

– Oui patron. Une femme, d'après les analyses.

Dumesnil est lancé, les deux flics sont face à face, debout, tout proches. Étonnant contraste entre la grande carcasse du commissaire, calme, tranquille, tout en réflexion et la silhouette légère, nerveuse et agitée de la jeune femme. Elle veut continuer ses explications, il l'interrompt :

– Donc une femme. Certainement pas complice des agresseurs...

– Pourquoi, patron ?

– Si nous partons du principe que c'est un groupe d'islamistes, ou, à tout le moins, de Maghrébins, le Douk-Douk l'indique, il semble peu probable qu'ils aient eu une femme dans leur équipe.

– Donc, elle est aussi victime. Mais pas morte ?

– Le fait qu'on n'ait pas trouvé son cadavre ne prouve rien. Ils ont pu l'emmener pour l'interroger ailleurs, lui régler son compte puis l'enterrer ou la balancer dans le Rhône.

Malgré la chaleur qui commence à envahir le bureau, Camille Berthelier frissonne en pensant au sort de cette femme. Sans savoir pourquoi, elle l'imagine jeune, terrorisée, torturée...

– Il faut la retrouver, chef. Dans le fleuve, le corps serait remonté. Peut-être est-elle encore vivante.

Dumesnil ne lui laisse guère d'espoir.

– Depuis trois semaines, ils ont eu tout le temps de la faire parler. Si c'est ce qu'ils voulaient. Dans tous les cas, ils ne pouvaient pas la laisser vivre. Elle est morte !

– Qui pouvait-elle être ? Je vais consulter le fichier des disparitions ?

– OK, vas-y. En commençant par les filles qui tapinaient pour Tavarez, leurs sœurs ou cousines. Cette femme devait, nécessairement, avoir une certaine proximité avec ce salopard. À mon avis, c'est elle qui a informé le Sud-Américain du coup en préparation.

Berthelier quitte le bureau de son chef, impressionnée par la logique déductive de celui-ci. Il est presque midi quand elle revient.

– Non, commissaire. Aucune disparition signalée dans ce quartier.

Dumesnil hausse les épaules.

– Nous reprendrons cette piste à notre retour. Pour l'heure, on file sur Chambéry. Je t'emmène dans la Cooper.

Chapitre 32

Jour 5, samedi

Ils ont pris le temps d'un petit resto, un onglet-frites savoureux, trop vite avalé et ensuite périphérique puis autoroute. Les kilomètres défilent à une vitesse presque légale, à quinze heures ils sont dans le centre de Chambéry, juste derrière la cathédrale et la fontaine des « Quatre-sans-cul », là où ils ont réservé. Le temps de prendre leurs chambres, de poser les bagages, sans perdre une seconde, ils démarrent leur enquête. Françoise a été tracée par son mobile dans cette zone, ainsi que dans des villages proches de la capitale savoyarde. Notamment Saint-Jean d'Arvey et Voglans.

Ils commencent par le commissariat local. En vain, Françoise ne l'a pas contacté. Par ailleurs, les collègues n'ont jamais entendu parler d'Harbidi. Les deux flics poursuivent par le personnel de leur hôtel avec une photo du suspect ainsi que celle du capitaine Rondin.

– Non, jamais vu ici.

Ils ont une liste des autres établissements du secteur et commencent par le plus proche, l'Hôtel des princes. C'est au moment où ils pénètrent dans le hall que le téléphone de Dumesnil se manifeste. Son ancien collègue de la DGSI, le capitaine Boudard.

– Oui, Dumesnil, tu m'entends ? OK. Bon, on a logé Harbidi. À Saint-Jean d'Arvey, un petit bled tout près de Chambéry.

– Ouais, je vois où c'est, on devait y aller. Et alors, il mijote un coup ?

– Ça, on n'en sait rien. Il a filé en voiture avec trois autres types.

Dumesnil maîtrise avec peine sa colère.

– Il a filé ! Et donc...

– On va le retrouver, on connaît le véhicule, une vieille Clio grise, on a l'immatriculation, un réseau de caméras de surveillance, les péages...

– Ouais, on verra. Pas d'autres infos ?

– Non, on enquête sur les trois lascars qui sont avec lui : deux Nord-Africains et un rouquin.

– Tiens-moi au courant.

– OK, commissaire. Ah, vaudrait peut-être mieux que vous ne passiez pas par Saint-Jean d'Arvey ces jours ci, on a mis une planque.

Dumesnil hausse les épaules et raccroche.

– Harbidi est toujours dans le secteur, avec une équipe. Cette fois, c'est sûr, il prépare quelque chose. Ils circulent avec une Clio grise, ça cadre avec les témoignages.

À l'Hôtel des princes non plus, personne ne reconnaît les photos. Sans se décourager, ils poursuivent le tour des hôtels. La quatrième tentative, le Kyriad, est la bonne, la réceptionniste, une jolie brune trentenaire répond positivement :

– Oui, j'ai vu cette femme.

– Quand ? Seule ?

– Oui, seule. La date, je regarde... Il y a neuf jours exactement, elle a pris une chambre, pour une nuit, elle avait réservé par Internet.

Dumesnil se souvient, il l'avait appelée, elle avait juste répondu ne pas être libre ce soir, à cause du boulot. Cela se produisait de temps à autre, il ne s'en était pas préoccupé plus que ça. C'était quelques jours avant « l'accident ». Il s'adresse à son équipière :

– Elle a dû découvrir quelque chose.

Puis, s'adressant à la réceptionniste :

– On peut voir la chambre ? Elle n'a rien laissé ?

– Pas à ma connaissance, les femmes de ménages n'ont pas signalé d'objet abandonné ou oublié. Ça arrive souvent mais là, non. Je vous montre, c'est au premier.

Les deux flics emboîtent le pas à la brunette. Le 17, une chambre banale, propre, équipée d'un minuscule coin cuisine. Fonctionnelle mais totalement impersonnelle. Dumesnil hoche la tête.

– Rien à trouver ici !

Pourtant, une idée lui vient, il interroge la réceptionniste :

– Vous vous souvenez si c'est elle qui a demandé cette chambre ?

– Ah, oui, c'est marrant que vous posiez cette question. Au départ, elle avait la 11, de l'autre côté du couloir. Elle a demandé à être de ce côté. En général, les clients s'en moquent, y a pas de vue sur la mer. Hein ?

Dumesnil et Berthelier échangent un regard, se dirigeant vers l'unique fenêtre. Elle donne sur une cour arborée et un immeuble d'habitations. Rien de particulier, à priori.

– On va aller y faire un tour, patron ?

Dumesnil approuve en silence puis s'adressant à l'hôtelière :

– Vous avez la liste de ses appels téléphoniques, l'historique de ses connexions Internet ?

– On va regarder ça en bas.

Peine perdue, elle n'a pas appelé, ne s'est pas connectée. Les deux flics se dirigent vers l'immeuble repéré. Il est plus de 18 heures, les occupants doivent être rentrés ou sur le point de le faire, le moment idéal pour faire du porte-à-porte. Peut-être la partie la plus fastidieuse d'une enquête : frapper, sonner, insister jusqu'à l'ouverture, photos, questions...

– Vous avez déjà vu ces personnes ?

– Il vous arrive de louer des chambres ?

Rien. Échec total. Personne n'a vu quoi que ce soit. Dumesnil est déçu, pas découragé.

– Bon, il est vingt heures, on arrête pour ce soir. Une bonne douche, un petit resto. Je t'invite.

– OK patron. Pour les deux.

Sourire de la jeune OPJ, cette perspective lui convient. Moins d'une heure plus tard, ils sont attablés devant une appétissante pizza, savourant un rosé bien frais. Dumesnil ne s'est pas changé, son adjointe si. Elle a troqué *jean* et T-shirt pour une mignonne robe verte, en tissu léger : un vêtement d'été, aéré, échancré mettant ses formes en valeur. Quand elle l'a rejoint dans le hall, le commissaire a apprécié :

– Hé, Berthelier, je crois que je ne t'ai encore jamais vue en robe.

– Normal, patron. Au boulot, c'est *jeans* uniquement.

Dumesnil a souri :

– Mais on est au boulot !

D'ailleurs, ils ont fait le point sur toute l'affaire. Tout tourne autour d'Harbidi, c'est évident. L'accident n'en est pas un, c'est une tentative de meurtre. L'utilisation de la voiture du suspect semble prouver qu'il y est directement impliqué...

– Le capitaine Rondin était sur la piste d'Harbidi, elle l'a suivi jusqu'ici. Et ce, peu de jours avant de plonger dans l'Yzeron. Je suis sûre qu'elle a trouvé quelque chose ici, un truc important qui a poussé le lascar à la neutraliser.

– OK, Berthelier. Mais quoi ? On n'a pas vraiment de piste.

– Elle a enquêté ici mais aussi dans deux patelins, souvenez-vous, Saint-Jean d'Arvey et Voglans. Vos ex-collègues s'occupent du premier, je propose que dès demain, on fasse un saut au second.

– OK, lieutenant, on va faire ça. Je vois que vous prenez la direction des opérations...

– Heu, non commissaire... ce n'est pas ce que...

Elle s'interrompt en voyant le sourire goguenard de son chef, il la charrie. Elle sourit à son tour.

– Je repense à Tavarez. S'il est mort d'un arrêt cardiaque, il n'a peut-être pas parlé.

– En effet. Mais ça ne nous dit pas ce que les islamistes cherchaient à savoir.

– Ni qui est la femme dont on a trouvé le sang et encore moins où elle est.

Dumesnil s'est, à nouveau, renfrogné.

– Je te l'ai dit, elle est morte et il y a des chances qu'on ne la retrouve jamais. C'était une des filles qui tapinaient pour Tavarez, ou une proche de celles-ci. Elle aura appris un truc sur un coup en préparation, probablement par hasard, et en aura parlé au mac.

– Vous avez raison, patron. Mais je ne cesse de penser à cette pauvre femme...

Dumesnil hausse les épaules, visage fermé.

– On ne peut plus rien pour elle... Ce qui me tracasse, c'est ton agression dans les sous-sols. Cela voudrait dire que Tavarez n'a pas parlé et que le groupe d'islamistes (si on prend l'hypothèse que c'est le cas) cherchait toujours quelque chose.

– La clé USB qui m'a été volée ?

– Peut-être, ou autre chose... et pourquoi des islamistes auraient piqué la bouteille de Meursault ?

– C'est incompréhensible. Peut-être par jeu, sans s'arrêter à ce que c'était ?

Dumesnil pas convaincu ne répond pas. Jugeant qu'il commence à être tard, il demande l'addition, les deux flics retrouvent leur hôtel. Chambres séparées bien sûr, mais mitoyennes.

– Bonsoir commissaire.

Échange de regards, sourires. Dumesnil la trouve vraiment craquante dans cette petite robe verte. À nouveau une bouffée de désir. Elle doit le lire dans ses yeux, esquisse un pas dans sa direction. Mais déjà il pousse la porte de sa chambre.

– Bonne nuit, Berthelier.

Chapitre 33

Sandra a craqué, elle a fini par visionner la vidéo sur le petit ordinateur portable. Sans pouvoir aller jusqu'au bout. Quelle importance d'ailleurs ? Les quelques images qui ont défilé sont déjà une vision d'horreur absolue : une jeune femme comme elle, attachée, soumise à des sévices inimaginables, hurlant en silence, il n'y a pas de son sur la vidéo…

La jeune prisonnière s'est rejetée en arrière, prise de spasmes, elle a vomi le peu qu'elle avait dans l'estomac : elle ne mange presque plus. Les spasmes ont continué bien après qu'elle se soit vidée. Les sanglots ont pris le relais. Pendant des heures. Puis un sommeil comateux, un sommeil d'agonisant.

Quand elle a émergé, sa première réaction a été la colère. Elle a détruit le portable en l'insultant comme s'il était lui-même son tortionnaire, le traitant de fou, de taré, de monstre…

À nouveau, le désespoir, la rage : elle a tiré sur sa chaîne comme une possédée. L'anneau a entamé sa chair, insensible à la douleur elle a continué en hurlant. Puis elle s'est attaqué à la fixation dans le mur, arc-boutée, elle y a mis toutes ses forces, les dernières. En vain !

Alors elle a renoncé. Elle s'est laissée tomber, vaincue, petite chose fragile, recroquevillée au sol. À nouveau, les sanglots épuisants, avant de sombrer, une fois de plus, dans le néant.

Combien de temps ? Elle serait bien incapable de le dire... C'est la soif qui la ramène à la conscience. Elle ne ressent plus la faim, la soif si. Peut-être de manière plus intense encore. Elle se traîne, cherche à tâtons la bouteille, finit par la trouver. Fébrilement elle boit, s'étouffe un peu dans sa précipitation. Elle a maigri, ses traits sont atrocement tirés, elle pue. Mais de tout cela, elle ne se rend pas compte, elle n'y pense même pas. Sa seule préoccupation c'est : « *Quand le monstre va-t-il venir ? Quand va-t-il lui faire subir ces horreurs ?* ». Elle a abandonné l'espoir, totalement fou, qu'il la libère, elle sait qu'elle ne sortira pas vivante de ce trou à rat.

Des bruits de pas. C'est lui ! Elle se recroqueville, dérisoire réflexe de défense. Une clé tourne dans la serrure. Lumière. Aveuglante ! Elle ne distingue d'abord qu'une ombre en contre-jour, puis la silhouette se précise. C'est bien lui. Qui cela pourrait-il être d'autre ? Elle se fait cette bizarre réflexion, un flot de pensées incohérentes traversent ce qui lui reste de conscience. Elle est emprisonnée dans une chape de terreur comme des animaux peuvent être pris dans les glaces.

Il s'avance dans la pièce, hoche la tête d'un air désapprobateur.

– Alors, elle a regardé ?

– ...

– Et elle a pas aimé ? Elle a cassé son ordinateur, c'est pas bien.

Le tortionnaire sourit, un sourire maléfique. Quiconque le verrait ne pourrait douter de l'existence du diable. Mais personne n'est là, Sandra ne le regarde pas, elle détourne la tête, ferme les yeux, attendant l'horreur.

Rien ne se passe. Un long moment de silence. Enfin, le geôlier reprend la parole :

– Et en plus, elle sent très mauvais. Je lui laisse des lingettes, qu'elle se lave. Ce sera mieux, non ?

Il dépose un petit paquet au sol, à côté de la bouteille d'eau. Au début, il était prudent, ne s'approchait pas trop de sa captive. Au cas où elle voudrait lui sauter dessus, on ne sait jamais. Désormais, il ne prend plus de précaution. Elle est vaincue, il le sait !

Sans rien dire de plus, il quitte la pièce. La porte claque, la clé tourne dans la serrure. Les ténèbres reprennent leurs droits...

Chapitre 34

Jour 5, samedi

Pierre Meunier a hésité à rentrer chez lui pour le dimanche, finalement il a décidé de rester sur Saint-Jean-d'Arvey, puisqu'il y a un hôtel, autant en profiter, il a réservé une chambre. Surtout, il voulait surveiller le chalet loué par les présumés terroristes. D'ailleurs, un collègue, l'adjudant Nathan Guttierez, est venu l'épauler dans l'après-midi. Preuve que la hiérarchie prend, enfin, l'affaire au sérieux.

Les informations données par Guttierez ne sont pas fameuses : aucune trace d'Harbidi ni du véhicule. Rien n'est remonté des caméras de vidéo-surveillance, rien non plus aux péages d'autoroutes, gendarmes et policiers sur les routes n'ont rien remarqué. Les deux hommes ne sont pas étonnés. Meunier, fataliste, constate :

– S'ils veulent se déplacer discrètement il leur suffit d'emprunter les petites routes.

– Ils ont aussi pu changer de voiture ou de plaques d'immatriculation.

Haussement d'épaules désabusé du lieutenant.

Les deux hommes de la DGSI ne sont guère bavards. Installés sous un arbre, à une vingtaine de mètres de la maison, invisibles depuis la route, ils surveillent en silence. Ils s'absentent à tour de rôle, soit pour un besoin naturel, soit pour se dégourdir les jambes. Attente monotone, mais ils ont l'habitude de ces planques interminables. La journée s'étire en longueur, 19 heures Meunier va chercher des sandwiches à la boulangerie. 20 heures. 21 heures... Il semble évident que les suspects ne vont pas repasser. Meunier propose de « visiter » le chalet, Guttierez approuve.

Ils commencent par vérifier l'absence de caméra ou d'alarme. La serrure, ordinaire, n'a pas les moyens de résister à des professionnels. Intérieur propre, plutôt bien rangé, pas la moindre bouteille d'alcool. Ce qui ne prouve rien mais tend à confirmer qu'il s'agit d'islamistes, à tout le moins de musulmans. Le lieutenant Meunier est convaincu qu'il s'agit de djihadistes. C'est l'allure du rouquin qui le conforte dans cette idée, ce type lui a vraiment laissé une mauvaise impression. Un regard halluciné de fanatique, comme beaucoup de nouveaux convertis.

Les deux hommes fouillent méthodiquement les trois chambres, le séjour et la cuisine. Rien d'anormal. La salle de bain est vide également, ainsi que les poubelles. Pas de vêtements ni d'affaires personnelles : les quatre occupants sont partis sans intention de revenir.

– Je crois qu'ils ont mis les voiles, j'ai été repéré.

– On dirait. Ça va être dur de les retrouver...

– Ouais, je sais !

Le lieutenant de la DGSI est furieux. Il ne veut pas baisser les bras pour autant et poursuit la fouille minutieusement, attentif a tout remettre en place. Au cas où... Tout ce qu'ils trouvent c'est un Coran, apparemment oublié, dans une table de nuit. Un peu après 22 heures, ils achèvent leur inspection, décidant de terminer par le garage.

Un local banal. Poussière et traces d'huile ou de carburants au sol, quelques étagères avec des outils, quatre roues équipées de pneus neige, trois sandows, une corde. Plus deux jerricans.

Le premier est vide, il a manifestement contenu du gasoil. Le second est plein à ras-bord d'essence.

Guttierez s'apprête à quitter les lieux mais son collègue est pensif.

– La Clio est un vieux modèle diesel. Pourquoi l'essence ?

– Le propriétaire de la baraque l'aura laissé là.

– M'étonnerait, il n'en manque pas une goutte. En plus, tu laisserais 20 litres d'essence entreposés sans précaution dans une maison que tu loues ?

– Tu veux dire que...

Meunier ne répond pas à l'interrogation implicite, il inspecte minutieusement le sol après avoir déplacé le jerrican d'essence.

– Regarde les marques. Les mêmes, il y a eu, ici, d'autres jerricans stockés.

Guttierez se penche à son tour, effectivement, les traces laissées par cinq ou six autres bidons sont encore visibles. Empreintes ténues, sans ambiguïté pourtant, mélange de poussière, de rouille et d'hydrocarbures esquissant des rectangles correspondant à l'assise des récipients. Il doit se rendre à l'évidence.

– Tu as raison, il y a en a eu d'autres stockés ici. Celui-là, ils l'ont oublié. De supposés djihadistes qui stockent de l'essence, ça sent pas bon !

Pierre Meunier approuve en silence, vraiment inquiet de cette découverte. Il décide d'informer la hiérarchie. L'officier qui décroche semble prendre l'affaire au sérieux, il rappelle quelques minutes plus tard.

– Nous considérons un attentat imminent comme probable. Nous augmentons les moyens de recherches. La préfecture a été prévenue pour renforcer la protection des sites sensibles. Si les suspects sont retrouvés, ordre d'interpellation immédiate.

Les deux agents de la sécurité intérieure quittent le chalet après y avoir placé un détecteur de mouvement qui les alertera en cas d'intrusion. Meunier se sent vraiment harassé par cette interminable journée, il a envie de repos.

– Bon, on peut aller dormir !

Ce ne sera pas pour tout de suite, son téléphone vibre, c'est le même officier qui les rappelle :

– L'affaire est jugée d'un niveau de gravité extrême. Vous restez en planque toute la nuit, des collègues vous relaieront au matin.

Chapitre 35

Jour 6, dimanche

Dumesnil et son équipière, réveillés dès sept heures, savourent leur petit déjeuner, étonnés du peu de clients dans la salle de restaurant. L'hôtel propose, sous forme de buffet, un vaste choix. Délaissant les œufs au bacon, le commissaire s'est laissé tenté par les croissants, tièdes et croustillants. Sa jeune lieutenant, plus raisonnable, s'est contentée d'un toast grillé. Sur une table, journaux et magazines. C'est là qu'ils voient le quotidien local : Le Dauphiné libéré... dimanche.

– C'est pas vrai, patron, on est dimanche?

– Après le samedi, c'est assez normal... Mais j'avais zappé moi aussi.

Berthelier était un peu «au radar» jusque-là, elle avale sa première gorgée de café et sourit.

– Faut dire qu'on est tellement plongé dedans...

Le commissaire sourit à son tour, ironique :

– Alors, Berthelier, on se réveille.

Elle ne répond pas à la pique, attaquant sur un autre terrain :

– Commissaire, vous prenez de la confiture avec les croissants!

– Tu devrais essayer, c'est délicieux! Non, ne me parle pas de calories et de cholestérol... Tu vas bientôt me dire que je suis trop gros...

– Heu... non, patron. Je ne me permettrais pas. De plus, je ne le pense pas.

Dumesnil l'observe en souriant. C'est vrai qu'elle a l'air convaincu de ce qu'elle dit, toute mignonne dans son petit chemisier fuchsia, moulée dans un *jean* impeccable. « *Comment fait-elle pour se changer comme ça ?* ».

Ils profitent de ce moment de détente mais l'heure tourne, il leur faut arrêter leur plan de bataille.

– On file à Voglans.

– OK, patron. Même un dimanche ?

– Pourquoi pas ? On va faire les hôtels, les autres commerces qui seront ouverts le matin. On ira aussi voir les gendarmes, peut-être qu'elle les aura mis à contribution.

Un quart d'heure plus tard, ils y sont. Le tour des hôtels, bars et restaurants ne donne rien. Il en va de même pour les boutiques. Dernière chance, la gendarmerie. Berthelier appuie sur le bouton « Permanence ». Une voix contrariée leur répond :

– Oui, c'est à quel sujet ?

– J'aurais besoin d'un renseignement...

– Revenez aux heures d'ouvertures !

– Commissaire Dumesnil !

– Bon, j'arrive.

Le sous-officier qui vient leur ouvrir est jeune, sans doute sorti récemment de l'école. Il essaie de faire bonne figure, un peu impressionné par le grade. Dumesnil présente son adjointe, le gendarme les introduit dans la permanence.

– Maréchal des logis Bernand, que puis-je pour vous ?

– Auriez-vous vu une de ces deux personnes. Le premier est un suspect, la seconde une flic du SRPJ de Lyon.

Il explique brièvement le contexte pendant que Bernand observe les deux clichés. Il rend la photo d'Harbidi.

– Inconnu au bataillon ! Elle, par contre, on l'a vue.

– Ah ?

– Elle voulait des infos au sujet de deux nanas disparues.

Les flics se regardent, surpris.

– Comment ça ?

– Elle s'est renseignée sur d'éventuelles disparitions, sur notre secteur, de jeunes femmes dans la trentaine.

– Et ?

– Nous avons eu deux signalements, en septembre de l'an dernier et au début de celle-ci. Mireille Lambert 32 ans, coiffeuse et Véronique Madeira 31 ans informaticienne. Nous avons enquêté, rien, aucune piste. Mais vous le savez comme nous, la plupart des disparitions sont volontaires. Alors quand il s'agit d'adultes...

Dumesnil, mécontent, essaie de grimacer un sourire, pas question de se fâcher ici aussi avec les pandores.

– Vous auriez leurs fiches de signalement.

– Pas de problème, je vous fais une copie.

La jeune OPJ, un peu en retrait jusque-là, se manifeste, intriguée.

– Le capitaine Rondin vous a expliqué pourquoi elle se renseignait sur ces femmes ?

– Elle nous a dit être sur la piste d'un lascar, probablement celui-là, et qu'elle était tombée sur des informations bizarres concernant une femme disparue.

– Rien de plus ?

– Non, elle devait vérifier un truc et revenir nous voir si elle avait du nouveau. C'était il y a huit jours, elle n'est pas revenue et nous sommes débordés de boulot. Alors...

Dumesnil et Berthelier quittent la gendarmerie, décontenancés, ils ont, certes, trouvé quelque chose mais sans rapport avec leur enquête. Le commissaire tente de faire le point :

– Il semble que Françoise Rondin ait pisté Harbidi jusqu'à ce village. Question, qu'est-ce que celui-ci venait faire dans ce patelin ? Ensuite quel rapport a-t-il avec des femmes disparues ?

– Peut-être qu'il n'y en a pas, le capitaine a pu tomber par hasard sur ces histoires de disparitions...

– Admettons. Dans ce cas, ça devait être suffisamment important pour qu'elle laisse de côté le Maghrébin. Mais ensuite ? On a rien retrouvé sur ses ordi ni...

Dumesnil s'interrompt, une idée vient de lui traverser l'esprit. Sous l'œil interrogateur de Berthelier, il fouille dans le sac qu'il garde en permanence, une simple pochette plastique en bandoulière.

– Peut-être qu'on a pourtant quelque chose, sur la liste des mots récupérés sur son PC. Voici ce que nous avons : « *centrale genda(rme ?) islamistes jeunes fem (mes ?) bombes série avion flics fichiers Arvey vent Vogl recherches portrait signalement motos bruits maison cache (caché-e-s ?) EDF train mairie ligne cave orange eau stop table quatre pont mine sommet* ».

La jeune OPJ a compris, elle s'empare de cette liste à la Prévert.

– Sûr, patron. Si on cherche des termes en relation avec des disparitions de femmes, on pourrait avoir : « jeunes fem(mes) – série (kidnappeur ? Tueur ?) – recherches – portrait – signalement ».

Dumesnil approuve :

– Oui, oui ça colle. On pourrait aussi avoir « bruits – maison – cache(tte ?) mairie – cave ».

– Donc, en allant à la mairie, elle aurait trouvé une maison (où peut-être Harbidi s'est rendu ?) et elle aurait trouvé des infos sur des disparitions ?

– Dans une cave ?

– Possible, commissaire. Mais on peut construire tellement de choses...

– Exact, et on s'éloigne du malfrat qu'elle pistait. C'est pourtant le fond du problème, on est certain que c'est lui qui a monté la tentative de meurtre sur le capitaine Rondin.

– C'est vrai, patron, revenons à notre problème : Harbidi. Pour cette histoire de femmes disparues, on verra plus tard. Quitte à transmettre les informations.

Dumesnil met un terme à ce qu'il considère comme une digression :

– Donc, Harbidi. Pour l'heure, on va aller déjeuner, j'ai faim. Pas toi ?

– Si, patron. On y va.

Ils se trouvent précisément à proximité d'une brasserie à l'air sympa. Une table est libre, ils s'installent. Bière pour le commissaire, kir pour sa collègue. Il sort de ses dossiers une page A4 où figurent, enregistrés par le GPS de son smartphone, les déplacements du capitaine Rondin. Il montre les points surlignés en jaune.

– Tu vois, elle a dû aller à la mairie. Sans doute pour se renseigner. Ensuite elle s'est rendue à la sortie du patelin, en direction du lac.

– On va aller faire un saut dans ce coin. Mais pour la mairie ?

– On verra demain.

Berthelier sourit à cette perspective, elle a un peu l'impression d'être en vacances, l'enquête la passionne, elle se sent bien. C'est elle qui prend l'initiative de refaire un point complet. Leurs plats sont arrivés, ils dégustent tout en continuant leur échange. Truite pour l'un, perches du lac pour l'autre, délicieuses. La salle s'est remplie. Ambiance estivale propice à la détente, ils restent pourtant mobilisés par leur enquête. Dumesnil l'a laissée parler, approuvant en silence, de la tête.

– Bon résumé lieutenant. Juste un point, celui que tu nommes « le type qui attendait qu'elle sorte de chez Béber », je crois qu'on peut l'appeler Harbidi, non ?

– C'est probable, ou un complice.

– Questions : pourquoi attendait-il ? Pourquoi l'a-t-elle suivi ? Comment l'a-t-il fait boire ?

– Vous avez pu demander d'autres tests sanguins, patron ?

– Impossible, les échantillons ont été détruits après la seconde analyse. La demande des gendarmes ne portant que sur l'alcool, le hasch, la coke et autres drogues de ce genre, on n'en saura pas plus...

– Mais vous pensez qu'on lui a fait prendre autre chose, genre GHB[1] ?

– C'est la seule explication pour qu'il ait pu la faire boire comme ça.

Berthelier approuve de la tête mais entrevoit une autre interrogation :

– OK, patron. Les choses ont dû se passer ainsi mais, quand a-t-elle absorbé le produit ?

La serveuse interrompt leur échange. Oui, c'était excellent. Non pas de dessert (le commissaire a quand même hésité), juste un café. Dumesnil reprend :

– Mettons qu'elle soit sortie de chez Béber vers 21 heures 30, elle a plongé dans l'Yzeron aux environs d'une heure. Ça laisse du temps.

Berthelier savoure son expresso, presque aussi accro à ce breuvage que son chef. Elle n'est, toutefois, qu'à moitié convaincue.

– Je veux bien, son agresseur, disons Harbidi, lui fait prendre la GHB puis la soûle. Mais pour lui faire absorber la drogue, ils ont nécessairement pris un

1 Acide gamma-hydroxybutyrate, connu sous le nom de drogue du violeur.

verre. Vous la voyez trinquer amicalement avec le Tunisien ?

– J'admets l'objection, c'est bizarre... Peut-être qu'il l'a convaincue de monter avec lui pour, par exemple, lui prouver sa bonne foi. Il affirme avoir des preuves de son innocence, l'emmène chez lui, commence à donner des explications, propose un café dans lequel il met le produit. Il attend les premiers effets, c'est assez rapide. Ensuite, il sort une bouteille d'alcool achetée spécialement, et la fait boire...

– On dirait que vous y étiez, chef. Ouais, ça a pu se passer ainsi, ce qui expliquerait aussi le délai jusqu'à une heure du matin. Oui, c'est bien possible. Bizarre, cependant, qu'elle ne se soit pas davantage méfiée.

L'addition arrive, Dumesnil veut l'inviter mais la jeune OPJ tient à payer sa part. Ils rejoignent la voiture d'un pas décidé. Direction la sortie du village, à la recherche de l'endroit visité par le capitaine Rondin.

Chapitre 36

Jour 6, dimanche

Le lieutenant Meunier et l'adjudant Guttierez voient arriver la relève à 6 heures du matin. Trop tard pour utiliser la chambre d'hôtel. Ils ont, malgré tout, pu dormir un peu, se relayant l'un, l'autre.

– Salut les gars. Quelles sont les consignes ?

– Vous devez appeler le QG dans une heure, ils vous diront quels sont les ordres. Nous, on a pour instructions de surveiller et d'appeler pour intervention s'ils se pointent. Mais ça m'étonnerait, hein ?

– Bon, on s'arrache, on va aller se boire un café.

La boulangerie est encore fermée, ils sont obligés d'aller au village voisin. Là, un petit bistro ouvre juste quand ils arrivent.

– Deux cafés, des grands !

Premiers clients, ils sont rapidement servis, avalent la boisson, chaude, mais ne ressemblant que de loin à du café. Peu importe, ils apprécient malgré tout après cette nuit difficile. Ils en redemandent même en attendant l'heure d'appeler la hiérarchie. À sept heures pile, alors que Meunier sort son smartphone, celui-ci émet la vibration caractéristique identifiant « la boutique ». Finalement, ce sont eux qui appellent.

Les ordres sont simples, Guttierez regagne l'antenne locale sur Chambéry, Meunier rejoint sa base à Lyon avec pour consigne d'activer tous ses réseaux sur la métropole, objectifs localiser Harbidi et sa bande. L'alerte est maximale, tous les effectifs sont mobilisés pour retrouver les supposés terroristes. Des indices tendraient à montrer que les quatre djihadistes pourraient se diriger vers la capitale savoyarde.

Les deux hommes se quittent donc là. Le lieutenant Meunier reprend la route à 7 heures 20. Malgré un arrêt café, il pénètre dans son bureau alors qu'il n'est pas encore 9 heures. La DGSI occupe un espace discret, et non référencé, de la Cité Internationale, tout près d'Interpol. En ce dimanche matin, il n'y a personne. Meunier s'installe tranquillement, lance son ordinateur et se prépare à l'incontournable corvée du rapport à produire. Avant cela, il téléphone à ses collègues pour les prévenir. Inutilement, ils étaient déjà au fait : c'est vraiment l'alerte rouge. Il contacte aussi cinq indics, objectif : localiser Harbidi. De toute urgence !

Il hésite à démarrer la paperasse bureaucratique ou à filer lui-même sur le terrain. Mais, que fera-t-il de plus ? Il se remet à son rapport. Il n'en a pas rédigé la moitié quand son mobile se manifeste.

C'est le QG. La gendarmerie vient de signaler une voiture accidentée, à Barberaz, petite commune à trois kilomètres de Chambéry. Le véhicule, complètement calciné est une Clio qui semble être celle des suspects. À l'intérieur ont été trouvés les restes, totalement non identifiables, de quatre corps humains. Des collègues de la DGSI se sont rendus sur place immédiatement. Leurs constatations confirment quatre cadavres réduits à l'état de charbon de bois : le feu semble avoir été d'une violence incroyable. Ce qui peut s'expliquer par la présence de cinq jerricans de vingt litres chacun, en tout cas ce qu'il en reste. Les analyses devront préciser si les récipients contenaient de l'essence mais le fait ne semble faire aucun doute. Les collègues ont pu trouver le numéro de châssis, il correspond à la Clio recherchée.

Conclusion : Harbidi et ses complices étaient en chemin vers un lieu indéterminé avec pour but un attentat aux hydrocarbures. Pour une raison mystérieuse leur véhicule a quitté la route, le feu s'est déclaré et avec plus de cent litres d'essence, tout a été réduit en cendres. Des prélèvements ADN sont tentés sur ce qui reste des cadavres, mais il ne semble y avoir aucun doute, les djihadistes sont morts. L'alerte est levée.

Chapitre 37

Jour 6, dimanche

Après les orages des derniers jours, la chaleur est revenue, accablante. C'est sous un soleil de plomb que Dumesnil et Berthelier regagnent la Cooper du commissaire. C'est dimanche, le lac est tout proche, la tentation de la baignade et du farniente est forte. Ils doivent pourtant suivre leur piste : direction l'endroit où le GPS du capitaine Rondin a indiqué un passage de celle-ci.

Le journal de circulation montre qu'elle a suivi la D1201 puis bifurqué sur la D17 à un rond-point, à la sortie de l'agglomération. Ils y sont rapidement, en pleine zone d'activité. Sur la droite part une petite route, la D17. À l'opposé est indiqué l'aéroport, appellation pompeuse pour ce qui n'est qu'un aérodrome. Ils suivent la direction indiquée par le GPS, longeant la voie ferrée ils pénètrent dans un couvert forestier. Le point où, selon sa géolocalisation, Françoise Rondin a fait demi-tour n'est qu'à cinq cents mètres du giratoire.

Rien de spécial à priori. Perplexes, ils se garent sur le bas-côté.

– On se demande pourquoi elle est venue ici. Si ça se trouve, elle s'est trompée de route et cet emplacement n'est que l'endroit où elle est repartie dans l'autre sens. Aucune maison, grange ou quelque local que ce soit.

Dumesnil ne répond pas. Berthelier n'a peut-être pas tort, pourtant il n'y croit pas. Françoise avait le GPS, son passage ici n'est pas dû à une erreur. Elle s'est arrêtée là, il en est certain. Sur le côté gauche de la route, il n'y a guère qu'une rangée d'arbres et derrière, un champ ou un pré. Aucune construction. Sur la droite, le chemin de fer et au-delà un bois semblant assez touffu.

– Viens, on va voir de l'autre côté.

L'accès n'est pas aisé, ils doivent en premier lieu escalader un talus plutôt raide, envahi par les ronces et autres buissons. Ensuite, il leur faut traverser les rails, avec précaution, le trafic est important. Nouveau talus, à descendre cette fois et ils sont dans le bois. Progression toujours difficile, la végétation relève plus de la jungle que d'un jardin.

– Qu'est-ce qu'on cherche, patron ?

Dumesnil hausse les épaules.

– Est-ce que je sais ? Une baraque, une cabane des bois, un coin où Harbidi aurait pu bivouaquer ou planquer quelque chose.

– Pourquoi ici, dans les bois ?

– J'en sais rien ! Mais le capitaine Rondin a suivi le Tunisien jusqu'ici. Il doit bien y avoir une raison. Il n'est pas venu là pour ramasser des champignons et elle non plus !

Dumesnil a trop chaud, il constate que l'enquête ne progresse pas. Résultat : très mauvaise humeur. La fliquette n'insiste pas et cherche en silence. Elle avance vers la gauche, son chef de l'autre côté. C'est elle qui aperçoit la ruine.

Une maison en pisé. La majeure partie est totalement hors d'usage, couverture effondrée, poutres abattues, vermoulues, brisées, murs fissurés voire tombés, arbres poussant à l'intérieur. Pourtant, une aile, semblant avoir été un appendice à la structure principale, présente un aspect différent. Le toit a été réparé, grossièrement mais suffisamment pour mettre l'intérieur hors d'eau. Des feuilles de Polyane obturent les fenêtres disparues, des bastaings soutiennent la structure défaillante, une porte en bois a été remise en place et renforcée.

– Bravo Berthelier, c'est ça qu'on cherche !

– L'endroit a été habité récemment. Vous croyez que c'est une planque d'Harbidi, commissaire ?

Dumesnil ne répond pas. Planté devant la porte, il constate qu'elle est fermée à clé. Il frappe, au cas où il y aurait un occupant. Pas de réponse. Ils n'ont pas de matériel et, ni le temps ni l'envie d'aller quérir un serrurier. Dumesnil n'hésite qu'un instant : grand coup de pied sur la serrure qui capitule sans condition. La puissance et la force de l'impact sont telles que le bois explose. La jeune femme sursaute, surprise par la violence et la rapidité du geste. Elle regarde son chef avec un petit air de reproche mais ne dit rien.

Ils pénètrent à l'intérieur de l'abri.

C'est finalement un espace plus grand et confortable qu'il ne paraissait de l'extérieur. Le sol en terre battue a été nettoyé, la pièce est relativement bien rangée. Il y a deux lits de deux personnes, une table et deux grands bancs, un bloc évier, posé sur des parpaings, sans alimentation en eau ni évacuation. Dumesnil s'approche, des traces de nourriture sont encore visibles. À côté, une poubelle en plastique est presque pleine : assiettes en carton, bouteilles d'eau minérale, restes de café. La conclusion, évidente, est formulée par Berthelier :

– Plusieurs personnes ont séjourné ici.

– Au moins deux, peut-être trois ou quatre, les lits ont été utilisés, on voit encore les marques. On peut supposer que c'était Harbidi et ses acolytes.

La jeune OPJ approuve tout en sortant une pochette de sacs en plastique de sa poche.

– Je récupère le contenu de la poubelle, on aura ce qu'il faut pour les empreintes et l'ADN.

– OK, on aura confirmation. Mais je n'ai guère de doutes. Le problème c'est qu'on en sait pas plus pour autant. Qu'est-ce qu'ils faisaient là? Pourquoi venir dormir dans ce trou à rats?

Dumesnil retourne les matelas, les ouvre même avec un couteau de poche sans rien trouver. Pas de placard ni quoi que ce soit pouvant abriter documents ou matériel. Rien, absolument rien. Le commissaire retrouve sa mauvaise humeur :

– On n'avance pas, on tourne en rond!

– Attendez, commissaire, là, il y a des traces au sol...

Dumesnil se déplace jusqu'à la jeune femme, regardant l'endroit indiqué. La terre, bien que compacte, montre des marques. Deux formes rectangulaires d'environ un mètre de long sur la moitié de large. Son regard change, il hoche la tête, se baisse pour examiner le sol de plus près.

– Oui Berthelier. Des caisses ont été stockées ici, au moins deux et suffisamment lourdes pour laisser une empreinte.

– Vous pensez à quoi, commissaire?

Haussement des larges épaules de Dumesnil qui répond, laconique :

– Si ce sont bien des terroristes, je dirais armes et/ou explosifs...

Berthelier a pâli, elle regarde désespérément dans tous les coins, comme si les caisses pouvaient être encore ici.

– Forcément, ce sont des terroristes! On avait déjà pas mal de présomptions, désormais c'est une certitude. Sinon, ce serait quoi, qui a été stocké ici?

Dumesnil, plus préoccupé qu'il ne veut l'afficher, fait signe à la jeune femme.

– Viens, on va examiner l'extérieur, de l'autre côté.

Ils contournent la baraque pour inspecter le sol et la végétation. Rien. Uniquement du bois mort, des arbres et des broussailles. Pas le moindre container, aucun indice. Désappointés, ils reviennent vers la ruine, l'air sombre. Surtout le commissaire. Arrivés devant le bâtiment, ils constatent que de hauts buissons, poussant juste contre la façade délabrée, du lierre et autres plantes grimpantes masquent un autre appendice à la construction.

– Là, commissaire !

L'ensemble ne se voit quasiment pas, l'effet de camouflage paraît volontaire.

Dumesnil se précipite vers le renfoncement indiqué, écarte les végétaux et découvre une porte, métallique cette fois. Elle est verrouillée et semble solide, enchâssée dans de la maçonnerie. Les deux flics essaient de la forcer en poussant et tirant. Sans succès. Dumesnil tente le même coup de botte mais ne parvient cette fois qu'à se faire mal.

– Dans la voiture, je dois avoir des outils. Va les chercher !

Berthelier part en courant pour revenir cinq minutes plus tard, essoufflée, griffée par les ronces et furieuse : son jean taché de boue après une chute en descendant du talus. Elle ramène deux tournevis.

– C'est tout ce que j'ai pu trouver. À part une clé à bougie et des pinces.

Nouvelles tentatives, nouveaux échecs. Ils ne renoncent pas, font le tour à la recherche d'une autre ouverture. Sur l'arrière, ils découvrent une minuscule fenêtre d'environ 20 centimètres de côté. La jeune femme y colle son visage mais l'intérieur est trop sombre. Elle sort son smartphone, passe en mode lampe-torche et inspecte à nouveau. Dumesnil s'impatiente.

– Alors ?

– Rien, patron. Il n'y a personne. Juste une espèce de paillasse au sol. Ah si, accrochées à un anneau, dans une pièce de bois, on dirait des menottes.

Berthelier se retourne vers son chef, ils se regardent, interrogatifs : qu'est-ce que ça signifie ? Dumesnil est le premier à réagir.

– Le capitaine Rondin a pisté Harbidi jusque-là, ça paraît sûr. Elle a trouvé, elle aussi, ce cabanon et en a tiré les mêmes conclusions que nous : quelqu'un a été séquestré ici.

– Par les djihadistes ?

– M'étonnerait ! Je ne vois pas pourquoi ils s'encombreraient d'un captif. Je pense que ça s'est passé avant qu'ils ne squattent la ruine, pas mal de temps avant, il y a des toiles d'araignées sur la porte. C'est pour ça que la capitaine a interrogé les pandores sur des disparitions...

– Des disparitions de femmes, commissaire. Ce qui veut dire...

– Qu'elle a certainement trouvé d'autres indices. C'est à partir de là que son enquête va bifurquer. Bon, j'appelle les gendarmes, il faut forcer la serrure, examiner l'intérieur et faire des relevés.

C'est encore le maréchal des logis qui décroche. Dumesnil lui donne les informations en précisant bien qu'il faudra des chiens renifleurs pour confirmer, ou pas, la présence d'armes ou d'explosifs. Le sous-officier accuse réception du message mais n'est pas optimiste.

– On est dimanche, en milieu d'après-midi. Nos équipes ne pourront être sur place que demain matin.

Dumesnil réprime son agacement, après tout c'est vrai qu'il ne semble pas y avoir d'urgence absolue...

– OK. On viendra avec vous demain matin.

Puis, s'adressant à la jeune femme :

– Allez, ça ira pour aujourd'hui, on rentre à l'hôtel. On a mérité un peu de repos, je te propose de faire un tour dans Chambéry...

C'est sur le chemin du retour que le capitaine Boudard, son ex-subordonné de la DGSI l'appelle.

– Commissaire ? On a du nouveau sur votre lascar... Oui, Harbidi. Il est mort et ses complices aussi..

– Mort comment ? Flingué ?

– Non, accident de voiture, cramé avec trois complices.

– Sûr ?

– À confirmer pour les corps mais le véhicule a formellement été identifié comme étant celui des terroristes présumés.

Chapitre 38

Jour 6, dimanche

Juste avant l'annonce de la mort de leur suspect, Dumesnil avait retrouvé un certain sourire, à nouveau, il présente sa tête des mauvais jours, silencieux, buté. Boudard leur a décrit l'accident des djihadistes, l'identification formelle du véhicule par le numéro de série, la découverte de cinq jerricans correspondant aux observations du lieutenant Meunier, dans le garage, à Saint-Jean d'Avrey. La tentative d'identification par l'ADN est en cours mais le doute n'est guère de mise : Harbidi n'est plus de ce monde.

Ils sont rentrés à leur hôtel, moroses et silencieux, chacun dans sa chambre. Douche, coups de fil, relecture des documents, rangement divers : demain, après avoir accompagné les gendarmes ils retourneront sur Lyon. Dumesnil a, comme tous les jours, pris des nouvelles de Françoise : rien de nouveau, état stationnaire...

Maintenant, ils sont attablés dans une brasserie du centre-ville. Le moral est un peu revenu après le « coup de massue » de l'annonce. Ni l'un ni l'autre ne sont du genre à baisser les bras. Berthelier, comme souvent, attend l'initiative de son chef.

– On continue l'enquête, commissaire ?

– Naturellement ! Ça va être encore plus difficile de prouver que la chute du capitaine Rondin dans le ravin de l'Yzeron a été un coup monté d'Harbidi. Mais on doit pouvoir découvrir des preuves. Il faut qu'on reprenne de zéro! Prendre le problème différemment, peut-être trouver des témoins, j'ai négligé ce point.

– Des témoins? Pas facile. Devant chez Béber, ça va, ça vient, personne ne remarque personne. Dans Francheville a une heure du matin, pas évident non plus. Peut-être au domicile du Tunisien. Si les choses se sont passées comme vous l'avez envisagé, s'il l'a ramenée chez lui pour la droguer, alors peut-être...

– Mouais... on va essayer mais dans ces quartiers, tout le monde se tait.

Berthelier reste préoccupée par les femmes disparues.

– Et pour les disparitions, patron, on fait quoi?

– Ça, c'est pas notre affaire, Berthelier. Aux pandores de s'en occuper. On est sûr de rien. Peut-être que les deux dont on a le dossier ont simplement changé de vie. Une seule certitude, quelqu'un a été retenu prisonnier dans la cabane. Homme ou femme, on n'en sait rien.

– Oui mais, le capitaine Rondin s'en est préoccupée... En plus, je pense à une chose : si elle a trouvé la cabane avec les menottes, pourquoi n'en a-t-elle pas parlé aux gendarmes?

– Bonne question Berthelier. Probablement parce qu'elle voulait vérifier quelque chose. Mais bon, ça c'est plus notre affaire, je le répète.

La jeune femme opine en silence, le repas se termine dans la morosité et ils ne s'attardent pas. Ce soir, pas d'hésitation, aucune pulsion, pris dans leurs pensées, ils s'isolent chacun dans sa chambre.

Chapitre 39

Jour 7, lundi

Dès huit heures du matin, petit déjeuner avalé, les deux OPJ rejoignent la gendarmerie. Ils guident les militaires jusqu'au lieu de leur découverte. Premier point positif, un des chiens renifleurs marque l'endroit où des caisses semblent avoir été entreposées. Le maître-chien est formel, les explosifs sont sa spécialité.

– Bakil, c'est le nom de mon chien, ne se trompe jamais. Il y a eu de la dynamite stockée ici. À l'examen des marques laissées par les caisses, je dirais qu'il y en avait au moins deux et plus probablement quatre. Dans les 3 ou 400 kilos.

Dumesnil et Berthelier se regardent, surpris :

– De la dynamite ? Pourquoi les bidons d'essence, alors ?

– Peut-être qu'ils prévoyaient deux attentats, commissaire.

Les gendarmes, ignorant l'histoire d'Harbidi et de ses complices, écoutent, perplexes. Dumesnil leur explique en deux mots.

– Ah, les quatre mecs cramés à Barberaz... Oui, y restait déjà plus grandchose mais s'il y avait eu plusieurs caisses de dynamite dans la voiture, on aurait vraiment rien retrouvé.

Dumesnil s'empare de son smartphone, le capitaine Boudard, son ex-collègue de la DGSI lui a laissé les coordonnées du lieutenant Meunier.

– Allo, Meunier ? Ici le commissaire Dumesnil un ancien de...

– Bonjour Monsieur, oui je sais qui vous êtes. Vous avez été prévenu ? Votre gars et ses complices...

C'est au tour du policier d'interrompre l'agent de la DGSI.

– Je sais, morts, cramés. C'est pas pour ça que je vous appelle. Nous avons de bonnes raisons de penser que les quatre lascars ont été récemment en possession de plusieurs centaines de kilos de dynamite..

– Quoi ? Mais ils n'avaient pas ça avec eux quand leur voiture a brûlé. Sinon...

– Oui, je sais, ça aurait fait un beau trou.

– Et un sacré boum ! Vous êtes sûr de l'info ?

– Le maître-chien spécialiste est formel, à 50 kilos près. Alors, peut-être que les quatre terroristes sont hors circuit mais, si elle n'a pas explosé avec eux, la dynamite est dans la nature. Les gendarmes déclenchent un programme de recherche, mais je suggère que vous vous mettiez aussi sur le coup.

– OK commissaire, j'appelle la hiérarchie. Pourtant, c'est bizarre, pourquoi essence et dynamite ?

– Ouais, nous aussi, on a tiqué la-dessus. Deux hypothèses. Un, ils prévoyaient deux attentats. Deux, ils ont transmis la dynamite à une autre équipe. Ce qui signifierait...

– Que le risque d'attentat persiste.

– Exact, faites le nécessaire pour maintenir l'alerte. Au fait, confirmation de l'identification des occupants ?

– Non, pas encore. Des spécialistes ont prélevé ce qu'ils ont pu. Il faut attendre, rien de sûr...

Dumesnil s'est exprimé sans hausser le ton mais d'une manière qui n'admet pas la réplique. Meunier connaît la réputation de l'ancien commandant de la DGSI, il raccroche après l'avoir assuré, respectueusement, qu'il fera le nécessaire.

Pendant ces échanges, les gendarmes ont forcé la porte métallique du réduit ayant servi de prison. À l'intérieur, trois hommes font des prélèvements. Un officier s'approche des deux flics. Ignorant la jeune OPJ, il s'adresse à Dumesnil.

– Lieutenant Gérard. C'est vous le commissaire de Lyon ?

Approbation silencieuse, visage fermé. Décidément, Dumesnil n'apprécie pas les pandores. Il interroge cependant, après avoir serré la main du militaire.

– Vos hommes ont trouvé quelque chose ?

Le lieutenant Gérard ne semble pas plus aimer les flics que l'inverse, il se force à la courtoisie pour répondre.

– Les menottes que vous aviez signalées sont bien là, trois paires, accrochées à des fixations métalliques.

– Vous en doutiez ? C'est Berthelier, un peu remontée, elle aussi, qui interrompt l'officier. Celui-ci poursuit, imperturbable.

– Elles portent des traces, sur un des anneaux. Sans doute du sang. Le prisonnier, ou la prisonnière, aura essayé de les arracher… Des éléments au sol également. Peut-être des restes de vomis ou d'autres déjections, du sang également. On fait des prélèvements, on aura de l'ADN. Après, il faudra récupérer celui de toutes les personnes dans le fichier des recherches dans l'intérêt des familles et comparer.

– Ça va prendre du temps, je suppose ?

– Les analyses peuvent être faites en deux jours. Mais le plus long va être de récupérer l'ADN des disparus. Il faut retrouver les familles, prélever des objets personnels…

– Oui, je connais, tranche le commissaire. Je suggère de commencer par les deux jeunes femmes disparues dans votre secteur : Mireille Lambert et Véronique Madeira.

L'officier de gendarmerie n'apprécie pas beaucoup que le flic lui donne des consignes. Il ne peut pourtant qu'approuver. Mais avec beaucoup d'aigreur.

– Ouais, j'y pensais aussi, figurez-vous.

Encore quelques minutes d'inspection et de discussion avant que les deux officiers de police ne reprennent la direction de Lyon. Avant cela, ils sont passés par la mairie. La secrétaire a reconnu la photo du capitaine Rondin, pas celle d'Harbidi. D'après elle, la policière se serait renseignée sur de possible squats sur la commune. Rien de bien nouveau, ils reprennent la route. Il est passé dix heures, la réunion hebdomadaire est prévue pour onze heures, Dumesnil met le gyrophare, compteur calé à cent soixante.

Le commissaire reste silencieux, Berthelier somnole à moitié quand il lui vient une idée.

– Commissaire, y a un truc qu'on a oublié !

Regard interrogatif et intéressé, Dumesnil a appris que les idées de son OPJ sont souvent bonnes.

– On s'est attachés à enquêter sur les endroits où le capitaine Rondin a été localisée. Mais on n'a pas accordé d'importance à l'ordre chronologique.

– Bon sang, quel abruti je fais ! Tu as raison. Je dois avoir ça dans le fichier informatique qui m'a été envoyé.

La jeune femme a sursauté en entendant le rugissement poussé par son chef. Un instant effrayée, elle sourit maintenant, satisfaite de son inspiration.

– On va vérifier en arrivant, ça peut donner quelque chose.

– Ouais… Mais il est resté chez moi, à Civrieux. Pas le temps d'y passer avant la réunion, j'irai après.

Berthelier se renfrogne, il a dit «j'irai». Du coup, elle se sent exclue. Dumesnil la regarde du coin de l'œil, la moue boudeuse ne lui échappe pas. Il note à nouveau qu'elle s'est encore changée : jean moulant dans les tons vert-délavé, petit chemisier vert foncé. Il apprécie : elle est vraiment mignonne.

– On verra les emplois du temps, lieutenant. Si vous pouvez vous dégager, vous m'accompagnerez.

Le sourire revient.

– C'est vrai commissaire, je me sens accro à cette enquête. J'ai envie d'aller au bout avec vous.

Dumesnil n'ajoute rien, pensif : «doit-il voir un double sens dans cette phrase?».

Trafic fluide, ils sont au commissariat à l'heure. Réunion vite expédiée, chacun connaît sa tâche. De plus, la période estivale est plutôt calme. À midi et demie, ils prennent un sandwich à la boulangerie du coin de la rue et remontent dans la mini, direction Civrieux.

Chapitre 40

Jour 7, lundi

À quatorze heures, ils pénètrent dans la maison des Pierres dorées. Dumesnil se précipite vers son PC. La machine démarre, trop lentement à son goût, fébrile, il clique à répétition sur la souris comme si cette action allait accélérer le processus. Berthelier veut se rendre utile :

– Je fais du café, patron?

– OK, tu sais où c'est.

Acquiescement muet, la jeune femme connaît la machine. Maintenant, le commissaire est connecté. Vite, le fichier transmis par Jérôme. Les points de passages GPS enregistrés sont listés par ordre chronologique mais sous forme de coordonnées en latitude et longitude. Il faut encore quelques minutes à Dumesnil pour repérer les différents lieux. Enfin, il peut imprimer la liste. Ça tombe bien, le café est passé, les deux enquêteurs s'installent au salon pour étudier le document et la carte, une tasse en main.

– Là, vous voyez commissaire, elle est passée à la mairie en premier puis vers la cabane, ensuite à la gendarmerie et pour finir à Chambéry, avec comme terminus son hôtel.

Dumesnil approuve d'un signe de tête, avec un mouvement inconscient pouvant signifier «*ne me parle pas, je suis sur un truc*». La machine est lancée, il cogite intensément, une lampe rouge s'est allumée dans son cerveau, il sent que ce listing en dit plus long qu'il n'y paraît. La jeune femme à ses côtés commence à appréhender le fonctionnement de son chef, elle conserve le silence, se gardant de le troubler.

– « *Qu'est-ce que peut bien donner cette liste ?* ».

Elle n'a pas à attendre bien longtemps, le commissaire gronde :

– Elle les pistait, mais elle ne les suivait pas directement !

– C'est-à-dire ?

– Elle a trouvé la cabane alors qu'ils n'étaient pas là !

Chez la jeune femme, le déclic s'est produit aussi, elle comprend le cheminement de son chef et les implications des informations horaires.

– Bien sûr, patron. Elle est passé à la gendarmerie moins d'une heure après être arrivée à l'endroit de la ruine. S'ils avaient été présents, elle n'aurait pas pu inspecter les lieux et y découvrir des indices de séquestration.

– Ce qui veut dire…

Berthelier, excitée comme un chien de chasse au départ d'un gibier, se permet de couper la parole de son chef.

– Donc, elle disposait d'un moyen de les tracer. Si elle les avait suivis à vue, elle aurait dû attendre leur départ, peut-être de plusieurs heures, avant de pouvoir inspecter la cachette.

Dumesnil ne se formalise pas de cette interruption. Content de sa trouvaille, il sourit avec indulgence, encourageant même sa collaboratrice à poursuivre.

– Donc ?

– Le seul moyen de suivre un véhicule à distance, c'est d'avoir des informations de type GPS. Soit à partir de celui utilisé par les occupants, mais je ne vois pas comment elle y aurait eu accès, soit en ayant caché sur la voiture un émetteur.

Les deux flics se regardent, satisfaits de leurs conclusions, ils terminent leur café en tentant de voir où cette avancée peut les mener. Ils reprennent la parole presque en même temps. Cette fois Berthelier est plus calme :

– Allez-y, patron, je vous écoute.

– Reste à savoir quel véhicule a été équipé d'une balise. Soit la Mazda d'Harbidi, soit la Clio grise qui a brûlé, soit un autre. C'est ce que tu voulais dire ?

– Oui, forcément. Mais, si c'est le capitaine Rondin qui l'a mis en place (sinon, qui d'autre ?) on sait qu'elle enquêtait sur le Tunisien. Il paraît donc logique de penser qu'elle aura installé l'émetteur sur la Mazda.

– D'autant qu'elle n'avait probablement pas connaissance de l'existence de la Renault ou d'un éventuel troisième véhicule. Donc, une seule chose à faire…

Comme pour ponctuer ces mots, Dumesnil s'est levé d'un bond, imité par la jeune femme. Quelques instants plus tard, la Mini démarre, direction la gendarmerie de Francheville où la voiture accidentée est provisoirement stockée dans l'attente de partir à la casse ou d'être restituée.

La négociation avec les pandores est longue et pénible. Heureusement Dumesnil a pu joindre un de ses anciens chefs de la DGSI, le colonel Harimbaud, le seul supérieur avec qui il soit resté en bons termes. Il lui a demandé son appui. L'officier n'a rien promis mais alors que la discussion semble dans une impasse, l'adjudant-cheffe Verneau reçoit un appel, fort bref d'ailleurs. Elle se contente d'acquiescer trois fois avant de raccrocher. Puis, se tournant vers les deux flics :

– Bon, je vais vous laisser accéder à l'épave.

Dumesnil ne pavoise pas, inutile de la braquer davantage. Il insiste cependant sur un point :

– Merci, adjudant-cheffe. J'aimerais qu'un de vos gendarmes nous accompagne pour attester de notre découverte. Si nous trouvons quelque chose...

La cheffe de poste a un premier mouvement de refus, mais elle se reprend pour finalement approuver.

– D'accord commissaire, je vais vous accompagner personnellement. Suivez-moi.

La voiture a été entreposée dans un parking, à l'arrière du bâtiment principal. C'est Berthelier qui soulève le premier problème :

– On a pas de matériel pour détecter la balise...

– On a ça ici.

Pas fâchée de damer le pion aux policiers, l'adjudant-cheffe lance un ordre dans son talkie-walkie, quelques minutes plus tard, un gendarme leur apporte un boîtier électronique spécialisé dans ce genre de détection.

Mais les recherches ne donnent rien. La cheffe de poste qui semble bien connaître ce genre de technique n'est pas surprise :

– Ça m'aurait étonnée que l'émetteur, en admettant qui il y en ait un, fonctionne encore. Il va vous falloir le trouver par vous-mêmes.

Dumesnil était arrivé à la même conclusion, s'adressant à son adjoint, il indique où chercher :

– Il est peu probable qu'elle ait eu accès à l'intérieur de la voiture. La balise doit donc être dans un endroit externe, accessible à la main : sous les pare-chocs, dans les ailes, près des roues...

Berthelier acquiesce, se mettant immédiatement en recherche. Dumesnil échange encore quelques mots avec Verneau avant de prêter main-forte à son adjointe, sous l'œil mi-goguenard mi-courroucé de l'adjudant-cheffe.

Recherche fastidieuse, difficile. La jeune femme se blesse légèrement au doigt sur une tôle. Le temps s'écoule, Verneau s'impatiente :

– Voilà plus d'une demi-heure que vous vous acharnez. Manifestement votre théorie était fumeuse, il n'y a rien. Vous perdez votre temps et me faites perdre le mien.

Le commissaire n'a pas le loisir de répondre, Berthelier pousse un cri. Pas de douleur cette fois.

– J'ai trouvé quelque chose, patron.

Dumesnil se précipite, la lampe de son smartphone allumée, un canif à la main. Il se penche vers la roue avant gauche, là où son OPJ lui indique sa découverte. Un petit boîtier est fixé à l'adhésif. La lame du couteau le décroche difficilement. Peu importe, ils l'ont.

– Voyez, adjudant-cheffe, la voiture était équipée d'un traceur !

La cheffe de poste est bien obligée de l'admettre, elle ne se déride pas pour autant. En ce milieu d'après-midi, sur le béton du parking, le soleil se croit en Afrique, la chaleur est intenable.

– Bon, il y avait bien un traceur sur la Mazda de monsieur Harbidi, et alors ?

Dumesnil n'a jamais apprécié la grosse chaleur, de plus il meurt de soif.

– On pourrait peut-être en discuter à l'intérieur ? Je suppose que vous devez avoir une fontaine à eau ?

L'adjudant-cheffe hésite un instant avant d'accepter. Sans doute pense-t-elle que la trouvaille n'est pas si anodine que cela et, de plus, ce commissaire semble avoir quelques appuis...

– Bon, suivez-moi.

Elle conduit les OPJ jusqu'à son bureau, les arrêtant au passage devant le distributeur d'eau fraîche. Le local est climatisé, tous apprécient. La gendarme désigne deux fauteuils peu accueillants, il est vrai qu'il n'y en a pas d'autres. Armoires, casiers, dossiers impeccablement rangés, tout respire un ordre typiquement militaire, les murs sont blancs, la moquette grise, la lumière rentre à flot. Il n'y a pourtant aucune chaleur dans la pièce. Guère plus dans le regard de la cheffe de poste.

– Alors, que change votre découverte dans la culpabilité du capitaine Françoise rondin ?

Berthelier se tait, attendant que son chef prenne la parole, elle pense que c'est, de toute évidence, à lui de répondre. Celui-ci prend son temps, dévisageant la femme en face de lui. Elle est blonde, mince, la cinquantaine, plutôt jolie avec des yeux tirant sur le vert. Pourtant, le commissaire ne lui trouve aucun charme. L'espace de quelques secondes il s'interroge : «*À cause de sa raideur militaire ? De l'hostilité qu'elle montre depuis le départ ?*». Non, il y autre chose, il ne saurait dire quoi. Voyant que l'adjudant-cheffe s'impatiente, il se décide à argumenter.

– Comme vous le savez j'enquête sur ce qui s'est passé. Je ne peux pas croire que ma compagne soit responsable de ce dont on l'accuse. D'abord, elle ne boit que très peu et quand ça lui arrive, elle ne conduit pas. Jamais !

Dumesnil a presque crié en lançant ce dernier mot. L'adjudant-cheffe marque sa désapprobation en le coupant sèchement :

– Il faut une première fois à tout. Les preuves sont accablantes, je vous l'ai déjà montré. Non ?

– Oui, adjudant-cheffe, le taux d'alcool dans le sang est incontestable. Mais nous pensons qu'elle a été droguée, peut-être du GHB, et ensuite alcoolisée par une tierce personne...

– Qui et pourquoi, dans ce cas ?

– Par Harbidi, bien sûr. Nous sommes sûrs, désormais, que cet individu s'était radicalisé et préparait un attentat. Le capitaine Rondin en a eu vent par un indic, elle s'est alors mise à pister cet homme, l'émetteur GPS le prouve. On peut supposer qu'il s'en est rendu compte et a voulu se débarrasser de l'enquêtrice.

Dumesnil parle calmement, avec tout le charisme dont il sait faire preuve à l'occasion. Il sent que son interlocutrice est ébranlée. Au moins un peu. Il se tait pour la laisser réagir.

– Admettons. Pourquoi de cette manière ? Une rafale de kalachnikov ou un couteau tranchant aurait davantage été dans le style de djihadistes ?

– Oui mais, une enquête avec de gros moyens aurait suivi, les flics n'aiment pas trop qu'on flingue un ou une des leurs. Tandis que là, elle fait un grand plongeon, c'est un accident et elle est en faute. Affaire classée !

– J'admets que votre hypothèse se tient, mais il n'y a pas eu recherche de GHB, les échantillons ont été détruits. Il sera donc impossible de prouver qu'elle a été droguée.

– Hélas, adjudant-cheffe. Mais il y a d'autres éléments. La voiture par exemple. Pourquoi aurait-elle prise celle du type qu'elle traquait ? Ça n'aurait aucun sens. Alors que lui avait une bonne raison d'utiliser son cabriolet : c'était indispensable pour le grand saut dans l'Yzeron. Notez d'ailleurs que la ceinture n'était pas attachée. Même complètement ivre, le capitaine Rondin l'aurait bouclée. C'est un réflexe.

À nouveau Dumesnil se tait. Il sent que Verneau commence à adhérer à sa théorie. Berthelier reste silencieuse, laissant la main à son patron. L'adjudante-cheffe reprend la parole :

– Effectivement, ça pourrait être possible. Comment comptez-vous le prouver ?

– J'ai une petite idée. Pouvez-vous nous confier les vidéos de l'accrochage, devant la gendarmerie, là où un de vous gendarmes a été accidenté.

À cette pensée, Verneau se renfrogne à nouveau. Elle lâche sèchement :

– Pourquoi ?

Le commissaire a un petit sourire pour répondre, il sent qu'il a remporté cet échange.

– Ce serait compliqué et long à vous expliquer. Si j'ai tort, je vous les rends et on n'en parle plus. Si j'ai raison, vous aurez tous les détails demain.

Le premier réflexe de la cheffe de poste est de refuser, mais elle se décide rapidement à répondre favorablement. Quel est le risque ? Aucun. De plus, elle est désormais convaincue que l'homme assis en face d'elle, sous ses airs lourdauds, est un enquêteur redoutablement efficace.

Chapitre 41

Jour 7, lundi

Ils sont de retour à la maison des Pierres dorées vers 17 heures. Les vidéos sont sur une clé USB vite connectée à l'ordinateur. La première, en noir et blanc est plutôt mauvaise. On voit le véhicule de face, une conductrice semble au volant mais impossible d'affirmer qu'il s'agit de Françoise Rondin. La seconde, prise de l'arrière montre la Mazda en pleine embardée, venant projeter une autre voiture sur le piéton. Rien de nouveau par rapport à ce que le commissaire a déjà visionné. Par contre, aujourd'hui, il est persuadé que ce n'est pas sa compagne.

– Si elle n'est pas au volant, où est-elle ?

Berthelier formule à haute voix une réponse évidente :

– Soit dans le coffre, soit au sol, sur le siège avant vu qu'il n'y a pas de places arrières sur ce modèle.

– Repassons la bande.

Nouveau défilement du premier enregistrement, suivi d'un autre puis encore un autre. Sans plus de résultat. Heureusement, dès leur retour Dumesnil a contacté Jérôme pour lui réclamer un logiciel de traitement d'images capable de faire des zooms. Sa messagerie vient justement de biper, c'est le hacker. Une pièce-jointe accompagne le mail : l'application demandée. L'installation est un peu compliquée et il leur faut encore une demi-heure avant de pouvoir reprendre leur visionnage.

Encore une fois, ils voient le véhicule arriver, heurter une voiture en stationnement, rebondir de l'autre côté de la chaussée. Dumesnil stoppe l'image au moment où la Mazda est au plus près de la caméra. Zoom. Recherche du maximum autorisant une définition correcte. Les deux enquêteurs se collent le nez sur l'écran.

– Là, commissaire ! On dirait une forme recroquevillée devant le siège passager.

– Exact, lieutenant ! Ce n'est pas une preuve absolue mais ça confirme ce que nous pensions : le capitaine Rondin a été droguée, alcoolisée et emmenée jusqu'au pont de l'Yzeron.

Les deux enquêteurs ont le sentiment de toucher au but. Dumesnil a le regard brillant mais conserve son flegme. La jeune OPJ, par contre, est excitée comme une puce.

– Mais qui conduit, Harbidi ? Vous pouvez zoomer sur le conducteur, patron ?

Le commissaire avait déjà amorcé l'opération. Déplacement du curseur, zoom, recherche du meilleur équilibre, fixation de l'image. Ils obtiennent un grossissement de 4 fois, qualité médiocre mais lisible. Berthelier pointe du doigt :

– Ce n'est pas une femme, commissaire ! C'est un homme avec une perruque !

– Tu as raison, Berthelier. Mais qui ? Je ne reconnais pas Harbidi. Il est vrai que l'image n'est vraiment pas terrible...

– Et il y a cette mèche de cheveux sur tout le côté gauche. Probablement collée pour masquer les traits car on ne la voit pas bouger pendant toute la séquence. Encore une preuve que ce n'est pas le capitaine Rondin.

Ils ne tireront rien de plus de cette vidéo, ils passent à la seconde. On y voit la Mazda par l'arrière, elle vient percuter un véhicule qui, lui-même, va heurter un passant. À priori nettement moins intéressante.

Pourtant Dumesnil insiste pour la repasser et repasser encore. Il est comme un chien sur la piste d'un gibier. Enfin, il bloque l'image et zoome. Mais contrairement à ce qu'attendait Berthelier, il cadre sur le visage du piéton, le maréchal des logis Lacour, puisque le hasard a voulu que la victime soit un gendarme.

– Regarde ce visage, Camille !

La jeune femme répond, souriante. Le « Camille » ne lui a pas échappé.

– Oui, patron, qu'est-ce qu'il a de spécial ?

– Le regard, Berthelier, le regard !

– « *Ah, de nouveau Berthelier, il refuse de se laisser aller...* ». Je ne vois rien de spécial.

– Il est fixé sur le conducteur de la Mazda qui ne doit pas être à plus de trois mètres. C'est un gendarme, entraîné à repérer des types recherchés, à visualiser les visages.

– Vous voulez dire que...

Dumesnil est ultra concentré, comme un footballeur avant un penalty en finale de coupe du monde. La jeune femme est impressionnée par cette tension virile : regard intense, mâchoires serrées, larges épaules redressées semblant encore plus massives. Il prend un temps pour s'exprimer sans hurler.

– Je veux dire que le gendarme a bien vu que ce n'était pas une femme qui conduisait. Dans un premier temps on ne lui a rien demandé mais d'un jour à l'autre son témoignage aurait été entendu.

Berthelier comprend l'implication de cette conclusion :

– Alors, il n'a pas fait un arrêt cardiaque accidentel. On l'a assassiné !

– D'autant plus qu'il aurait probablement pu reconnaître le type au volant.

Cette fois Berthelier ne se tient plus, elle saute comme un cabri, embrasse le commissaire sur la joue :

– Bravo, patron ! Impressionnant !

Dumesnil ne se formalise pas de cette exubérance. Lui aussi libère la tension accumulée ces jours derniers. À sa manière...

– On fête ça, Berthelier. Apéro !

– OK, patron, on l'a bien mérité. Mais, il y a quelques minutes, vous m'avez appelé Camille. Vous pourriez continuer...

Le commissaire hésite un instant, regarde la jeune femme à ses côtés. Elle lui sourit. Il constate à nouveau qu'elle est vraiment mignonne. Alors, il se lâche dans l'euphorie du moment.

– Donc, Camille. Un whisky ?

– Jura, s'il vous plaît. Finalement, j'aime bien.

Il ne l'a pas invitée à l'appeler par son prénom mais ça lui est égal. Commissaire ou patron, ça lui va bien, elle apprécie cette relation d'autorité. Bondissante, elle se dirige vers la salle de bain.

– Je peux prendre une douche pendant que vous servez, commissaire ?

– Bien sûr, tu sais où c'est.

Sourires. Il sert deux verres de Jura18, dose Dumesnil ! Il décide de patienter avant de déguster, en profite même pour tenter de joindre Verneau. En vain, il est 19 heures 30, ce sera pour demain. La conclusion logique de leurs découvertes étant, bien évidemment, de demander une autopsie du maréchal des logis Lacour.

Camille a été rapide, elle sort enveloppée dans une serviette de bain, ses vêtements à la main pour se précipiter vers la chambre d'amis, il a été convenu dès leur retour qu'elle passerait la nuit à Civrieux. Elle ressort seulement cinq minutes plus tard, fraîche et pimpante avec la petite robe, mystérieusement défroissée, impeccable.

– Alors là, Camille, je suis impressionné. Seulement un quart d'heure pour te doucher et t'habiller...

Elle le regarde taquine :

– Je pensais que vous seriez impressionné par la robe, je crois qu'elle vous a bien plu. Non ?

Dumesnil lui tend un verre pour se donner une contenance, il sent que la situation est en train de lui échapper.

– À notre enquête, commissaire !

– À notre enquête... Camille ! Je n'ai pas pour habitude d'appeler mes subordonnées femmes par leurs prénoms... Mais, j'aime bien Camille.

La jeune femme déguste son whisky avec un plaisir manifeste, elle a une petite moue ironique :

– C'est pas un peu sexiste, commissaire ?

– C'est plus simple pour le fonctionnement de tous les jours...

– Humm... Vous me resservez, commissaire ?

Dumesnil s'exécute en notant qu'elle lui donne maintenant et systématiquement du « commissaire ». À quoi joue-t-elle ? Question de pure forme, il s'en doute. Ça lui plaît et l'embarrasse à la fois. Il se ressert aussi, naturellement.

– J'y prends goût, commissaire. Vous m'avez fait aimer le whisky.

– Humm, ça c'est plus que du whisky, je te l'ai déjà dit. Savoure !

– Mais je savoure, commissaire. J'entends bien savourer.

Nouveau petit sourire mutin. L'alcool fait son effet, Dumesnil se détend. Il sourit à son tour à la jeune femme. Est-ce son imagination ou le haut de la robe a-t-il perdu un bouton ? Toujours est-il qu'il laisse apparaître la naissance des seins. Le commissaire revoit le T-shirt mouillé. Nouvelle bouffée de désir.

Le second whisky est savouré, rapidement. L'atmosphère se détend de plus en plus, les sourires s'échangent plus naturellement. L'heure tourne, la faim se fait sentir.

– Il y a un petit resto juste en bas. Je t'invite.

– Avec plaisir, commissaire !

Dix minutes plus tard, ils sont attablés, la salade lyonnaise est commandée. Le patron vient de poser un pot de beaujolais sur la table. Dumesnil remplit les verres.

– Santé, commissaire. L'enquête progresse !

– Santé, Camille !

Dumesnil se lâche, il sait qu'il va céder à la tentation, il a franchi le point de non-retour. Alors...

Le repas est délicieux, le vin excellent, un second pot a suivi le premier. Maintenant l'ambiance est largement festive, ils plaisantent, sourient, échangent des œillades. Camille semble vouloir ne pas s'attarder.

– On y va commissaire ?

Il se retient de demander « *Où ?* », se lève et va régler. Ils ont cent mètres à faire pour regagner la maison. La jeune femme sûre, désormais, de parvenir à ses fins, se colle contre le commissaire qui ne proteste pas.

Sitôt la porte refermée elle prend l'initiative d'un baiser intense, sa main se glisse sous la chemise du commissaire qui tente un dernier sursaut.

– Non, Camille, je suis trop vieux, toi trop jeune.

– J'ai 34 ans, Commissaire. Je ne suis plus une ado. Ça fait longtemps que vous me faites fantasmer. Venez !

Elle l'entraîne vers sa chambre avec toute la détermination de sa jeunesse. Après cette dernière tentative, Dumesnil abandonne toute réserve, il pousse Camille sur le lit, retrousse la robe verte et la prend d'un coup.

Chapitre 42

Jour 7, lundi

En cette fin d'après-midi torride, Paul Griverd et Laurent Tadéi regagnent le SRPJ, ils grimpent les marches métalliques menant au premier étage, celui de la BRB, en bavardant tranquillement. Première surprise : le commandant Morin, le chef de la section a entendu leurs voix, il les attend, visage fermé, il lance d'un ton glacial :

– Tadéi, il y a des gens qui veulent vous voir, dans votre bureau. Griverd, ça vous concerne aussi.

– À quel sujet ?

– Vous verrez bien. Après, vous venez me voir !

Les deux flics se regardent, intrigués mais pas inquiets. Tadéi, dans son style habituel, tente même de « faire le beau ».

– Bon, on va expédier ça vite fait. Je termine mon rapport de la journée et on file chez Béber boire un pastis.

Griverd ne répond rien, visage sombre. Les deux hommes poussent la porte du bureau. Rien n'a changé, la pièce est claire, lumineuse, bien rangée. Seule différence deux hommes y sont installés. L'un à la place du Corse, derrière le meuble, l'autre assis sur le côté. Les nouveaux arrivants ne s'attendaient pas à les trouver ainsi. Tadéi tente de prendre le contrôle :

– Qu'est-ce que...

Le type assis à sa place le coupe sèchement.

– Commandant Lambert, capitaine Sandro, IGPN ! Asseyez-vous !

Il désigne les deux seules autres chaises. Saisis, Griverd et Tadéi s'exécutent, toute superbe envolée. Ils ne savaient pas à quoi s'attendre. Peut-être à tout, mais pas à ça. Le commandant de l'IGPN les laisse mariner quelques instants avent de demander :

– Dylan Galache, ça vous dit quelque chose, lieutenant Tadéi ?

– Humm... Non.

Griverd a compris, il éclaire son collègue tout en répondant à l'IGPN.

– Oui, c'est Brako, un petit malfrat qu'on a serré, il y a trois jours.

– Ah oui, Brako. Il s'était encore lancé dans un braquage foireux.

Le lieutenant veut prendre l'interrogation à la légère, mais il a pâli. La présence de l'IGPN, annonce les ennuis. Le commandant reprend, glacial.

– Brako, si vous voulez. Ça vous revient ? J'espère que vous vous rappelez aussi comment vous avez obtenu ses aveux ?

– Ben, on l'a un peu secoué, on va pas prendre de gants avec ce genre de racaille.

Le capitaine Sandro intervient pour la première fois. Il a une voix fluette, grinçante, désagréable.

– Secouer un peu et torturer, ce n'est pas la même chose. Qu'en pensez-vous lieutenant, et vous capitaine Griverd ?

– Mais, on n'a pas...

Tadéi bredouille, de plus en plus pâle. Jamais il n'aurait cru que cet abruti déposerait plainte.

– Vous lui avez brisé deux doigts avec un tube métallique. Celui-ci !

Le commandant Lambert montre l'outil improvisé qu'il vient d'extraire d'un tiroir du bureau.

– Monsieur Galache, Brako si vous préférez, a déposé plainte par l'intermédiaire de son avocat. Bien sûr, la procédure est annulée, il va être libéré et vous, inculpé. En attendant, je vous place en garde à vue.

Tadéi ne répond rien, affaissé sur son siège. Griverd est furieux.

– Bravo, abruti ! Tu vois où ça mène tes méthodes ?

– Quant à vous capitaine Griverd, je vais m'efforcer de prouver votre complicité. Je ne vous place pas en garde à vue pour l'instant. Mais nous nous reverrons.

Tadéi a quelque peu récupéré, il tente de se défendre :

– Y dit n'importe quoi ce mec. Il s'est abîmé le doigt en tombant... c'est sa parole contre la mienne !

– C'est ça ! On va voir ce que dit ce bout de tube. Je pense qu'on va y retrouver vos empreintes et... son ADN. Vous êtes tellement sûr de vous que vous n'avez pas pensé à vous en débarrasser. Allez, on vous embarque. Sandro, mettez-lui les pinces. Direction une jolie cellule, chez nous, bien au frais.

Le commandant Morin voit sortir son OPJ menotté, encadré par les deux officiers de l'IGPN. Tadéi, l'œil plus noir que jamais a le visage crispé, dents serrées, il traîne les pieds et doit être poussé. Griverd tente de faire bonne figure, son rictus trahit sa colère.

– Morin, vous avez vraiment une belle équipe. On vous embarque celui-là, quant à l'autre, ça risque de suivre. Et je ne parle même pas du capitaine Rondin, toujours dans le coma. On s'en occupera à son réveil.

Le chef de groupe abasourdi les regarde partir, un instant hébété, avant de réagir.

– Griverd, dans mon bureau, vous allez m'expliquer ce qui se passe !

Chapitre 43

Jour 8, mardi

Dumesnil ouvre un œil, le soleil entre à flot par le Velux. Immédiatement, le souvenir de la fin de soirée l'assaille. Il se reproche de s'être laissé aller, il culpabilise. À ses côtés, Camille, entièrement nue se réveille à son tour. Elle est allongée sur le ventre, et le commissaire ne peut qu'admirer sa croupe ; « *Quel cul!* ». Les remords s'envolent, le désir le reprend, elle a son petit air coquin pour le regarder de côté, elle avance la main vers son amant.

– Viens.

Nouvelle étreinte. Violente, passionnée. Enfin le calme revient. La culpabilité aussi.

– Je n'aurais pas dû faire ça, Camille. Tu es ma subordonnée, tu as 24 ans de moins que moi. Et puis...

Bien sûr, il pense à Françoise. Leur liaison est épisodique, ils ne se sont jamais promis quoi que ce soit. Mais qu'est que ça va donner? Si elle revient à la vie... Son visage s'assombrit encore. Camille sourit, détendue, décontractée.

– Allez, Commissaire, te bile pas. Je ne suis pas une gosse. J'en avais envie... et toi aussi, on dirait!

– C'est vrai, depuis le début de cette enquête. Mais...

– Pas de souci, je ne vais pas m'incruster, pas te demander de vivre avec moi. On recommencera... ou pas. Vivons l'instant présent et rassure-toi, en dehors du lit, je te vouvoierai et t'appellerai commissaire ou patron. Rien de changé.

– Mouais...

Il est sur le point d'ajouter quelque chose, se retient finalement.

– Allez, au boulot. Je prépare le petit-déjeuner pendant que tu prends ta douche.

Une demi-heure plus tard, ils prennent la route, direction la gendarmerie de Francheville. La cheffe de poste les reçoit immédiatement cette fois.

– Alors ?

– Je vais vous montrer.

Dumesnil a emmené son ordi portable, un modèle assez imposant, avec un écran de 17 pouces permettant un bel affichage graphique. Bien sûr le logiciel d'agrandissement est installé. En quelques minutes, les éléments repérés sont visionnés par l'adjudant-cheffe Verneau. Cette fois, elle est convaincue.

– Je crois que vous avez raison, il semble bien que votre compagne ait été victime d'un coup monté. Selon toute vraisemblance par cet homme, Harbidi. Vous êtes sur sa piste ?

Le commissaire prend conscience du fait qu'il n'a pas informé son interlocutrice des derniers événements. Il relate le décès du Tunisien dans l'incendie de la Clio.

– Est-t-on certain que c'est lui ?

– À 99 pour cent. Des tests ADN sont en cours, le résultat n'étant pas garanti vu l'état des corps.

– Donc, votre enquête s'arrête. Je vais faire le nécessaire pour stopper les poursuites contre le capitaine Rondin. Mais, à part ça ?

– Je pense qu'une autopsie du maréchal des logis Lacour pourrait nous éclairer sur les raisons de son décès : accident ou meurtre ?

– Difficile ! Il a été incinéré. Quoi qu'il en soit, j'adhère à votre théorie, Harbidi s'est introduit à HEH, lui a injecté un produit pour le faire taire. Fin de l'histoire !

Les deux flics se regardent, forcément déçus. Maintenant, que peuvent-ils de plus ? Tout est connu. Harbidi préparait un attentat, avec ses complices. Le capitaine Rondin en a été informée par un indicateur, elle s'est mise à pister le supposé djihadiste. Ce dernier est désormais décédé, ainsi que ses acolytes. L'implication terroriste semble indéniable mais le risque a disparu avec le décès des quatre hommes. L'adjudant-cheffe Verneau va faire cesser les poursuites contre Françoise. Que demander de plus ?

Dumesnil et Berthelier se lèvent après avoir remercié leur interlocutrice, le dialogue est redevenu cordial. Ils s'apprêtent à quitter le bureau quand la jeune OPJ a une idée.

– Excusez-moi, adjudant-cheffe, avez-vous relevé les empreintes sur le volant de la Mazda ?

Dumesnil et Verneau sursautent, certains que ça n'a pas été fait et que...

– Non, vous avez raison, je vais le demander.

Les deux flics sortent de la gendarmerie, un peu désabusés, la Cooper démarre dans un bruit d'échappement caverneux. Direction la Croix-Rousse, il est temps pour Dumesnil de reprendre en mains les affaires du commissariat. Berthelier ne peut rester silencieuse plus de quelques minutes.

– Ça va pas, Commissaire ? Tu es perturbé par cette nuit. Je t'assure que...

– Non, c'est pas ça, Camille. C'est cette enquête. On reste sur notre faim, j'ai la conviction qu'il y a des trucs qui nous échappent.

– Quoi ? On a innocenté le capitaine Rondin, établit qu'Harbidi préparait un attentat. On a même peut-être contribué à l'éliminer...

– Comment ça ?

– Eh bien, si nous n'avions pas enquêté, mis tes amis de la DGSI sur le coup, il n'aurait peut-être pas eu cet accident. On a même alerté les gendarmes sur une séquestration liée à de possibles enlèvements. Moi, je trouve qu'on n'a pas mal bossé.

– Vrai. Pourtant, j'éprouve comme une sorte de malaise.

– C'est le souvenir de cette nuit qui te turlupine, Commissaire. Allez, soit cool, il n'y a pas de problème. L'enquête est terminée.

Troisième partie

Chapitre 44

Jour 8, mardi

Sandra est réveillée par la soif. La faim, elle ne la ressent plus du tout. Affaiblie, épuisée par les sanglots, elle rampe jusqu'à la bouteille d'eau. Elle boit avidement, au goulot, puis la repose. Une pensée floue la traverse. Elle hésite, l'idée s'envole. Pourtant c'était important, elle en est sûre. Dans un immense effort de concentration, elle la retrouve : il n'y a presque plus d'eau. Elle tâtonne à nouveau jusqu'à la bouteille, la soupèse. Oui, c'est certain, elle est presque vide.

Épuisée par cet effort, elle se laisse aller sur le sol froid. Son cerveau est totalement engourdi par les privations sensorielles, par le jeûne qu'elle s'impose inconsciemment et surtout par le désespoir. Quelques pensées éparses lui viennent dans une demi-conscience. Images inconsistantes, fugitives...

Elle sombre, une nouvelle fois, dans un sommeil d'épuisement. Elle reprend conscience. Combien de temps depuis les dernières pensées? Elle l'ignore. Combien de jours écoulés depuis qu'elle est là? Elle est incapable de le dire, le temps se dilue. Peut-être des semaines. Et lui, le monstre, depuis combien de temps n'est-il pas venu? Un jour? Deux jours?

Elle rit, d'un rire dément. Pourquoi s'inquiéter de son absence, quand il reviendra se sera pour lui infliger les pires sévices. À nouveau elle hurle, les images insoutenables ressurgissent de sa mémoire. Une autre idée, peut-être pire, lui vient. Et s'il avait décidé de la laisser mourir de faim et de soif? Et s'il ne revenait plus? Qu'est-ce qui serait le plus atroce? Elle hurle, frappe le sol de ses poings. À nouveau les sanglots la secouent mais finalement la calment. Elle revoit des images d'avant, avant d'être prisonnière de ce trou à rats, de ce monstre, de ce taré! Elle a hurlé, elle s'en rend compte. Quelle importance? Pourtant, cette énième crise, ces images de liberté lui ont redonné un peu d'espoir, un peu d'énergie : elle est encore vivante et doit le rester le plus longtemps possible. Qui sait ce qui peut se passer?

Alors, plus lucide que précédemment, elle rampe vers les provisions, bien décidée à se forcer à manger. Elle trouve un paquet de biscuits, en avale quelques-uns. C'est sec, étouffant, elle se force à en ingurgiter encore deux. Bien sûr, la soif revient. Dans l'obscurité, elle cherche la bouteille de la main. Elle trouve le cylindre de plastique, s'en empare. Mais, il y a quelque chose de bizarre, il est anormalement lourd. Elle comprend son erreur, ce n'est pas la même bouteille. Elle boit, savourant cette bonne surprise. Et l'autre? Des mains, elle cherche, retrouve la bouteille presque vide, tente d'en trouver encore une. En vain cette fois.

Elle est faible, désespérée, folle de terreur et d'angoisse. Pourtant, depuis quelques instants, elle se sent mieux, elle reprend un peu d'espoir. Mais quel espoir? Peu importe, elle doit lutter, elle a de quoi manger, l'équivalent d'un litre et demi d'eau. Elle peut tenir. Elle doit tenir!

Chapitre 45

Jour 8, mardi

Ils sont de retour au commissariat, Dumesnil a l'impression que toute la boutique perçoit la différence de comportement avec Berthelier. Il lui semble que la jeune femme est différente, avec l'air plus affirmé de celle qui est parvenue à ses fins. Mais en fait, rien, aucun murmure, aucune allusion. Tout se passe dans sa tête. À moins que... Un doute persiste. Un sentiment de culpabilité diffus... Un instant il regrette, l'instant d'après le désir se réveille.

La jeune OPJ a regagné son bureau, pour elle aussi, du travail en retard. Lui se plonge dans la paperasse, convoque plusieurs de ses gars pour faire le point sur telle ou telle affaire. Bientôt midi, il décide de se rendre à HEH, voila trois jours qu'il n'y est pas passé. Il a pris des nouvelles par téléphone, à quoi bon s'infliger cette ambiance déprimante. Les dernières informations ne sont pas bonnes, le coma artificiel a été prolongé. Il n'a pas très bien compris pourquoi.

Une fois de plus, il sort le gyrophare, il voudrait être à l'hôpital avant midi et demie, de façon à pouvoir interroger un toubib. Coup de chance, il parvient à intercepter l'interne avant que celui-ci ne parte déjeuner.

– Dumesnil, je suis le conjoint de Madame Rondin.

– Ah oui, l'accident de Francheville. Venez avec moi.

Les deux hommes pénètrent dans un petit bureau plein de paperasses et d'appareils divers.

– Pas grand-chose à vous dire, Monsieur. Voilà une semaine qu'elle est là. Il y a fracture du crâne avec un gros hématome qui comprime le cerveau. Il faut qu'il se résorbe et ça prend plus de temps que prévu initialement. Vous devez être patient.

– Oui, mais...

– Pour la suite, on n'en sait pas plus qu'au début. On avisera à son réveil.

L'interne n'ajoute pas que cet hématome persistant n'est pas bon signe. À quoi bon inquiéter davantage. Il sera toujours temps...

Dumesnil remercie et se dirige vers la chambre de Françoise. Bien sûr, il s'équipe comme si elle était atteinte d'un virus mortel. Il trouve ça ridicule mais c'est la règle... Toujours aussi désolant de voir un être cher inerte, bardé de perfusions et autres intubations. Odeurs d'hôpital, bruits d'hôpital. Déprimant! Il caresse le front de sa compagne en murmurant quelques mots puis il sort.

Devant HEH les vendeurs de sandwiches ne manquent pas. Il en prend un au passage, grimpe dans la mini et reprend la direction de la Croix-Rousse via le cours Albert Thomas et les quais du Rhône. Sur le trajet, un appel. C'est le capitaine Boudard de la DGSI.

– Commissaire, on a des résultats d'analyse. Les gendarmes ont coopéré avec nous, vu qu'il y a un risque terroriste. Les déchets trouvés dans la poubelle de la ruine, ont fourni l'ADN de deux hommes dont Harbidi. Dans la Clio brûlée, de fortes présomptions, disons à 99 pour cent, de l'ADN d'Harbidi.

– Pas de certitude absolue?

– Négatif, patron. Le labo ne peut pas donner du 100 pour 100 vu l'état de ce qui restait. Mais enfin, avec les autres éléments, ça fait beaucoup.

– OK merci, Boudard. Pas d'autre identification?

– Non, c'est tout.

– Pour ce qui est des déjections du cabanon ayant servi de prison ?

– Rien, commissaire. Les gendarmes ne m'ont rien dit à ce sujet.

– Ouais, c'est vrai, ce n'est pas la même affaire et ça les regarde. Merci, on reste en contact.

Dumesnil appelle la gendarmerie de Voglans. Le sous-officier de permanence n'est pas au courant. Il se renseigne : non, les collègues n'ont pas encore de résultats. Oui, ils transmettront au commissaire dès qu'ils en auront. Quand il raccroche, il est arrivé au bureau. Du coup, il n'a même pas eu le temps de manger son casse-croûte. Tans pis, il rentre avec. Manifestement, Berthelier l'attend.

– Patron, Verneau a appelé.

– Et ?

Tout en parlant Dumesnil entraîne la jeune femme vers son bureau. Elle ne peut attendre pour lui faire part de l'information :

– Les empreintes dans la voiture sont bien celles d'Harbidi.

– Aucune de Françoise ?

– Aucune, ce qui la disculpe complètement pour « l'accident ». L'adjudant-cheffe le reconnaît pleinement, désormais.

– Une bonne chose !

Dumesnil hoche la tête, satisfait. En fait, il ne doutait pas de ce résultat, s'il a demandé cette vérification c'est uniquement pour prouver factuellement l'innocence de sa compagne. Face à lui, sa jeune OPJ semble toute excitée.

– Il y a autre chose ?

– Sur le volant, il y a bien les empreintes du Tunisien mais, elles ont été partiellement effacées ?

– C'est-à-dire ?

– Il semblerait que le dernier utilisateur du véhicule ait porté des gants…

Dumesnil réfléchit un instant à l'implication de cette nouvelle information. Pour la première fois depuis ce matin, il détaille la jeune femme. Elle s'est encore changée. « *Mais, elle a une véritable garde-robe dans son bureau, c'est pas croyable !* ». Jean moulant, dans les tons jaunes, petit chemisier gris. À nouveau, il apprécie les taches de rousseur, les cheveux bouclés, châtains avec quelques reflets roux, les yeux verts pétillants et ce sourire. Pas vraiment belle, mignonne à coup sûr. À croquer ! À nouveau le désir, fort, impétueux. Elle le lit dans son regard et sourit, complice. Il résiste à la tentation de la prendre là, sur le bureau. Il est certain qu'elle accepterait mais ce serait une folie. Il se maîtrise, parvenant à reprendre le fil de la conversation.

– Donc, le conducteur, à Francheville, ne serait pas Harbidi ?

– C'est une hypothèse. À moins que celui-ci n'ait conduit avec des gants. Possible, mais on ne voit pas pourquoi. Bon, je vous laisse, patron, j'ai un RDV, un témoin convoqué. Vous me tenez au courant.

Avant de quitter le bureau, elle s'approche du commissaire et lui murmure à l'oreille tout en posant une main câline sur la vaste poitrine :

– Ce soir, Commissaire. Moi aussi, j'ai envie !

Elle le quitte ainsi, avec une dernière œillade assassine, laissant derrière elle un homme complètement déstabilisé. Un immense effort de concentration lui permet de reprendre le fil de l'affaire. Non, il ne voit aucune raison pour laquelle Harbidi aurait pu mettre des gants dans son propre véhicule, avec ses empreintes partout. Absurde. Donc, c'était un autre conducteur !

Dumesnil s'assoit pour réfléchir aux implications de cette conclusion à priori toute simple. Si ce n'est pas Harbidi qui conduisait, cela implique qu'une autre personne a voulu éliminer Françoise, que cette même personne a assassiné le maréchal des logis Lacour, que c'est elle, également, qui a suivi Camille et lui est venue en aide (même si ce n'était pas l'objectif de départ) dans les caves de l'immeuble de Tavarez. Mais qui, et pourquoi ?

L'enquête doit être reprise de zéro. Un type que le capitaine Rondin aurait fait coffrer ? Ils ont déjà étudié cette possibilité. Pour l'abandonner, aucun profil ne colle ou alors, ceux qui pourraient correspondre sont toujours en prison. Non, il y a autre chose, forcément !

Le temps s'écoule, Dumesnil rumine en tournant en rond dans son bureau, ses réflexions entrecoupées par les sonneries du téléphone, à moins que ce ne soit des demandes du planton ou d'un OPJ. Toujours des problèmes routiniers qu'il faut pourtant traiter. C'est la vie d'un commissariat. Mais tout cela, plus Camille, l'empêche de réfléchir, il n'arrive à rien. Il est 18 heures quand on frappe, une nouvelle fois, à la porte. Mécontent de lui, il aboie :

– Oui, quoi encore ?

C'est Berthelier, elle lui sourit, plus mutine que jamais.

– Vous en êtes où patron ?

Il lui explique en deux mots ses interrogations. Elle approuve :

– Pour trouver qui, il faut découvrir la relation entre ce mystérieux X et Françoise Rondin. Souvenons-nous que l'ordi du capitaine semble avoir été visité.

Dumesnil réagit :

– Soit c'est le cas, soit c'est elle qui a effacé volontairement des données. Mais ça paraît absurde.

– Donc, ce X a été capable de pirater un ordi du SRPJ. Pas à la portée de n'importe qui, on n'a pas affaire à un petit malfrat. D'accord commissaire ?

Dumesnil hoche la tête. Son cerveau recommence à fonctionner normalement, il enchaîne :

– N'oublions pas qu'elle a changé son mot de passe chez elle, peut-être aussi d'ailleurs au bureau. Donc, elle craignait une intrusion.

– Exact, patron. Il faut qu'on reprenne tout le dossier calmement, nous nous sommes trop focalisés sur Harbidi. Peut-être une fausse piste qui nous a caché la vraie. Il va être l'heure d'y aller. On fait le point chez vous devant un verre ?

Dumesnil approuve de la tête, il range quelques dossiers et tous les deux quittent le commissariat. Quelques regards les suivent, ils partent une nouvelle fois ensemble. C'est sûr, des bruits vont courir.

– Qu'ils aillent se faire foutre !

Dumesnil s'est exprimé à haute voix, Camille sursaute.

– Pardon ?

– Oh, je pensais tout haut. On est toujours ensemble, ça va forcément jaser. Mais bon, c'est trop tard pour revenir en arrière. Une liaison sur un lieu de travail, et avec une nana de 24 ans plus jeune, c'est une connerie ! Mais c'est fait.

Il n'a pas ajouté, surtout quand on est déjà en couple, il y a pensé. Même si... Berthelier est beaucoup plus décontractée.

– Cool, Commissaire, c'est juste moi qui vais avoir mauvaise réputation...

La mini démarre, toujours dans le son caverneux de son échappement : les 185 chevaux sont bien là. Direction Civrieux-d'Azergues.

Chapitre 46

Jour 8, mardi

Quelque part dans un quartier délaissé de Vaulx-en-Velin un garage désaffecté a été transformé en mosquée. C'est l'heure de la prière, les croyants arrivent lentement, seuls ou par petits groupes, silencieux. Le temps est gris, la pluie menace, l'air a singulièrement fraîchi. Tout autour, des bâtiments délabrés, parfois squattés. Pour la plupart d'anciens sites industriels. Il se dégage de l'ensemble une immense sensation de tristesse, de désespoir angoissant.

Ce n'est pas l'allure des fidèles qui pourrait donner une note plus gaie, tous sont vêtus de manière traditionnelle : qamis, pantalons bouffants, babouches ou, parfois, chaussures de sport, seules touches de couleur. Pas davantage les visages fermés et les barbes noires, plus ou moins longues ou, sur le côté du local, entrant dans une pièce séparée, des silhouettes noires, fantomatiques.

Dans un angle de ce qui fut un atelier de réparation automobile, une sorte d'estrade a été montée. Les fidèles s'installent en silence, s'asseyant à même le sol où une vieille moquette a été installée. L'intérieur n'est pas plus engageant que l'extérieur : odeurs de pisse de chat et de poussière, lumière faible, murs sans aucun décoration, mis à part quelques taches, manifestement anciennes sauf celles d'humidité remontant au dernier orage.

Enfin, celui que tout le monde attendait, l'imam, arrive. Il grimpe les trois marches lui permettant de dominer son auditoire et démarre son sermon, sans saluer l'assemblée ni prononcer le moindre mot de transition.

Un prêche violent, intransigeant, fustigeant les « kouffars », leur promettant les flammes éternelles de l'enfer, avec, à chaque imprécation, une sourate adaptée. Il évoque en premier les « chiens d'occidentaux », tout particulièrement ces Français qui « persécutent les musulmans avec des lois iniques », ou même leur font la guerre en Afrique ou au Moyen-Orient. Il s'en prend, bien sûr, aux juifs, n'oublie pas les mauvais musulmans, chiites en tête mais aussi tous ceux qui ne sont pas suffisamment rigoureux, aux laxistes qui n'imposent pas la burqa, ou à tout le moins une tenue décente, à leurs épouses. Il s'exprime ainsi, en arabe, pendant plus de quarante minutes. Une voix forte, exaltée, grave et rocailleuse qui roule et résonne dans ce bâtiment comme pourrait le faire celle de Dieu.

Il donne ensuite le signal de la prière, s'agenouillant lui-même, tourné vers La Mecque.

La prière terminée, il démarre un nouveau prêche, plus offensif. Cette fois, il appelle les fidèles au djihad, à partir en Syrie combattre les « croisés », à leur trancher la gorge, ici sur le sol français, à les « kalacher », à les brûler, à dynamiter églises, synagogues ou écoles. Un discours de haine d'une violence rare. Plus court que le précédent toutefois. Suivi, comme le premier d'un appel à la prière.

La cérémonie terminée, les fidèles quittent le garage-mosquée, toujours silencieux sauf rares exceptions. Seuls cinq d'entre eux s'attardent. L'imam les invitent à le suivre dans une petite pièce attenante. Six hommes dans un espace minuscule acceptant tout juste les six tapis de prière au sol. Cinq longues barbes noires et une plus courte, rousse.

L'imam, sur le même ton halluciné, appelle à une brève prière destinée à demander à Allah d'accueillir en son paradis les djihadistes morts au combat et tout particulièrement leur frère Mohamed.

Chapitre 47

Jour 8, mardi

Le lieutenant Tadéi rumine dans sa cellule. Voilà 20 heures qu'il est en garde-à-vue. Il n'a aucun remords d'avoir « un peu brusqué » (c'est ainsi qu'il désigne mentalement les sévices imposés) Brako. Il a toujours pensé que la fin justifiait les moyens. « *Enfin quoi, merde, il a avoué, l'autre racaille de braqueur !* » Non, ce qu'il regrette c'est d'avoir été assez con pour laisser traîner le tube dans un tiroir de son bureau. Enfin, il est presque sûr de l'avoir essuyé avant de le ranger : ils pourront toujours s'accrocher pour trouver l'ADN de l'autre enfoiré. En pensant à Brako, sa colère monte d'un cran. Ah, il a été libéré, fort bien, lui aussi le sera demain ou après demain. Il s'occupera de cette crevure.

Il imagine avec une joie féroce ce qu'il fera subir à celui qui s'est permis de déposer plainte : « *Non mais, pour qui y se prend, cette merde ?* ». Fera-t-il appel à Griverd pour cette expédition punitive ? Non, il ne le sent pas trop le capitaine. Bon, c'est vrai, ils s'entendent bien pour partir en bringue, picoler et lever des gonzesses. Mais, il a quelque chose de « zarbi », le chef.

Il en est là de ses réflexions quand son avocat, Maître Magnan est annoncé. Il l'a réclamé dès le début mais celui-ci n'étant pas joignable hier, il a préféré attendre plutôt que de prendre un « commis d'office ». Maître Magnan pénètre dans le triste local, les cellules de garde-à-vue à l'IGPN sont moins inconfortables, sales et malodorantes que celles d'un commissariat, mais à peine. Les deux hommes se serrent la main, même âge, dans les 35 ans, même silhouette sportive, ils se ressemblent. Ils se sont connus à Grenoble voilà quelques années quand ils débutaient tous les deux. Depuis, le Corse a rendu quelques services «limites» à l'avocat dont la réputation est plutôt sulfureuse.

– Désolé, je ne suis rentré que cet après-midi.

– Pas de soucis. Tu vas me tirer de là vite fait!

Tadéi expose le problème à l'homme de loi n'ayant pas encore pris connaissance du dossier. Il écoute attentivement puis hoche la tête, l'air confiant.

– Si tu as vraiment essuyé le tube, il n'y a aucun problème : ce sera la parole d'un multi-récidiviste contre celle d'un honorable fonctionnaire de police. On aura les résultats de la recherche d'empreintes d'ADN ce soir ou demain matin. Si c'est négatif, tu sors dans la foulée.

– Et si...

– Même s'il y a de l'ADN de ton gus. Comment déjà, ah oui, Brako, tu persistes.

– C'est-à-dire?

– Tu n'as jamais brusqué le gars, c'est lui qui, au contraire, a voulu t'agresser avec le tube qui traînait sur ton bureau. Bagarre, chute du prévenu qui se brise les doigts malencontreusement. Fin de l'histoire. Là encore, je pense te faire sortir demain.

– Super, t'es un crack!

– Ah, encore un point. Ce tube, il te sert à quoi?

– ...? Ah oui, je vois ce que tu veux dire. Je m'en suis servi comme levier pour donner plus de prise à ma clé à bougies. Et ensuite, je l'ai gardé machinalement.

– Voilà, c'est ça. Allez, à demain Laurent.

Chapitre 48

Jour 8, mardi

C'est l'été, beaucoup de Lyonnais sont déjà partis en vacances, il ne leur faut pas plus de vingt minutes pour rejoindre Civrieux. Dumesnil gare la mini, les deux flics en descendent pour entrer dans la bâtisse en Pierres dorées. Sitôt la porte fermée, Camille se colle contre le commissaire pour un baiser passionné. Il tente une timide protestation :

– Non, pas maintenant…

Ce n'est pas l'avis de la jeune femme :

– Tu en as autant envie que moi, je le vois bien. Viens, après on sera plus détendus, plus disponibles pour travailler.

Elle le tire par la main, direction la chambre. Là, c'est elle qui entreprend de le déshabiller. Dumesnil impatient se jette sur elle. Ils font l'amour sauvagement. Une première fois, puis une seconde. Leurs ardeurs apaisées, Camille se lève pour aller à la douche, souriante dans sa nudité. Elle en ressort quelques minutes plus tard, toujours nue, l'œil pétillant de malice.

– Allez, Commissaire, à toi. Moi, je vais faire chauffer les pizzas.

Dumesnil se lève à contrecœur, il aurait bien recommencé. Décidément, cette fille le rend fou. Le jet brûlant finit de l'apaiser, de le décontracter. Quand il arrive dans le salon, une bonne odeur commence à envahir la pièce, deux whiskies sont servis. Il approuve ironique :

– Bien, tu sais te rendre utile.

À quoi elle rétorque, avec une petite moue coquine :

– Tu fais référence à l'apéro ou à ce qui s'est passé avant ?

– Mais, les deux, lieutenant, les deux !

Ils trinquent tout en se hâtant de reprendre leurs cogitations policières avant de déraper à nouveau. C'est Camille qui démarre, toujours taquine :

– J'ai réfléchi. Tu vois, Commissaire, ça n'empêche pas, au contraire...

Sans qu'il sache dire pourquoi, le fait qu'elle l'appelle « Commissaire » en le tutoyant amuse et émoustille l'ancien de la DGSI. Il réplique sur le ton de l'ironie.

– Bien, c'est pas dans tes habitudes de réfléchir, Camille, y a du progrès. Je t'écoute.

– Nous savons que le type qui est derrière tout ça, ce n'est pas Harbidi. Pas plus un lascar que la capitaine Rondin aurait mis en taule ces dernières années. Ni un suspect dans les deux affaires qu'elle suivait. Aucun n'aurait les épaules pour monter un coup pareil.

– D'accord. Mais ça nous donne quoi ?

– C'est pourtant quelqu'un qui a croisé sa route récemment. Un ou une personne qu'elle dérangeait. On peut éliminer les voisins irascibles. Que reste-t-il ?

– Je t'écoute.

– Le responsable des disparations de Chambéry. À mon avis, elle est tombée sur un truc par hasard, peut-être dans la cabane. Elle a trouvé les menottes, comme nous. Les terroristes, réels ou supposés n'avaient guère de raisons de séquestrer quelqu'un, elle pense à un enlèvement. Peut-être avait-elle déjà eu vent des disparitions, elle inspecte très attentivement les lieux et découvre un indice quant à l'identité du coupable. Juste un indice, pas une preuve, sinon elle aurait immédiatement donné l'alerte. Le psychopathe s'inquiète, panique même quand il se rend compte qu'il s'agit d'une flic du SRPJ. Il met en place un plan pour l'éliminer.

Dumesnil se lève, pensif. Il ramène les pizzas et une bouteille de beaujolais. Tout en savourant sa « Regina » il enchaîne :

– Admettons ta théorie. C'est vrai que, hormis ce X, le mystérieux psychopathe qui enlève des jeunes femmes pour leur faire subir je ne sais quoi, on ne voit qui aurait pu vouloir éliminer Françoise. Mais enfin, il y a quand même beaucoup d'interrogations...

– Je t'écoute, Commissaire.

– Un, comment sait-il qu'elle est sur sa piste ?

– Facile. Il l'a vu inspecter la cabane puis se rendre à la gendarmerie.

– Sacrée coïncidence ! Mais possible. Deux, comment a-t-il su qu'elle était flic et où ?

– Il l'a suivie.

– Admettons. Trois, pourquoi utiliser la voiture d'Harbidi ? Je sais : parce que c'est un cabriolet, indispensable pour la plongée dans le ravin. Mais comment X a rencontré le Tunisien ? Pourquoi piquer ce véhicule-là, les cabriolets ne manquent pas ? Comment a-t-il pu aborder Françoise qui ne le connaissait pas, la convaincre de l'accompagner ?

– OK, il y a des zones d'ombres, j'ai pas réponse à tout.

– Il y a encore d'autres interrogations. D'où viennent les connaissances médicales nécessaires pour empoisonner quelqu'un dans un hôpital ? D'où tient-il les techniques de hacking permettant d'entrer sur un ordinateur, au SRPJ en plus ?

– Oui commissaire, ça fait beaucoup de questions mais si ce n'est pas ce mystérieux X, agresseur de jeunes femmes, qui alors ? Songeons à l'aphorisme de

Sherlock Holmes : « Quand on a éliminé tout ce qui est impossible, ce qui reste, aussi improbable soit-il, doit être la vérité ».

Dumesnil hoche la tête en resservant un verre de Juliénas. Il sourit, amusé , presque convaincu.

– Élémentaire, ma chère Camille ! J'admets que X semble notre seule piste. Bien mince toutefois.

Le repas est terminé, les deux OPJ se lèvent d'un même mouvement pour débarrasser, nettoyer la table avant de s'installer confortablement au salon. Depuis la fin d'après-midi, une petite pluie froide tombe tristement évoquant plus l'automne que le cœur de l'été. La température a bien fraîchi, Dumesnil prend conscience qu'il manque quelque chose dans la maison : une bonne flambée. Bien sûr, en rentrant il a eu d'autres préoccupations mais, il n'est pas trop tard. En quelques minutes les flammes pétillent, il retourne se caler dans son vieux fauteuil de cuir, face à Camille.

– Alors, Camille, que proposerait Mr Holmes ?

– Je pense qu'il proposerait que tu viennes t'installer à côté de moi. Ensuite, il dirait certainement qu'il faut reprendre la piste là où elle est : à Chambéry.

Elle a, de nouveau, un petit sourire coquin, un regard pétillant. Dumesnil fait non de la tête tout en se levant.

– Si je m'installe à côté de toi, je crois qu'on va pas travailler longtemps. Whisky ?

– OK pour le Jura18, commissaire, à condition que tu sois là.

Elle tapote le canapé, sûre d'être entendue. Dumesnil remplit deux verres et s'installe, vaincu.

– Tu es une sorcière ! Santé !

– Santé, patron ! T'es en train de me rendre alcoolo comme toi.

Dumesnil se retient de répondre qu'elle, elle est en train de le rendre accro au sexe. Il veut reprendre le fil de l'enquête avant de repartir sur un terrain glissant.

– Bon, disons qu'on repart à Chambéry. Une fois là-bas, on fait quoi ? On a rien ou presque.

– On retourne à la cabane, à la mairie, à la gendarmerie. Tiens, d'ailleurs, ont-ils identifié l'ADN sur les menottes ?

Le commissaire se lève d'un bond pour se précipiter vers l'ordinateur, les gendarmes ont promis d'envoyer les résultats par mail, il a oublié de vérifier. Connexion, messagerie, il pousse un cri :

– On a un mail. Oui, ils ont identifié une des deux nanas dont on a le dossier. Mireille Lambert 32 ans la coiffeuse.

À ces mots, Berthelier tente de se lever mais doit se rasseoir, un peu trop alcoolisée. Dumesnil remet une bûche dans les flammes mourantes, termine son verre et reprend place à côté de son OPJ.

– Enfin du concret. On a la certitude que des jeunes femmes ont été enlevées. Au moins une, sans doute beaucoup plus. Les gendarmes étudient tous les signalements de disparitions. On va enquêter sur chaque cas, on va bien finir par trouver quelque chose sur l'agresseur.

– Qu'est-ce qu'on fait alors, commissaire ?

– Demain matin, on passe au commissariat, on organise l'équipe et on fonce à Chambéry.

Chapitre 49

Jour 8, mardi

Paul Griverd est furieux après son adjoint, Tadéi. « *Combien de fois lui ai-je dit, à cet abruti, que ses méthodes lui amèneraient des ennuis ? En plus, il laisse traîner son bout de tube, quel con !* ».

Pour commencer, Griverd se dit qu'il va devoir se taper le boulot tout seul. Ensuite, il risque d'être mis en cause également. Sans parler du commandant Morin qui lui a passé une sacrée soufflante et qui l'a, désormais, dans le collimateur. De plus... Mais il préfère ne pas y penser.

Ah, il n'avait vraiment pas besoin de ça!

Il commence ainsi la journée de fort mauvais poil. Dans le cadre de quelques dossiers en cours, il fait le tour des indics dans les quartiers glauques de Villeurbanne et Vaulx-en-Velin. Le temps est gris, la pluie est annoncée, ce qui n'arrange pas son humeur.

Il relance ses informateurs au sujet de deux enquêtes mais surtout, il cherche des tuyaux pour pouvoir « *loger* » Brako. Le braqueur libéré pour « aveux extorqués » a disparu de la circulation. Cette fois, il n'a pas été assez stupide pour retourner chez lui, il se planque quelque part. Le capitaine Griverd est certain qu'il est toujours sur le secteur, il n'a ni les réseaux ni la logistique pour entamer une cavale dans une autre région, encore moins à l'étranger. L'objectif de l'OPJ est de faire pression sur lui pour qu'il retire sa plainte. En échange... Eh bien, il trouvera quelque chose.

Peut-être un nouveau vice de forme, de sorte que la procédure soit définitivement annulée.

Vers la fin de l'après-midi, dans un des quartiers les plus délaissés de Vaulx-en-Velin, au fond d'un bar aussi triste que sale, il retrouve Abdel, de son vrai nom Abdelassoud Mouhazzi. Un Algérien d'origine, sans âge, très typé maghrébin, petit, un peu rondouillard, cheveux noirs crépus, toujours un mégot accroché à la lèvre. Le flic commande un café au comptoir, indifférent à la crasse comme aux immondices jonchant le carrelage déglingué. Discrètement, il fait signe à Abdel, termine son caoua et sort.

Le Maghrébin le suit à une courte distance, s'efforçant de ne pas se faire remarquer. Griverd regagne sa voiture, attend quelques instants puis ouvre la portière. Abdel s'engouffre, claquant la porte. Le véhicule démarre. Direction un coin tranquille au bord du canal.

– Alors Abdel ?

– J'ai rien, chef. C'est calme en ce moment.

D'un geste bien plus vif qu'on aurait pu le supposer, le flic attrape l'indic par le col. Il assure une prise croisée qui étrangle le passager.

– Prends-moi pour un con ! Continue comme ça et tes chiens vont devoir se trouver un nouveau maître.

Abdel se débrouille avec un élevage clandestin de Pitbulls. Tant pour la vente des chiots que pour d'ignobles combats. Le capitaine du SRPJ est au courant et ferme les yeux, en échanges d'informations…

– Non, commissaire ! Ils n'y sont pour rien. Pas leur faute à eux s'il ne se passe rien…

Tous les petits malfrats appellent les flics « commissaire ». Comme si une flatterie sur le grade allait suffire à arranger leurs affaires. Là pourtant, l'Algérien semble sincère. Griverd insiste :

– Brako, ça te dit quelque chose ?

– Oui, je connais vaguement. J'ai appris qu'il avait été relâché. On dit qu'il a mis les voiles.

– Exact ! Tu n'aurais pas, par hasard, une idée d'où il peut se planquer ?

– Non, chef. Rien de rien.

– Bon, eh bien, si tu me sers à rien, je sens qu'on va faire une petite descente voir si ton élevage est en règle.

Abdel panique. D'une certaine manière, il aime ses chiens. De plus, ils sont sa seule source de revenus.

– Attends, attends, commissaire. J'ai peut-être quelque chose.

– Tu vois ! J'écoute.

– Ce matin, devant la mosquée, quand les fidèles sont sortis...

– Attends, quelle mosquée ?

– L'ancien garage, juste derrière le bistro...

– Oui, je vois. Alors ?

– J'assistais pas au prêche, j'ai entendu trois types qui parlaient d'attentat, avec des explosifs.

Griverd hausse les épaules. Pas son truc les attentats, c'est pour la DGSI. Et puis, c'est pas parce que trois excités parlent de raser le parlement ou de plastiquer la tour Eiffel que c'est sérieux. Pourtant, il cherche à en savoir plus.

– Bon, tu les connais ces mecs, tu peux les décrire, tu as une photo ?

– Eh quoi, commissaire, tu veux que je les prenne en photo ? Tu veux que je me fasse égorger ou quoi ? Non, je ne sais pas leurs noms, je n'ai pas de photo. Des salafistes ordinaires : longues barbes, vêtements traditionnels.

– Rien de particulier ?

– Rien, chef. Ah, si. Un des trois avait la barbe rousse et moins longue que les autres.

– C'est maigre. Je leur vois pas un bel avenir à tes clébards...

– Attends, attends. Y a autre chose. J'avais déjà entendu des choses comme ça et j'en ai parlé à ton collègue, l'autre le grand.

– Tadéi ?

– Oui, oui, c'est ça. Je lui ai dit comme à toi : j'ai entendu causer d'un attentat avec des explosifs.

– C'était quand ?

– Sais pas. Deux semaines, peut-être trois.

Ce n'est pas l'information que Griverd attendait, mais il est attentif. Qui sait ? Cela pourrait être intéressant. L'autre abruti ne lui en a pas parlé. Pourquoi ? A-t-il seulement fait quelque chose ? Il presse encore l'indic pendant quelques minutes. Pour rien, il n'en tirera pas plus.

– Allez, dégage !

La pluie tombe depuis une heure, fine, drue, déprimante. Le capitaine constate qu'il est l'heure de repasser au SRPJ. Il n'a pas encore décidé s'il allait transmettre ou pas. En fait, la seule pensée qui le préoccupe c'est « *Pourquoi Tadéi ne lui en a-t-il pas parlé ?* ».

Il redémarre en direction du bureau quand il lui vient une inspiration. Tadéi habite le quartier de Montchat, c'est sur le chemin de « *l'usine* ». Pourquoi pas y faire un saut, il connaît l'endroit où son adjoint planque les clés. Qui sait ? Une visite pourrait lui apprendre des choses, il commence à se méfier un peu du Corse.

Il approche de la rue Lamartine ou Tadéi loue un petit pavillon dans ce quartier tranquille. Il ne doit pas en être à plus de cinq cents mètres quand la voiture s'arrête. Plus rien ! Sur sa lancée, il parvient à garer la Clio, tout en jurant comme un charretier. Il s'apprête à appeler l'assistance quand il songe que son adjoint a certainement laissé son 4X4 chez lui. Comme il sait où sont les clés...

Ainsi fait, il part à pied, maudissant la mécanique et la pluie battante. Il ne lui faut guère plus de cinq minutes pour y être. Comme il s'y attendait, les clés sont sous un pot de fleur. Sans plus de scrupules, il entre, furète un peu partout, s'attarde dans le bureau où trônent deux ordinateurs. Il cherche, en vain, à se connecter : les machines démarrent mais sont protégées par un mot de passe. Après quelques tentatives infructueuses, Griverd renonce. Méfiant, il vérifie qu'il n'y a pas de caméra de surveillance. Rassuré, il quitte la maison, récupérant au passage les clés du 4X4 : un engin superbe. Tadéi adore ce genre de véhicule. D'ailleurs, lui-même l'apprécie, l'empruntant parfois à son adjoint. Alors, une fois de plus... Voilà qui ne perturbe pas la conscience du capitaine.

Le véhicule est garé dans la rue, facilement identifiable, le moteur démarre dans un bruit feutré, on sent pourtant que la puissance est bien là. La voiture n'est pas neuve mais quand même, Griverd se demande comment son équipier a pu s'offrir l'engin. Un saut au SRPJ, quelques notes sur les affaires en cours, un signalement à la DGSI, ça ne coûte rien.

En discutant avec le collègue des renseignements intérieurs, il se confirme que Tadéi n'a rien transmis. Pourquoi ? Griverd est vraiment intrigué.

Pour l'heure, il a d'autres urgences. Il prend la direction de l'Ouest-Lyonnais, continue vers Saint-Martin-en-Haut. À un kilomètre du village, il bifurque sur sa gauche, un petit chemin de pierrailles, pentu, raviné. La zone est isolée, on ne voit qu'une vieille grange devant laquelle il stoppe le véhicule. Sur le côté de l'ancien bâtiment agricole, une partie a été consolidée en planches et bastaings, formant une espèce de bungalow.

Une solide porte en verrouille l'accès. Griverd sort une clé de sa poche, ouvre et pénètre à l'intérieur, une lampe en main.

Chapitre 50

Jour 9, mercredi

Pierre Meunier vient de recevoir l'information transmise par Griverd : nouvelle menace terroriste sur l'Est lyonnais. Il relit encore la note crachée par son imprimante. Des alertes, il en a presque tous les jours. Pourtant, quelque chose le chagrine... La description du type « Un des trois avait la barbe rousse ». Pas très courant. Pas si rare, malgré tout : les nouveaux convertis, d'origine et de culture européenne, sont les plus virulents. Mais, cela cadre avec l'image du compagnon d'Harbidi, le roux aux yeux fous.

– « Ouais, à part qu'il a cramé l'autre dingue ! »

Le lieutenant Meunier n'a rien de génial mais c'est un officier consciencieux, il ne croit pas à un vrai danger, il appelle pourtant deux agents de terrain pour les lancer sur cette piste. Au cas où...

Lui-même décide de rencontrer le dénommé Abdel, celui qui aurait donné le tuyau. Il se connecte sur différents fichiers, l'ordinateur rend son verdict en moins de 10 secondes. Abdelassoud Mouhazzi, 42 ans, né à Oran, condamné à douze reprises pour trafic de cannabis, vols divers et voies de fait, connu pour vivre d'élevages clandestins de chiens de combat. Un mobile et une adresse figurent au dossier, le lieutenant veut en avoir le cœur net, il compose le numéro. Seule la messagerie lui répond, confirmant cependant que la ligne est bien au nom d'Abdelassoud Mouhazzi. Il prend la décision de se rendre au domicile de l'indic.

Contrairement à ce que supposait l'officier de la DGSI, l'homme ne vit pas dans un immeuble pourri mais dans un petit pavillon d'une rue tranquille. Meunier se gare juste devant le numéro indiqué. Sonnette. Rien, aucune réponse. Il insiste, toujours rien. Le portail n'est pas verrouillé, il le pousse, pénétrant dans une petite cour intérieure tristement bétonnée. Trois marches conduisent à une porte d'entrée, pour partie en verre dépoli. Il frappe avec vigueur. Toujours rien, aucune silhouette derrière un rideau. C'est la fin de la matinée, pas étonnant que l'occupant des lieux ne soit pas là, finalement. Le lieutenant tente de tourner la poignée, cette fois c'est verrouillé.

Il hésite quelques secondes, sans qu'il sache pourquoi, il lui paraît important d'en savoir plus sur cet informateur. Haussement d'épaules, il sort un passe. «*On va pas prendre des gants avec des petits voyous de cet acabit*». La serrure banale ne résiste que pour la forme. Il pénètre dans une entrée simple mais proprette. Toujours aucun bruit ni indice de présence.

L'officier pousse quelques portes sans succès, personne, rien de spécial. Tout est beaucoup plus propre qu'il aurait cru. Il continue son inspection, derrière un épais rideau un lourd vantail de bois fermé de l'extérieur. Il fait glisser le verrou et tire la poignée, surpris par la masse de l'ouvrant. Il ne lui faut qu'un instant pour comprendre qu'il s'agit d'une isolation phonique : des aboiements furieux se font entendre. Un escalier descend vers une cave aménagée en chenil.

Meunier sort son arme au cas où… Mais il ne risque rien, en bas il découvre cinq Pitbulls bien enfermés dans trois cages. Dans chacune d'elles, deux gamelles, une pour l'eau, l'autre pour la nourriture. Elles sont encore à moitié pleines, probablement garnies la veille ou le matin même. Le local est ventilé mécaniquement rendant l'odeur du chenil supportable, une lampe allumée en permanence évite aux animaux le noir complet. L'éleveur prend soin de ses bêtes. « *Décidément, ce type n'est pas si banal...* »

Rien d'anormal. Le lieutenant Meunier remonte jeter un coup d'œil aux autres pièces. Là encore, rien de spécial, pas de linge traînant un peu partout, pas d'assiettes sales dans l'évier. Pourtant, aucune trace de présence féminine... Étonnant, quand on connaît le profil du lascar ! Un peu dépité, l'officier quitte la maison.

Une fois dans sa voiture, il tente d'appeler à nouveau le numéro trouvé dans les fichiers. Toujours la messagerie. Haussement d'épaules, contact, il décide de rentrer au bureau, renonçant à chercher l'indic dans les bars du quartier : ce serait peine perdue, nul ne le renseignerait et l'autre serait grillé.

De retour devant son ordinateur, il vérifie encore une fois les différentes informations, parcourt les rapports sans noter quoi que ce soit pouvant alerter sur un possible attentat. Seule l'équipe d'Harbidi était sur ce créneau. Maintenant, ils sont hors circuit.

Le soir, les deux enquêteurs lancés le matin même sur la piste de djihadistes éventuels rentrent au rapport, bredouilles. Rien de notable. Des islamistes c'est sûr, certains bien excités.

L'officier de la DGSI est rassuré. Abdel a probablement confondu les dates, dans ce cas, ce serait le groupe Harbidi qu'il aurait croisé, il y a quelques semaines et non pas récemment. Ou alors, il aura inventé...

Le lieutenant Meunier analyse une dernière fois les faits. Il parvient à la conclusion qu'il serait hautement invraisemblable que deux groupes préparent, en même temps et sur le même secteur, un attentat.

Il classe le dossier.

Quatrième partie

Chapitre 51

Jour 9, mercredi

Il est 14 heures 30, Dumesnil remercie le sous-officier puis, sans s'attarder davantage, sort de la gendarmerie de La-Motte-Servelex, une bourgade à quelques kilomètres de Voglans et de Chambéry. Il porte une chemise cartonnée sous le bras : une copie du dossier des deux disparues du secteur. Mireille Lambert, la coiffeuse, 32 ans, et Véronique Madeira, 31 ans, informaticienne. La première habitait Nances, un petit village à quelques kilomètres en direction de l'Ouest, la seconde vivait non loin de là, à la sortie du Bourget-du-Lac.

– Une chance qu'ils aient été coopératifs, patron.

– La chance n'a rien à y voir.

Dumesnil explique qu'il a, une nouvelle fois, contacté son ancien chef, le colonel Harimbaud, aujourd'hui promu général. Désormais adjoint du grand patron de la DGSI, disposant d'entrées permanentes à l'Intérieur, celui-ci a vite compris le problème. Pour lui, le danger d'attentat n'est pas écarté, peut-être est-il en connexion avec cette affaire de disparues. Il a la chance d'avoir Dumesnil sous la main, il a décidé de lui donner carte blanche. Donc, coups de fil internes à la DGSI et surtout à la gendarmerie ainsi qu'aux instances hiérarchiques policières.

Les gendarmes ont expliqué n'avoir aucune piste. Les deux se sont volatilisées une nuit. En septembre de l'an passé pour la première, en février dernier pour la seconde. Elles ne se connaissaient pas, aucune parenté, aucun ami commun, des métiers bien différents, leurs parcours aussi. La coiffeuse a fait un CAP classique à Chambéry, l'informaticienne l'INSA Lyon.

Dumesnil, un temps perdu dans ses pensées, reprend la parole au moment où ils rejoignent leur véhicule.

– On va s'installer devant une bonne bière et éplucher les dossiers en détail. En attendant d'autres.

– Quels autres, commissaire ?

– L'adjudant Perrez a demandé à toutes les gendarmeries du secteur les dossiers de disparitions de femmes entre 25 et 40 ans, sur les 3 dernières années. Il y en aurait sept.

Berthelier ne répond rien mais n'en pense pas moins : « *Que compte-t-il trouver que les pandores n'aient pas vu ?* ».

Ils ne roulent pas très longtemps, juste à l'entrée de la ville, ils trouvent une brasserie à l'air sympa, avec, de plus, une place de stationnement juste devant. Le temps s'est remis au beau, le ciel est bleu mais très frais pour la saison, avec un méchant vent du nord. Ils optent pour l'intérieur.

Chacun prend un dossier, notant les points paraissant importants parmi les maigres informations. Ils échangent de temps à autre sans avoir le sentiment de progresser. Le temps passe, Dumesnil en est à son troisième demi, Berthelier au troisième café. C'est elle qui fait la remarque :

– Tiens, ça c'est zarbi, commissaire. La voiture de l'informaticienne, une 3008 essence a été retrouvée sur le bord de la D1504 intacte. Juste que le moteur ne démarrait pas. Après vérification, il y avait du sucre dans le carburant.

Dumesnil lève la tête, marquant l'arrêt comme un chien de chasse.

– Intéressant ça! Voiture sabotée volontairement pour préparer un enlèvement ou geste de malveillance sans rapport?

– Que dit le vôtre, patron?

– Je vérifie... On a aussi retrouvé le véhicule de la coiffeuse, une Hyundai i20, arrêtée en pleine campagne. Je n'ai pas d'autre information par contre. J'appelle les pandores.

Le commissaire s'agace, l'information tarde à venir. Enfin, un brigadier retrouve l'information : la voiture de Mireille Lambert a été ramenée chez ses parents. Contacter ces derniers prend encore un bon moment mais, finalement le père de la jeune femme se souvient :

– Oui, la Hyundai de ma fille, elle ne démarrait pas, le garagiste est venu la prendre et nous l'a ramenée trois jours après.

Le père avait d'autres chats à fouetter que l'origine de la panne. Peut-être que le mécano lui a dit, il ne s'en souvient pas. Dumesnil obtient le numéro du garagiste. Plutôt que d'appeler, ils décident de s'y rendre, ce n'est qu'à quelques kilomètres de là. Par chance, l'homme de l'art est présent, disponible et pas encore atteint par Alzheimer.

– Oui, je me souviens de la petite i20, d'ailleurs je connaissais Mireille. Quelqu'un lui a joué un mauvais tour : le réservoir était plein de sucre.

Les deux flics se regardent, remercient et regagnent leur véhicule. Comme souvent Berthelier ne peut rester silencieuse :

– Ça peut pas être un hasard. On a affaire à un tueur en série, organisé, méthodique qui planifie les pannes de ses victimes pour, ensuite venir les «secourir» au bord de la route, en pleine nuit.

Le commissaire approuve :

– Oui, c'est un homme méthodique qui prend le temps de repérer ses proies, qui les approche suffisamment pour avoir accès à leurs voitures. J'ai bien noté, Camille, que tu considères qu'elles sont mortes.

– Puisque qu'elles ne sont pas réapparues ! Quelle autre hypothèse ? Et vous, vous êtes certain qu'il s'agit d'un homme ?

– Dans le cas d'enlèvements de femme, c'est du 99 pour cent !

– Bon, on a un point de départ. On fait quoi maintenant, commissaire ?

– On vérifie si les autres dossiers disent la même chose, ou plus. Mais on peut déjà déduire que notre homme a pris son temps, qu'il a tourné autour de ses proies, sans doute pendant plusieurs jours, voire davantage. Des gens ont dû remarquer un détail. En attendant, on file à Nances, on interroge les voisins, les relations...

– Attends, Commissaire, le salon de coiffure ou travaillait la disparue, il est dans Chambéry, à un kilomètre d'ici.

Dumesnil regarde sa montre, il est déjà 17 heures passées.

– Tu as raison, Camille, commençons par là !

Chapitre 52

Jour 9, mercredi

Le salon ne ferme que dans une heure et demie, ils ont le temps. C'est une boutique claire et moderne, pas très loin du centre-ville. La vitrine affiche « Il et Elle » mais à l'intérieur seules quatre femmes, deux clientes, une apprentie et la patronne. Celle-ci une petite boulotte, la quarantaine avenante est un peu surprise :

– Mireille Lambert ? Oui, je l'ai eu comme coiffeuse pendant 3 ans. J'ai appris qu'elle avait disparu, les gendarmes m'ont même interrogée. J'avais pas grand-chose à leur dire. Vous reprenez l'enquête ?

– En quelque sorte. Quand avez-vous constaté son absence ?

– Le mardi matin. On est fermé le lundi. Elle a travaillé le samedi jusqu'à 19 heures 30, normalement. Je me souviens qu'elle devait aller danser, en boîte. Je ne l'ai plus jamais revue.

Berthelier intervient :

– Vous avez remarqué quelque chose, un ou une cliente un peu bizarre, un homme par exemple ?

– Non... je ne vois rien.

Dumesnil a perçu une légère hésitation, il insiste.

– Quoi que ce soit, même insignifiant. Je crois que vous pensez à quelque chose.

– En fait, j'ai remarqué un 4X4 garé juste en face. Vert foncé, rutilant. C'est pour ça que j'y ai prêté attention, mon mari veut en acheter un.

– Et alors, quoi d'anormal ?

– Rien. Simplement, j'ai noté, j'sais pas pourquoi, qu'il avait un auto-collant « Allez l'OL », à l'arrière, sur le pare-brise. Mes fils sont des fans. C'est comme ça que, quand je l'ai revu à la même place, deux jours plus tard, j'ai pensé que c'était le même.

– Quelle marque ?

– Ah là, j'y connais rien. Pas une allemande c'est sûr, ce sont les préférées de mon mari, j'ai des catalogues dans tout mon salon.

Les deux flics ne tirent rien de plus de la coiffeuse. Non, Mireille n'avait pas de petit ami attitré. Non, personne ne venait l'attendre le soir. Sa voiture ? Elle la garait dans la cour, juste derrière la boutique.

Maintenant, ils sont lancés. D'un commun accord, ils décident de pousser jusqu'à Nances. Il ne leur faut pas plus de dix minutes pour y être, vers 18 heures 30. La jeune femme disparue louait un studio attenant à une villa, juste à la sortie du patelin.

– On va voir les loueurs, commissaire ?

– On commence par là. Puis les commerçants, ses amies, s'il y en a.

– Tu y crois, toi au 4X4 ?

Dumesnil hausse ses larges épaules tout en recherchant l'adresse dans ses dossiers.

– C'est une piste, lieutenant Berthelier. Possible que ce soit une coïncidence, il faut creuser. Si on nous signale encore ce genre de véhicule dans les endroits fréquentés par Mireille ou d'autres, alors oui, ça deviendra sérieux.

Dumesnil redémarre, l'adresse se situe à l'autre bout du village. Pas bien grand il est vrai. Un homme, la soixantaine, vient ouvrir, surpris d'une visite.

– Monsieur Masson ?

– Oui, vous voulez quoi ? Je n'ai besoin de rien !

– Police, on peut entrer ?

Dumesnil a sorti sa carte, il avance d'un pas, forçant le passage. Le propriétaire s'écarte à contrecœur. Les deux enquêteurs pénètrent dans un intérieur datant des années soixante-dix, inchangé depuis. Tout est propre mais gris, triste, vieillot. De la cuisine attenante se fait entendre une voix haut perchée plutôt désagréable.

– C'est quoi, Robert ?

– La police, maman.

Berthelier ne peut retenir un large sourire ironique : les hommes qui appellent leur épouse « maman », elle trouve ça tellement con ! Dumesnil lui fait un signe discret : « ne les braque pas ! ». « Maman » juge apparemment que la police ne mérite pas sa présence ou alors, que seul le « chef de famille » est à même de répondre. Elle reste à ses fourneaux. Le commissaire, toujours branché gastronomie se demande un instant ce qu'elle prépare, aucune odeur ne filtre. Désappointé, il revient à leur affaire.

– Mireille Lambert, elle logeait chez vous ?

– Ah, c'est pour elle ? Ben oui, on lui prêtait notre studio. Ça fait un moment. Elle nous a plantés sans rien dire à l'automne dernier.

Dumesnil a noté un certain soulagement. « *Il redoutait une autre raison à la visite de la police ?* ». Soulagement suivi d'une certaine hésitation. C'est sûr, c'était de la location au « black ».

– Vous prêtiez ? Moyennant un dédommagement, je suppose ? On s'en fout, on est pas du fisc. Cette femme a été enlevée !

– Ah bon, c'est pour ça que...

Berthelier ne sent pas du tout ce type, c'est elle qui intervient :

– Oui, c'est pour ça ! Vous n'avez rien signalé ?

– Signaler quoi ? Ça arrive que des... invités se tirent du jour au lendemain. Sans régler leurs dettes, souvent.

– Leurs dettes ?

– Heu...leur participation aux frais : eau, chauffage, etc.

Dumesnil non plus n'apprécie pas le bonhomme, la colère commence à le gagner. Il serait capable de se maîtriser, mais il pense que secouer un peu le marchand de sommeil pourrait donner des résultats.

– Elle a été enlevée et elle est probablement morte à l'heure actuelle. Vous, vous n'avez rien fait, même pas un vague signalement à la gendarmerie. Ça vous dirait une petite inculpation de non-assistance à personne en danger. Sans parler de fraude fiscale.

Il a pris la tête et le ton qui donnent envie à ses subordonnées de rentrer sous terre. En face de lui, le bonhomme plutôt gris devient blanc. Il bredouille :

– Mais, on n'a rien fait... On collabore, je vous ai dit tout ce que je sais.

– Collaborer ? Oui, ça je veux bien vous croire !

Le « Thénardier » ne comprend pas l'ironie, il reste inerte, attendant la suite. Dumesnil précise sa pensée.

– Elle voyait des gens, hommes ou femmes ? Des véhicules sont venus la chercher ?

– Non, elle avait sa voiture, on connaissait rien de sa vie.

– Montrez-nous son studio.

Le type les emmène vers l'arrière de la maison où une aile de petites dimensions, a été accolée à la construction principale. Rien que de très banal, guère plus de 20 mètres carrés pour vivre. La malheureuse coiffeuse ne devait pas rouler sur l'or. Le logement a été réoccupé, il ne reste rien de Mireille Lambert.

Dépités, les enquêteurs tentent une dernière question, par l'intermédiaire de la jeune OPJ.

– Elle a dû laisser ses affaires, qu'en avez-vous fait ?

Nouvelle hésitation du loueur, visiblement de plus en plus mal à l'aise.

– C'est-à-dire... Elle nous devait de l'argent, alors... On a vendu ce qu'on a pu. Le reste, quelques affaires personnelles, on les a mises dans une valise. Au cas où elle repasserait. C'est là, dans le garage.

Dumesnil suit le propriétaire des lieux, résistant à la tentation de l'attraper par le col. Sans un mot, il s'empare d'un bagage défraîchi qu'il ouvre sans difficulté, répandant la moitié du contenu au sol. Quelques vêtements et magasines, des affaires de toilettes, de maquillage. Sans intérêt. Sauf une sorte de carnet de photos, de tirages papier, à l'ancienne. Berthelier le ramasse, commence à le feuilleter.

Les premières images remontent à plusieurs années. En fait, ce sont des impressions de clichés numériques. On y voit Mireille Lambert avec des amies, une fois avec un couple plus âgé, sans doute ses parents. Jamais avec un homme. À côté, Dumesnil s'impatiente :

– Alors, quelque chose d'intéressant ?

– Peut-être, je te montrerai, Commissaire.

Masson a tiqué sur le tutoiement, preuve qu'il est moins abruti qu'il en a l'air. Il regarde le couple de flics par en dessous, sournoisement. Dumesnil, jugeant qu'il n'y a plus rien à obtenir ici, attrape la jeune femme par le bras et l'entraîne vers leur véhicule. Ils s'installent et démarrent jusqu'à la petite place du village. Le commissaire se gare. Il hésite un instant à faire un reproche à Camille mais, à quoi bon cacher leur proximité, surtout ici. Finalement, il interroge son OPJ. Celle-ci s'attendait à une remontrance, elle s'empresse d'expliquer :

– Deux choses, patron. Un, jamais d'homme mais, on la voit plusieurs fois tenir par la taille une nana. Je pense qu'elle était homo.

– C'est son droit. Je ne vois pas en quoi cela fera progresser l'enquête. Ensuite ?

– En deux, il y a un cliché, un des derniers où on la voit prendre la pose avec cette femme. J'ai l'impression qu'on est dans Chambéry, peut-être juste à côté du salon de coiffure.

Dumesnil se penche vers l'image pour constater que Berthelier a raison. La photo présente une bonne définition, le visage de la compagne est net, on va pouvoir en tirer un bon portrait.

– Sûr, Camille, c'est devant le salon où elle bossait. Il faut retrouver la petite copine.

– Oui commissaire, mais c'est pas tout. Regarde bien !

Il reprend le petit album, scrute plus attentivement l'image. Il n'aime pas les devinettes, il commence à s'énerver quand son œil abandonne les deux femmes pour s'attarder sur l'arrière-plan. D'un coup il comprend.

– Bon sang ! De l'autre côté de la rue, c'est le 4X4 !

– J'ai l'impression, patron !

Berthelier jubile, cette fois ils avancent. Et grâce à elle ! Dumesnil refroidit toutefois son enthousiasme :

– C'est bien, mais on ne peut pas l'identifier, les plaques ne sont pas visibles, peut-être une partie, au mieux. La marque non plus.

– On discerne toutefois un 4X4 vert foncé, ce qui confirme les dires de la patronne.

Le commissaire hausse les épaules avec une moue dubitative. Il s'apprête à rendre l'album au lieutenant Berthelier quand il aperçoit une petite poche cachée, au dos de la couverture, un emplacement prévu pour y glisser un papier ou autre document peu important.

Son doigt rencontre quelque chose, un bout de plastique de petites dimensions. Il l'extrait. Berthelier s'écrie :

– Une SD Card[1], on va avoir les fichiers numériques des images papier.

Bien que limité en informatique, Dumesnil a compris. D'un geste brusque il s'empare de sa mallette, derrière le siège de Camille, et en extrait son ordinateur portable. Il le démarre avec impatience. Fébrilement, Camille introduit la petite carte dans l'emplacement prévu, les images défilent.

Il n'y en a que dix, les dernières de l'album, dont celle qui les intéresse, une prise de vue en haute définition. La jeune OPJ prend l'ordinateur des mains de son chef, trop emprunté à son goût. Elle zoome sur le visage de la supposée compagne de Mireille Lambert.

– Super, on peut en extraire un portrait parfait. Je regarde pour la voiture.

Hélas, le zoom ne montre presque rien de plus. Il confirme cependant la fin de l'immatriculation, ZN, et la présence de l'auto-collant de soutien à l'OL. Dumesnil ne s'intéresse pas trop au véhicule.

– Le 4X4 peut avoir été là par hasard et on a pas grand-chose pour l'identifier : une petite partie de la plaque, la couleur et on suppose que ce n'est pas une marque allemande. On verra mais pour l'heure, on se concentre sur la nana. Nous devons lui parler, et vite.

Il enchaîne :

– Tu peux isoler son visage pour le transmettre quand on sera à l'hôtel avec le WIFI ?

– Oui commissaire, je peux. Je peux même nous connecter immédiatement, à partir de mon smartphone. À qui on l'envoie ?

---

1 Dispositif de stockage de données, utilisé par les appareils de photos numériques.

Dumesnil renonce à comprendre comment la jeune femme peut faire tout ça, il lui donne trois adresses. Celles des gendarmes, de la DGSI et de Jérôme. Il est 19 heures passées, les deux organismes officiels ont des permanences mais la machine est lourde. C'est le hacker qui répond le premier, un quart d'heure plus tard, quand la mini se gare dans le parking de l'hôtel. Il appelle directement le commissaire :

– Hi, Dum, how are you ?

Ça l'amuse, de temps à autre de parler anglais, il sait que Dumesnil a horreur de ça. Avant le déchaînement de mauvaise humeur, il poursuit :

– J'ai pas eu beaucoup de mal, elle est active sur les réseaux sociaux. Les gens ne se rendent pas compte de la quantité d'informations qu'ils laissent derrière eux.

– Alors, s'impatiente le flic ?

– Il s'agit de Hélène Lacroix, 25 ans. Adresse : 1 rue du général Sevez, dans Chambéry et j'ai même son téléphone. Qu'est-ce qu'on dit ?

– Merci Jérôme, t'es un crack !

Chapitre 53

Jour 9, mercredi

La grille se referme sur Maître Magnan, il est dans la cellule de son client, le lieutenant Tadéi. Celui-ci bondit vers lui, comme piqué par un frelon.

– Alors, je t'ai attendu toute la journée, je sors quand ?

– Mauvaise nouvelle Laurent, ta garde-à-vue est prolongée de 24 heures.

– Qui, c'est quoi ce bordel ? Tu m'avais dit que...

– J'avais dit que s'il n'y avait rien sur le tube, ou juste des traces de Brako je pourrais te faire sortir.

Tadéi est comme fou, ses yeux noirs sont encore plus sombres, avec des lueurs de meurtre. Il interrompt son avocat en hurlant.

– Bon, et alors, dans ce cas...

Un policier se précipite vers la cellule, affolé.

– Tout va bien Maître ?

– C'est bon, c'est bon.

Magnant fait un gros effort pour se calmer, il renvoie le gardien de la paix et reprend.

– Tu arrêtes de gueuler et tu m'écoutes ! Aucune empreinte génétique de ton mec. Mais le labo en a trouvé une autre.

Le Corse s'était un peu calmé, il bondit, repartant de plus belle.

– Quoi ? Impossible !

– Si, et le mec a été identifié. Assam Berkaoui, un petit malfrat que tu as serré il y un mois. Et que tu as interrogé. Faudra mieux nettoyer ton tube, la prochaine fois.

Tadéi accuse le coup, sa fureur retombe, il se rassoit, la tête entre les mains. Il comprend ce que cela signifie :

– Alors, le juge pense que ça confirme les déclarations de Brako, je vais rester en garde-à-vue. Combien de temps ?

– Pour une fois, tu as raison. La garde-à-vue est prolongée de 24 heures. Ensuite, suivant toute probabilité, tu seras inculpé. Reste à savoir s'il te maintiendra en détention ou pas. Mais tu es tombé sur le juge Renard. C'est un teigneux.

– Je sais, du genre qui n'aime pas les flics. Tu me conseilles quoi ?

L'information se digère. La fureur de Tadéi est passée, l'avocat retrouve aussi son calme. Il prend son temps pour s'exprimer. Bien sûr, il a déjà réfléchi à la stratégie, mais il hésite encore.

– Tu continues à nier. Aucune empreinte de Brako et l'autre n'a pas déposé de plainte. Bien sûr le juge Renard va lui mettre la pression pour qu'il le fasse. Mais c'est pas gagné. Alors, on continue, parole contre parole.

– J'peux pas me permettre de rester en cabane, j'ai plein de chose en cours !

Maître Magnan grimace. Visiblement la sortie prochaine de son client lui semble mal engagée. Il a pourtant une possibilité mais hésite à la formuler. Pour ne pas donner trop d'espoir mais aussi à cause des implications. Finalement, il se décide :

– Je ne sais pas si je devrais te parler de ça mais j'ai eu un appel de ton collègue Griverd. Il cherche Brako pour le… « convaincre » de retirer sa plainte. S'il y réussi et que Berkaoui persiste à ne pas déposer de son côté. Alors, toute l'accusation s'écroulerait.

– Griverd, pourquoi y fait ça ?

– Ça, pose-lui la question ! Pour ma part, je vois deux possibilités. La première, il a peur que ton inculpation éventuelle lui retombe dessus, et à mon avis il n'a pas tort. La seconde, il a quelque chose à exiger de toi par la suite...

– Mouais..

Le Corse n'est pas emballé, mais il est conscient que cette hypothèse arrangerait bien ses affaires. Ensuite, si l'autre veut un service, eh bien, il verra.

La discussion est terminée, Maître Magnan salue son client, demande l'ouverture et s'en va.

Chapitre 54

Jour 9, mercredi

Dumesnil et Berthelier s'apprêtaient à regagner leur chambre d'hôtel pour un repos bien mérité. Finalement, ils récupèrent seulement la clé, ayant décidé de visiter ce soir même Hélène Lacroix, l'amie de Mireille Lambert.

Il ne leur faut pas plus de cinq minutes pour y être. Le risque étant de ne pas la trouver. Par chance, elle répond. Dumesnil s'identifie à l'interphone et explique qu'ils sont là pour Mireille. La porte du hall émet le *bzzz* classique d'ouverture.

– Troisième gauche.

Les deux flics sont tendus, énervés, ressentant le besoin de bouger ils grimpent par l'escalier. L'immeuble de six étages est coquet, repeint récemment, même la montée d'escalier est claire. Une jeune femme les attend, porte entrebâillée.

– Commissaire Dumesnil, lieutenant Berthelier.

– Oui, entrez.

Ils pénètrent directement dans le salon, petit mais agréable. Hélène Lacroix leur désigne un canapé.

– Asseyez-vous. Vous avez des nouvelles de Mireille ?

En prononçant le nom de son amie, sa voix s'étrangle. Elle se laisse tomber dans un fauteuil pour éviter de perdre pied. Dumesnil lui sourit, cherchant ses mots pour ne pas être trop brutal. Camille vient se placer à côté d'elle, à genoux contre le fauteuil, elle lui prend la main.

– Les nouvelles ne sont pas bonnes. Nous avons toutes les raisons de penser qu'elle a été enlevée par un tueur en série.

Hélène Lacroix ne répond rien. Blême, sa bouche s'ouvre sans qu'aucun son n'en sorte, sa lèvre tremble. Camille l'entoure par les épaules, les deux enquêteurs attendent qu'elle récupère. Manifestement le choc est violent. L'OPJ laisse passer d'interminables secondes puis, d'un ton très doux, demande.

– Vous vous aimiez?

– Oui, on devait se marier en fin d'année dernière. D'un coup, plus de nouvelle. Vous croyez que...

Elle connaît déjà la réponse à la question et s'écroule en larmes sur l'épaule de Camille. Le commissaire reprend, sur un ton paternel.

– Il n'y a malheureusement pas d'espoir. Mais nous voulons retrouver le salopard, il est peut-être encore temps de sauver certaines de ses victimes. C'est pourquoi nous avons besoin de vous...

Hélène Lacroix étouffe un sanglot, se mouche, cherche à parler. Les mots viennent difficilement.

– Oui, oui... Je vais vous aider. Si je peux... Mais je vois pas...

– Un détail qui vous serait apparu bizarre. Un type suspect, une voiture qui vous a suivies, un coup de fil inquiétant. Ce genre de choses.

Dumesnil sourit, parlant d'une voix calme et douce, au grand étonnement de Camille, c'est si rare. L'amie de la disparue tente de se souvenir. Rien ne lui revient. Camille insiste, elle montre la photo ou l'on entrevoie le 4X4.

– Une voiture remarquée plusieurs fois près de chez vous, comme celle-ci?

Hélène Lacroix se lève, prend le tirage dans ses mains, pour le regarder de plus près. La vision est trop forte, c'est le dernier cliché avec son amie, elle le laisse échapper, en sanglots. Camille ramasse la photo, repousse doucement la jeune femme, avec des mots apaisants, murmurés à voix basse. Enfin, un peu calmée, celle-ci reprend.

– Oui, effectivement, on a vu ce véhicule avec Mireille, on s'était même fait la réflexion : *«C'est marrant, ça doit faire trois fois qu'on tombe sur cette caisse»*. Mais sans penser à rien de plus.

– Vous vous souvenez de la couleur, la marque, le modèle ?

– Un 4X4 vert, un gros truc, anglais je crois...

– Pourquoi anglais ?

– Sais pas, la couleur je pense. C'était un classique « Vert anglais ». Vous savez comme le cuir des fauteuils.

– Hum, je vois. Dumesnil aime ce genre de meuble et connaît bien la teinte associée. Camille relance l'interrogatoire, d'une voix douce.

– Pas d'autre caractéristique ?

– Non, rien de plus. Une belle voiture, c'est sûr.

La jeune OPJ insiste sans trop y croire.

– Le conducteur, vous l'avez aperçu ?

– Une fois, je l'ai vu monter dedans. Un type assez grand, mince mais plutôt athlétique, brun ou châtain foncé. Assez beau mec.

– Les yeux ?

– Pas vus, il portait des lunettes de soleil.

La conversation se poursuit encore une dizaine de minutes, sans rien apporter de plus. Hélène Lacroix fait de son mieux sans pouvoir donner plus d'informations. À la question de savoir si elle pourrait identifier le conducteur elle n'a pas répondu négativement. Tout en étant sûre de rien.

Cette fois, les deux enquêteurs regagnent leur hôtel.

Chapitre 55

Jour 9, mercredi

Bien sûr, ils ont pris une chambre pour deux. Toilette rapide avant d'aller dîner. C'est Camille qui prend la salle de bain en premier, elle en sort nue et souriante, un petit sourire provocant. Dumesnil est tout près de se laisser tenter... Mais non, il sera temps plus tard, d'abord la douche, puis le repas, son estomac commence à manifester son mécontentement. Il sait aussi qu'il est préférable de faire un point « à chaud », avant d'oublier certains détails.

Petite brasserie non loin de leur hôtel. Une ambiance sympa, plus feutrée que celles proposées habituellement par ce genre d'établissements. Il est vrai qu'il y a peu de monde, ils bénéficient d'ailleurs d'une table de quatre. Le commissaire a choisi un confit de canard – pommes sautées, accompagné d'une Leffe. Sa compagne, plus attentive à sa ligne, se contente d'un carpaccio – haricots verts – eau minérale.

– Tu bois trop de bière, Commissaire.

En dépit de leur intimité nouvelle, elle se refuse à appeler son chef « Ernest ». Il ne lui a d'ailleurs pas proposé mais surtout elle aime bien dire « Commissaire » en le tutoyant, un décalage savoureux.

– Décidément, tu crains que je prenne du poids !

– Pas du tout, c'est juste pour te taquiner. Je voudrais surtout pas que tu maigrisses, j'aime bien comme ça...

Nouveau petit sourire coquin. Nouvelle bouffée de désir de Dumesnil. La jeune femme continue sur le même registre.

– Oh, quand tu fais cet œil-là, je sais ce que ça veut dire… Tu vas quand même pas me baiser là, sur la banquette ?

Sourire et regard malicieux semblent indiquer qu'elle n'y verrait aucun inconvénient. Dumesnil s'efforce de penser à autre chose, de revenir à l'enquête. Mâchoires serrées par la concentration, il laisse s'écouler quelques longues secondes avant de reprendre.

– Bon, lieutenant Berthelier, on peut essayer de parler d'autre chose, de notre enquête par exemple ?

Camille, satisfaite de son petit effet, tout autant que du pouvoir qu'elle a sur l'homme en face d'elle, consent à redevenir sérieuse.

– OK, chef. On fait le point. Dans les deux cas étudiés, il y a une voiture sabotée, avec du sucre dans le carburant, pour pouvoir « dépanner » les futures victimes en pleine nuit.

– Oui, dès demain on vérifiera pour les autres disparues. À mon avis, on trouvera le même mode opératoire. Ensuite on a un véhicule suspect : un gros 4X4 vert anglais, peut-être de fabrication britannique. Auquel cas, ce serait une Land Rover ou une Range Rover. On sait aussi que l'immatriculation se termine par ZN. Plus un auto-collant « Allez l'OL ».

– On a également une description du suspect : grand, mince, athlétique, cheveux foncés, plutôt beau garçon. On a bien avancé, commissaire !

– Humm, dès demain on va voir les autres, à commencer par l'informaticienne. Pour confirmation, ou pas, de la voiture et du type. On obtiendra peut-être plus d'informations. Ensuite…

– On aura plus qu'à cueillir notre bonhomme. Parce que des 4X4 comme ça, de cette couleur avec un matricule se terminant par ZN, il ne doit pas y en avoir des centaines.

La serveuse s'approche pour débarrasser, interrompant l'échange. Dessert ? Non, pas de dessert, l'addition. La note arrive dans la minute, Dumesnil règle avec sa carte bancaire. Il a maintenant son air grognon, quelque chose le préoccupe. Camille commence a bien le connaître, elle interroge :

– Un souci, commissaire ?

– Ouais, je crois que c'est trop beau, avec ce que l'on a, on devrait pouvoir identifier la voiture facilement. Mais ça colle pas, le mec est prudent, sinon, il aurait déjà attiré l'attention. Donc, à tous les coups, pour ses repérages, il utilisait de fausses plaques.

– Possible, chef. Mais faut essayer !

– On va le faire. Demain. Pour ce soir, repos.

La jeune femme retrouve son sourire coquin.

– Repos, commissaire ? Vraiment ?

Le couple se dirige vers l'ascenseur avec une certaine précipitation. Sitôt la porte de la cabine refermée, Camille se colle contre le commissaire pour un baiser fougueux tandis que sa main se glisse dans le *jean* de son compagnon.

– Attends, pas là !

Déjà la porte coulisse, elle tire son chef par la main, glisse la carte dans la serrure de leur chambre et l'entraîne à l'intérieur. À droite en entrant, un fauteuil. La jeune femme y pousse son amant qui se retrouve assis sans l'avoir voulu. En un instant son sexe est libéré, déjà bien dur. Camille s'en empare, fixant le commissaire dans les yeux.

– Pour me faire pardonner de t'avoir allumé, je vais te sucer comme tu aimes, commissaire. Si tu es d'accord, bien sûr.

Sans attendre, elle commence sa fellation, considérant que le grognement émis équivaut à un oui.

Une heure plus tard, allongés sur le lit, les deux amants reprennent leur souffle, apaisés. Camille hésite à prendre une douche, elle a sommeil, puis se décide d'un coup. Le jet brûlant est la touche finale à la détente, elle sent ses moindres muscles se relâcher, elle maintient l'eau au plus chaud de ce qu'elle peut supporter. Quand elle sort, elle est écarlate. Vite, elle se sèche et au lit. Pendant ses ablutions, une idée lui est venue, rapide, fugitive, elle doit en parler immédiatement à son chef.

– Eh, commissaire, j'ai pensé à un truc...

Pas de réponse.

– C'est vraiment important. À propos de la chambre d'hôtel du capitaine Rondin.

Toujours pas de réponse. Dumesnil dort déjà.

– C'est pas vrai, j'y crois pas !

Elle hésite à le réveiller. Pas longtemps, le sommeil la prend aussi. Sa dernière pensée consciente : « Ne pas oublier, surtout ne pas oubl... »

Chapitre 56

Jour 9, mercredi

Griverd rentre chez lui, rue Creuzet, dans le septième, satisfait, il a trouvé Brako. Pas bien loin, le malfrat était planqué dans un appartement inoccupé des Minguettes. Un indic loge dans la même tour, il a remarqué de la lumière, prévenu le flic. Au cas où… Ce dernier avait fait passer le message.

Les choses n'ont pas traîné, l'OPJ s'est présenté devant la porte, n'a même pas sonné, ouvrant avec un passe. L'autre était encore au lit. Appartement minable, sale, presque sans meuble, des vêtements traînant au sol, des assiettes empilées dans l'évier, odeur écœurante, mélange de crasse, de restes de cuisine et de tabac.

– Alors, Brako, on fait la grasse matinée ?

– Heu… Quoi ? Vous voulez quoi, commissaire ?

Griverd a rangé le sourire de façade qu'il arborait en entrant, laissant place à un visage fermé, dur.

– Te ramener en taule, pardi !

– Mais… Mais le juge m'a relâché.

– Ton dossier n'est pas classé, juste un vice de forme dans ton interrogatoire. Mais on va tout reprendre.

Silence. Le voyou s'est redressé sur son matelas, hagard, inquiet. Le flic a retenu une envie de se marrer (« *quel con décidément !* »), il a seulement ouvert une fenêtre.

– Ça pue le phoque ici ! J'ai une proposition à te faire. Du genre qu'on ne refuse pas. Si tu vois ce que je veux dire…

– Heu... Oui commissaire. C'est quoi ?

– Tu retires ta plainte contre mon collègue et moi, je fais le nécessaire pour faire classer ton dossier.

– Heu... Comment ?

– C'est mon affaire ! Tu prends, ou pas ?

Bien sûr, le voyou a accepté, téléphonant dans la matinée pour affirmer avoir menti. Dans la foulée, Griverd a contacté un certain nombre de « *connaissances* » à qui il a fait passer un message très simple : informer Assam Berkaoui, en cellule à Corbas, qu'il a tout intérêt à ne pas parler de son interrogatoire par le lieutenant Tadéi.

Satisfait de sa journée, le capitaine se sert un whisky bien tassé, lance un CD de Queen et s'installe dans son fauteuil préféré. Le seul à vrai dire.

Il a besoin de réfléchir. Le Corse va être libéré, les poursuites abandonnées, c'est sûr. Il n'existe plus aucune charge contre lui. Évidemment, il restera dans le collimateur de sa hiérarchie, peut-être de l'IGPN, mais ça, Griverd s'en fout. Même s'il s'entend bien avec son adjoint, ce n'est pas par amitié qu'il a arrangé ses affaires. Ce qu'il voulait éviter, outre un surcroît de travail en l'absence de son collègue, c'est d'être lui-même inquiété. Si les « Bœufs-carottes » enquêtaient sur lui, ils trouveraient forcément la grange de Saint-Martin-en-Haut et ça, il fallait l'éviter à tout prix. D'ailleurs, faudrait probablement qu'il trouve un autre endroit...

Chapitre 57

Sandra émerge une nouvelle fois du néant. La soif l'a ramenée à une demi conscience. Elle a mal partout… Combien de temps sur ce sol horrible ? Combien de jours ?

Elle rampe jusqu'à la bouteille d'eau, s'en empare fébrilement. Elle sait qu'elle doit économiser le liquide mais ne peut s'empêcher de boire presque tout ce qui reste. Un demi-litre ? Plus ? Moins ? Elle pourrait absorber bien davantage, se force à en laisser un peu puis se ravise et avale la dernière gorgée. À quoi bon en garder ?

Elle prend conscience de sa nudité. Qui l'a déshabillée, elle-même ou son geôlier ? Elle n'en garde aucun souvenir. Sans qu'elle ne le décide vraiment, comme autonome, sa main glisse vers son sexe. Est-ce qu'il l'a violée ? Non. Enfin, elle ne croit pas, mais la douleur est partout…

La brume dans son cerveau se dissipe un peu, elle perçoit une odeur infâme. Le souvenir d'un clochard, au dernier degré de la déliquescence, un soir dans le métro. Tout le monde s'écartait, fuyant la pestilence. Maintenant c'est elle qui pue de cette manière.

Elle vomit, gaspillant une bonne partie de l'eau absorbée. Hurlements. Des hurlements démentiels, elle sait qu'elle est en train de perdre la raison.

Les larmes succèdent aux cris.

Depuis combien de temps le monstre n'est-il pas venu ?

Impossible à dire, elle a, depuis longtemps, perdu toute notion du temps. Pourquoi ne revient-il pas? Pour la laisser mourir de soif? Une bribe de conscience lui souffle que non, elle a vu la vidéo de ce qu'il a fait à d'autres malheureuses. Une horreur, qu'il aime à infliger lui-même. Peut-être a-t-il décidé de changer? Non, ça ne cadre pas. Il va revenir... Ou alors, il est malade ou accidenté...

Elle va mourir de soif!

C'est sur cette pensée atroce qu'elle replonge.

Chapitre 58

Jour 10, jeudi

Dumesnil se réveille de bonne heure, après une nuit peuplée de cauchemars dans lesquels Françoise Rondin tenait un rôle central. Et dramatique ! Il se lève avec une sensation de malaise, doublée d'une migraine. À ses côtés, Camille dort comme un bébé. Il la regarde en tentant de chasser les pensées moroses. Surtout la culpabilité qui remonte.

– « *Mais enfin, merde, on s'est rien promis. D'ailleurs, juste avant le drame, c'est elle, Françoise, qui a annoncé la rupture. Alors, pourquoi n'aurais-je pas le droit de prendre un peu de bon temps. Surtout que c'était (au début) à mon corps défendant !* »

Dépité, morose, il a du mal à retrouver un minimum de sérénité. Alors, il fait une toilette rapide, silencieusement, puis descend prendre un petit déjeuner, laissant dormir sa jeune maîtresse.

Tout en savourant un premier café, il fait le point mentalement sur l'avancement de l'affaire. Une chose est sûre, ils sont face à un psychopathe, probable tueur en série qui repère ses victimes avant de mettre leur véhicule en panne avec du sucre dans le carburant. Il semble posséder un 4X4 de couleur verte, peut-être anglais. Il serait plutôt grand, élancé, sportif, cheveux foncés.

Le commissaire décide d'appeler la gendarmerie, non sans avoir auparavant fait le point avec son ex-patron, le général Harimbaud.

– Bon travail, Dumesnil. Tu restes en pilotage de l'affaire jusqu'à résolution. Rien d'officiel mais flics et gendarmes sont prévenus. Garde aussi un œil sur une possible connexion terroriste. J'ai vu passer un message d'alerte sur la région de Lyon, et comme au départ de ton enquête c'était déjà le cas... D'après nos services, c'est sans objet, mais on ne sait jamais, je compte sur toi.

Le commissaire acquiesce, raccroche et compose immédiatement le numéro du PC gendarmerie. Le responsable du secteur est un commandant : Albert Benoisan.

– Bonjour commandant, commissaire Dumesnil. J'ai du nouveau concernant les disparues...

– Nous aussi. L'ADN a parlé. C'est Mireille Lambert, la coiffeuse qui a été séquestrée dans la cabane que vous avez découverte.

– Oui, je suis au courant. Pas d'autre ADN ?

– Si mais inconnus, pas ceux d'autres disparues enregistrées.

– OK, justement j'ai des informations concernant le tueur. Il faudrait une enquête immédiate dans l'entourage des victimes supposées...

Dumesnil expose ses informations ! Mode opératoire, description, véhicule, etc. L'officier de gendarmerie renâcle un peu à l'idée de mobiliser de nombreux effectifs. Mais le flic insiste. De plus, la hiérarchie a été claire...

– OK, on vous rappelle dès qu'il y a du nouveau.

Le petit-déjeuner arrive. Café, croissants, pain, beurre, confiture. À l'ancienne, avec une bonne odeur de viennoiserie tièdes et de toasts grillés. Sans oublier les confitures maison. C'est autre chose qu'un buffet en libre service, se dit le commissaire. Tout ce qu'il aime ! Il savoure. Ce petit plaisir matinal, plus l'action, la relance de l'enquête, ça le remet en forme. Du coup, il en commande un second, sur un plateau. Pour monter à Camille.

La serveuse prend la commande, alors qu'elle repart vers sa cuisine, le commissaire ajoute :

– Avec un grand pot de café et une seconde tasse !

Quand il pousse la porte de la chambre, avec mille précautions pour ne rien renverser, Camille n'est pas franchement réveillée, elle soulève un peu la tête, ouvrant un œil incertain puis replonge. Sans pitié, après avoir déposé son fardeau, il ouvre en grand les rideaux. La lumière violente d'un matin d'été agresse la jeune femme qui grogne mais finit par se redresser.

– Humm, ça sent bon. Quelle heure il est ?

– 8 heures 30, la Belle-au-bois-dormant, l'heure de te lever !

Ce qu'elle fait. Nue, avant d'enfiler un long T-shirt en guise de robe de chambre. Une fois de plus, Dumesnil est troublé par ce corps savoureux. Mais... L'enquête, uniquement l'enquête !

– J'ai relancé les pandores, ils vont étudier les autres disparitions, vérifier si le mode opératoire est le même, si les descriptions correspondent.

– Longtemps que t'es levé ?

– Une heure, je bosse, moi !

Le commissaire se veut bougon, mais il ne peut s'empêcher de sourire. Camille commence à émerger. Quelque chose lui trotte dans la tête, un truc dont elle doit se rappeler. Mais quoi ? Rien à faire, ça ne revient pas. Alors, gourmande, elle se venge sur les croissants, non sans les avoir tartinés de confiture de framboise. Goguenard, le Dumesnil observe :

– Je vois que toi aussi, tu rajoutes de la confiture...

Elle ne répond pas directement, préoccupée :

– J'avais un truc à te dire, commissaire. Envolé ! Ça reviendra. Qu'est-ce qu'on fait ce matin, on rentre sur Lyon ?

– Non, en attendant les retours de la gendarmerie, on va interviewer les proches de l'autre nana, l'informaticienne.

Direction Le-Bourget-du-lac, enquête de voisinage. Véronique Madeira habitait en appartement dans un petit immeuble de conception récente, quatre étages, parking, espaces verts, un endroit plutôt agréable. À cette heure de la matinée, la plupart des habitants sont au travail, les seuls à répondre aux coups de sonnette des flics sont les occupants d'un logement mitoyen, les Morrel, des retraités. C'est une octogénaire qui leur ouvre, souriante, alerte et manifestement heureuse d'avoir de la visite.

– Bonjour jeune homme, mademoiselle. C'est à quel sujet ?

– Commissaire Dumesnil, lieutenant Berthelier. Nous enquêtons sur Véronique Madeira.

– Ah, oui. Pauvre fille, il paraît qu'elle a disparu, les gendarmes nous ont interrogés... Mais, on n'a pas pu leur dire grand-chose.

– Vous la connaissiez bien ?

– Bonjour-bonsoir. Mais, ne restez pas là, entrez.

Les deux flics suivent la vieille femme dans un intérieur plein de charme, clair, meublé avec goût, sans le bric-à-brac de vieilleries que les couples âgés accumulent souvent. Il règne une bonne odeur de lessive et d'encaustique avec quelques savoureux relents de cuisine.

– Albert, on a de la visite. La police.

Un homme, octogénaire aussi, selon toute apparence, sort de ce qui doit être un bureau. Lui est plutôt taciturne, probablement dérangé dans quelque activité. Il salue néanmoins avec courtoisie.

Installez-vous. Une tasse de thé.

– Non merci. Donc vous ne la fréquentiez pas. Elle vivait seule ?

Madame Morel a un sourire indulgent.

– Rarement seule, mais jamais avec le même homme.

Le commissaire donne la description de leur suspect. Haussement d'épaules.

– Vous savez, on en a vu passer… Alors, impossible de dire.

– Un 4X4 vert, ça vous évoque quelque chose ?

– Moi, les voitures…

Monsieur, sans doute plus porté sur les véhicules, prend la parole pour la première fois.

– Non, je suis à peu près sûr de ne pas en avoir vu sur notre parking. J'aime le vert et je l'aurais remarqué. D'autant que…

Il s'interrompt, regarde son épouse, hésitant. Dumesnil et Berthelier l'interrogent du regard.

– Il veut dire qu'il en aurait bien acheté un de 4X4. Si je l'avais laissé faire. Vous pensez vraiment, vous, qu'on a besoin d'un engin pareil ?

Le reste de la discussion n'amène rien de plus. Mis à part le fait que la jeune femme avait des parents habitant Chambéry. Les deux flics repartent bredouilles, contrariés de ce déplacement inutile.

– On va voir les parents, chef ?

– On va y passer. Avant, on fait un tour chez les commerçants.

Juste en face de l'immeuble, une boulangerie avec une vitrine alléchante. À côté, une brasserie et, à cent mètres, une supérette. Oui, ils voient de qui il s'agit. Une jeune femme brune, élégante, sexy. Oui, souvent accompagnée, rarement par le même homme. Un grand, athlétique, plutôt beau mec, châtain foncé ou brun ? Possible, elle était en général avec des mecs de ce style. Un 4X4 vert ? Pas remarqué. À part le gérant de la supérette.

– Si, une fois, y avait un Range Rover, vert anglais qui gênait mon camion de livraison.

– Range Rover, sûr ? L'immatriculation ?

– Sûr ! La plaque ? Bof. Ah, si. Je me rappelle, les chiffres se suivaient, genre « 123 » ou « 567 ». Non, c'était « 456 ». J'ai trouvé ça marrant, c'est pour ça que je m'en souviens.

Les deux enquêteurs interrogent sur le conducteur mais l'épicier n'a pas fait attention, ayant eu un appel téléphonique juste au moment où le véhicule est parti. Inutile d'insister, il est midi et ils décident de manger un morceau à la brasserie avant de retourner sur Chambéry.

– On n'a pas beaucoup avancé, commissaire.

– Un peu quand même. On a une confirmation du 4X4 vert, la marque et le modèle ainsi qu'un morceau de plus de l'immatriculation. D'ailleurs...

Dumesnil sort son mobile pour appeler le fichier des immatriculations. Quelques minutes plus tard, le verdict tombe : aucun Range Rover, vert ou d'une autre couleur, avec une immatriculation correspondante.

– Bien ce que je pensais, fausses plaques. Fallait pas rêver !

Le plat du jour arrive : saucisses aux lentilles, bière et eau minérale. Dumesnil, mi-renfrogné mi-rigolard, constate :

– Je t'ai mise au whisky, pas encore à la bière.

– Non, ça fait grossir.

Haussement d'épaules, le commissaire renonce à relever l'absurdité de l'argument. Redevenu sérieux, il enchaîne.

– T'as retrouvé ce que tu voulais me dire ?

Camille hoche la tête, contrariée.

– Non, ça ne revient pas. C'est très agaçant... En plus, j'ai le sentiment que c'était vraiment important.

Cafés, ensuite ils ne s'attardent pas et reprennent la direction de Chambéry. Malheureusement, les parents de Véronique Madeira ne peuvent rien leur apprendre de plus. Ils n'ont pas remarqué un homme correspondant à la description ni un 4X4 vert.

– On piétine, commissaire.

Dumesnil se veut plus optimiste.

– On avance. Lentement, mais on progresse. On sait, avec certitude, que notre homme est prudent, bien organisé, grand athlétique, pas mal de sa personne, brun. Mais aussi qu'il n'a pas de signe particulier comme un tatouage, des yeux exceptionnels, des piercing ou autres...

Le lieutenant Berthelier veut répondre mais le mobile de son chef sonne. C'est la gendarmerie.

– Ici le commandant Benoisan. Nous avons répertorié 12 jeunes femmes disparues sur les cinq dernières années. Sur ces 12, huit possédaient un véhicule retrouvé dans la campagne, en panne. Six fois avec du sucre dans le carburant, pour les deux autres, allumage saboté. Cela semble correspondre à notre suspect, même mode opératoire. Nos hommes enquêtent de manière plus approfondie, mais j'ai déjà quelques confirmations...

– Le 4X4 vert ?

– Affirmatif, Range Rover vert anglais, immatriculation AP...

– 456 ZN ?

– Oui, vous le saviez ?

– Je viens de l'apprendre. J'ai vérifié : fausses plaques.

– Évidemment !

– Rien d'autre pour le moment ?

– Non. Sauf, peut-être... Cela n'a sans doute rien à voir. Trois hommes ont disparu récemment sur Chambéry. Ils se connaissaient et une de leur voiture a été retrouvée dans un fossé, légèrement cabossée mais sans rien de grave. Ensuite, aucune trace.

– Mouais, sans rapport. Vous le savez comme moi, les cinglés qui enlèvent et tuent des femmes ne s'en prennent pas aux hommes.

Le gendarme en convient. Il promet de rappeler dans la soirée pour, peu-têtre, plus de précisions. Dumesnil informe son adjointe et conclut :

– Bon, on n'aura rien de plus ici. On passe à l'hôtel prendre nos affaires et on rentre à Lyon.

– L'hôtel ? Ah, oui, l'hôtel ! C'est ça, je me souviens de mon idée. C'est au sujet du changement de chambre...

Chapitre 59

Jour 10, jeudi

Griverd récupère son collègue Tadéi à la sortie de garde à vue. Le Corse n'a pas l'air en forme. Il est vrai que ce n'est pas un séjour d'agrément, sans compter le stress. D'ailleurs, il n'a rien mangé depuis deux jours.

– Salut Paul. Magnant m'a fait libérer. Paraît qu'il n'y a plus de charge contre moi et que tu y serais pour quelques choses...

– Je me suis démerdé ! On fait équipe, non ?

– C'est sûr, merci, je te revaudrai ça.

Les deux hommes se donnent une accolade bourrue, plus virile que sincère. Tadéi se demande bien pourquoi son chef s'est démené pour lui arranger le coup. Que voudra-t-il en échange ? Ils s'entendent bien pourtant, même si une certaine méfiance règne. De part et d'autre.

– Bon, ben, je vais passer chez moi, prendre une douche.

– Tu rigoles ? On est attendu, Morin veut te voir. Nous voir.

Le lieutenant fait la gueule, contrarié. Vrai qu'il aurait besoin de se décrasser, de se détendre un peu. Surtout, il a des choses en attente. Des choses urgentes !

– Merde, il est presque cinq heures du soir. Ça peut pas attendre demain ?

– C'est ça, ça arrangerait sûrement les choses ! J'aurais mieux à faire aussi. Tu crois pas ?

Résigné, le Corse suit son chef jusqu'à la voiture, la sienne d'ailleurs. Son 4X4 ! Il interroge Griverd :

– T'as pris ma caisse ?

– Obligé, j'suis tombé en carafe. Comme tu me l'avais déjà prêtée, j'ai pensé que ça te poserait pas de problème.

– T'as pris les clés chez moi. T'es gonflé !

Tadéi se renfrogne. L'idée que l'autre se soit introduit chez lui, en son absence, lui déplaît fortement. Il se tait pourtant. Le moyen de râler alors que Griverd vient de lui sauver la mise ? Il se demande toutefois si son supérieur a fouillé, trouvé quelque chose ?

C'est la mauvaise heure, il leur faut vingt minutes pour rejoindre le SRPJ. Morin commence par les faire poiroter une demi-heure. Exprès, ils en sont sûrs ! Sans surprise, l'objet de l'entretien est un sévère recadrage.

– Les charges ont peut-être été abandonnées mais moi, je sais à quoi m'en tenir. Alors, je le dis une dernière fois : fini les méthodes de gestapiste !

Tadéi tente d'argumenter :

– Mais, patron. C'est jamais que des racailles...

Hurlements du boss qui se lève en frappant son bureau de la main.

– Racailles ou pas, je veux plus de ça. C'est clair ! L'IGPN, je veux plus les voir ici.

– Ok patron. Ok.

Griverd resté silencieux approuve de la tête. Le commandant Morin, toujours debout, continue.

– L'affaire du fourgon de la Brinks, on en est où ?

Il n'attend pas de réponse et enchaîne :

– Nulle part ! Alors, vous mettez le nez dans le guidon, vous vous replongez dedans, je veux des résultats. Pour hier !

Les deux flics n'ont jamais vu leur chef dans cet état. Ils n'insistent pas et quittent le bureau, tête basse.

Griverd avait prévu d'aller boire un verre, il juge plus prudent d'entraîner son coéquipier jusqu'à son bureau. Que « le vieux » les voit se replonger dans le dossier du transport de fonds.

Finalement, ils ne sortent du bâtiment du SRPJ que passé 19 heures. Tadéi est de plus en plus nerveux. Qu'est-ce qu'il a encore, s'interroge son supérieur ?

– Cette fois, je dois rentrer. J'ai des tas de trucs en cours...

– Bah, ça attendra bien demain, on va s'en jeter un chez Béber. Ensuite, chez Mario. Je suis sûr que t'as les crocs. Non ? Il faut aussi qu'on aille dépanner ma caisse pourrie !

Tadéi hausse les épaules, il ne voit pas comment refuser, il suit son chef, visiblement contrarié.

Chapitre 60

Jour 10, jeudi

Meunier est un flic consciencieux. Il a classé le dossier «Projet d'attentat» pourtant, à la DGSI, rien n'est jamais enterré. Par acquit de conscience, il a, à nouveau, relancé des indics qui viennent de rappeler : rien concernant un possible attentat, aucune nouvelle de celui qui a lancé l'info.

Il n'y a aucun problème, il en est sûr. Enfin presque, quelque chose le tourmente, il aimerait trouver et interroger le type qui a balancé l'info à l'origine de l'alerte, le fameux Abdel.

Retour au petit pavillon de Vaulx-en-Velin. Le portail est toujours déverrouillé, une vieille Nissan bleu est garée juste à côté. Elle était déjà à cet endroit la veille, le lieutenant sort son mobile pour joindre le service des cartes grises. Il a la réponse sans délai : c'est bien la voiture d'Abdel.

Le flic jette un œil vers les fenêtres : aucune présence visible, pas de lumière. La porte d'entrée est fermée à clé. Rien d'étonnant. Il frappe, sans conviction. Pas de réponse, il s'y attendait : l'homme ne semble pas être là. Le lieutenant sort son passe, la serrure n'oppose pas plus de résistance qu'hier. Aucun bruit, il entre.

Tout est silencieux. Pas de lampe d'allumée. La cuisine est exactement dans le même état que la veille, nul ne semble l'avoir utilisée. Pas de trace de passage dans la chambre. Abdel n'est pas repassé chez lui. Meunier déverrouille la lourde porte donnant accès au chenil. Aboiements furieux !

Il descend avec prudence, Mauser en main, on ne sait jamais, une cage pourrait avoir été mal fermée. Ce soir, les Pit-bulls sont franchement agressifs. Ils se lancent sur le grillage, toutes dents dehors, dévoilant des mâchoires effrayantes. Meunier a même un mouvement de recul. Il constate que les gamelles sont vides.

En tout cas, une chose est sûre : Abdel n'est pas repassé. L'agent de la DGSI ne sait que penser. D'après la fiche de l'indic, celui-ci est très attaché à ses chiens qui sont d'ailleurs son gagne-pain principal. Impossible donc qu'il se soit absenté, en fuite ou pour toute autre raison, sans se préoccuper des molosses. « *À moins que dans la panique...* »

Meunier secoue la tête : peu probable. Ce qui signifie qu'il lui est arrivé quelque chose. Accident ou agression ? Nouveau coup de fil aux collègues. En attendant les réponses, il appelle les principaux hôpitaux. Négatif, Abdelassoud Mouhazzi n'y a pas été admis.

Il décide de repasser au bureau, vérifier les dossiers, ceux classés « S » notamment. Il est presque arrivé quand son smartphone se manifeste. Rien, personne n'a vu Abdel, aucun cadavre ne lui correspondant.

À nouveau, le lieutenant Meunier est inquiet : pas normal que l'indic ait disparu. D'autant qu'il n'a obtenu aucune information au sujet de la dynamite. Il a sollicité tout son réseau, les collègues, relancé les gendarmes. Rien ! Probablement n'a-t-elle jamais existé...

Chapitre 61

Sandra est inerte, assommée dans une espèce de coma. Un bruit de pas parvient à se frayer un chemin vers ce qui lui reste de conscience. Une porte s'ouvre, de la lumière, la silhouette d'un homme, de plusieurs…

Des pompiers ! Ils vont la sauver ! Elle bouge légèrement, tente de se redresser. Mais les pompiers se transforment en démons aux pieds fourchus, ils ricanent dans un environnement de flammes. Ils vont l'emmener en enfer…

Hurlements ! Des cris de démente, elle est en train de perdre la raison. Elle tremble, autant de peur que de froid. Elle reprend pied dans la triste réalité : encore une hallucination, elles sont de plus en plus fréquentes.

Elle a soif !

Une soif dévorante qui devient une véritable torture. C'est sûr, il l'a abandonnée, elle va mourir comme un rat emmuré dans son trou. Il lui reste encore un peu de volonté de vivre, elle rampe jusqu'à l'endroit où elle croit avoir laissé la bouteille. Dans le noir complet, elle ne trouve rien, tâtonne, balaie le sol, dévorée par l'angoisse. Elle rit : quelle absurdité, de toute façon elle va mourir !

Enfin, ses doigts se referment sur du plastique : la bouteille ! Hélas, elle est vide. Une autre à côté. Vide également. Elle continue de chercher, trouve un paquet de biscuits. Bien que n'ayant quasiment rien mangé depuis plusieurs jours, elle n'a pas faim. D'ailleurs, elle ne pourrait pas avaler.

Sa tête retombe, elle replonge dans le néant.

Elle va mourir.

Chapitre 62

Jour 10, jeudi

Dumesnil se tourne vers son adjointe, regard interrogatif.

– Alors, c'est quoi ton idée ?

– À l'hôtel, le capitaine Rondin a demandé à changer de chambre. On a pensé que c'était pour surveiller Harbidi et le bâtiment d'en face où celui-ci aurait pu se rendre. Maintenant, on sait qu'elle ne suivait pas le Tunisien. Pas à ce moment-là. Alors pourquoi ce changement ?

– Je t'écoute.

– Nous pensons maintenant qu'elle était sur les traces du psychopathe, elle est tombée dessus par hasard, en pistant l'islamiste. Soit elle a su explicitement qui c'était et a voulu obtenir des preuves, soit elle avait seulement des soupçons et l'a suivi pour en avoir le cœur net.

– Et donc ?

La jeune femme sourit, contente d'elle, de son petit sourire mutin qui fait craquer Dumesnil.

– Élémentaire, mon cher commissaire : si elle a voulu changer de chambre, c'est pour être à côté de celle du suspect.

Dumesnil a compris, il bondit, rugissant :

– Bravo Camille, excellent ! On fonce à l'hôtel.

Il ne leur faut pas plus de cinq minutes pour y être. Par chance, le parking de l'établissement n'est pas complet. Il est vrai qu'il n'est pas encore 17 heures. Ils se pressent vers l'accueil, Camille en tête.

– Lieutenant Berthelier, on voudrait savoir qui occupait la chambre mitoyenne avec le 17.

Le réceptionniste pose son journal à regrets, arborant un sourire bien plus ennuyé que chaleureux. Il interroge :

– Quand ça ?

– Environ deux semaines. Vous avez un registre ?

L'homme, un jeune, peut-être un étudiant, il a entre 25 et 30 ans, ne déborde pas d'enthousiasme.

– Oula, c'est loin, je sais pas si...

Il est interrompu par la main du commissaire qui s'abat sur le comptoir.

– Fais un effort, si tu veux pas terminer en garde à vue.

Camille observe le jeune type, goguenarde. Il a sursauté, se décomposant à la vue du visage de Dumesnil !

– Oui, oui, je vais voir... On change chaque semaine. Il doit être rangé à côté...

Il s'absente quelques instants, revient avec une sorte de cahier. Les flics s'étonnent un peu de l'absence d'informatique pour cette formalité, ils échangent un regard, sans faire de commentaire.

– Ce qui nous intéresse c'est le jour où le capitaine Françoise Rondin a réservé. Elle avait la 11 et a demandé à changer pour la 17. Je veux savoir qui était à côté. Donne-moi ça.

Dumesnil s'empare du document, l'ouvre sur le comptoir pour le feuilleter fébrilement. Berthelier tente aussi de déchiffrer les pages, par-dessus l'épaule de son compagnon.

– Oh putain, regarde, j'y crois pas !

Le commissaire a hurlé, provocant un mouvement de recul du réceptionniste. Il pointe du doigt les deux noms des occupants du 16 et du 18. L'un ne leur évoque rien, l'autre par contre.... Camille hurle à son tour sous le regard perplexe de l'employé.

– « Vert-de-gris » !

– Oui, le capitaine Paul Griverd. Alors, ce serait lui ? Voilà qui expliquerait bien des choses...

Berthelier enchaîne, excitée comme une puce.

– Oui, même si elle ne l'aimait pas, c'était, malgré tout un collègue, il a pu l'approcher facilement, piquer son mot de passe. D'ailleurs, le soir de l'accident (qui n'en était pas un d'ailleurs), elle a pris un verre avec lui.

Dumesnil approuve :

– Là aussi, on comprend mieux pourquoi elle a accepté de boire un coup avec cet enfoiré : pour tenter de le faire parler. Ce qui signifie qu'à ce moment-là, elle n'avait pas de preuve.

– Ouais, ça a dû se passer comme ça. L'autre se sera rendu compte qu'elle était sur sa piste et a décidé de se débarrasser d'elle.

L'homme de la réception les regarde bizarrement. Dumesnil coupe court à sa perplexité en lui rendant le registre. Non sans avoir photographié la page. Les deux flics s'éloignent, conscients qu'ils doivent faire preuve de discrétion. Ils ne reprennent leurs échanges qu'une fois dans la voiture. C'est la jeune fliquette qui interroge :

– Le problème, c'est qu'il semble qu'elle n'ait pas eu de preuve. Et nous non plus.

– On va en trouver ma belle, on va en trouver.

Camille fixe son chef, impressionnée par la détermination qu'elle lit dans son regard, l'image d'une volonté implacable. Les deux enquêteurs passent à leur hôtel récupérer leurs bagages avant de reprendre la direction de Lyon. La sortie de Chambéry est congestionnée, dans les embouteillages ils en profitent pour faire le point.

– Donc, on sait que le capitaine Rondin soupçonnait Griverd. Ce qu'on ignore c'est si elle avait trouvé des preuves. En tout cas, nous, on n'en a pas. Au fait, Commissaire, tu as des nouvelles? Comment va-t-elle?

Dumesnil, déjà agacé par les bouchons, se renfrogne : chagriné et contrarié. Il hoche la tête avant de répondre d'une voix nouée :

– Pas bien. Toujours maintenue en coma artificiel, les toubibs ne parviennent pas à résorber l'hématome au cerveau.

Après avoir lâché cette phrase comme à regret, il demeure silencieux. Camille voudrait trouver des mots apaisants. Rien ne vient, elle se contente d'un peu convaincant :

– Ah, ils vont finir par y arriver…

Son compagnon ne répond rien. Devant lui, le camion qui bloquait la progression du flux automobile dégage enfin. Dumesnil embraye sèchement, accélérant à fond avant de piler derrière une camionnette. Son adjointe bien que ballottée par cette conduite erratique ne dit rien, elle attend. Devant eux, le flux s'écoule. Comme apaisé par cette amélioration, le commissaire reprend :

– Parlons d'autres choses. Oui, c'est vrai, nous n'avons aucune preuve, aucune certitude. Juste une piste sérieuse… On va voir. Peut-être, pour commencer, l'interroger.

– OK, patron. Mais, à quel titre? Pour lui demander quoi? D'ailleurs, je pense à un truc… C'est vrai que son personnage pourrait coller avec ce que nous savons déjà. Cependant, il vit à Lyon. Alors, pourquoi Chambéry?

Dumesnil franchit la barrière de péage sans s'arrêter, appréciant le badge de l'abonnement. Il accélère jusqu'à caler la Mini sur un 140 compteur, avant d'enclencher le régulateur de vitesse.

– Il est peut-être de là-bas... Faudra vérifier. Y a une chose aussi à laquelle on n'a pas pensé et qu'il faudrait également contrôler : les disparitions de jeunes femmes dans les départements du Rhône et limitrophes.

– Bon sang, c'est vrai. J'appelle le SRPJ et les commissariats, patron ?

Dumesnil sourit en observant qu'elle utilise les vocables « patron » ou « chef » dès qu'il s'agit de boulot.

– Non, je vais le faire moi-même.

Il n'ajoute pas « j'aurai plus de poids », c'est évident, Camille le comprend fort bien. Il manipule son smartphone avec les commandes au volant. D'abord les gendarmes, puis les flics. Promesses de retours dans les minutes à venir. Ils approchent de l'agglomération lyonnaise quand la gendarmerie rappelle, en premier.

– Nous avons trois disparitions de jeunes femmes ces deux dernières années. La dernière datant de deux semaines. Pour les deux premières, nous n'avons pas d'information concernant les véhicules. Pour la troisième, par contre, sa voiture, une Fiat Panda, a été retrouvé sur une petite route, du côté de Crémieu.

– En panne, avec du sucre dans l'essence ?

– Exactement, commissaire ! Quand la voiture a été découverte en bord de route, en pleine campagne, nous avons identifié la propriétaire, une certaine Sandra Gonnard. Nous l'avons appelée, sans pouvoir la joindre, alors la Fiat a été stockée en fourrière.

– Vous n'avez pas enquêté davantage ?

– Non, sa disparition n'avait pas été signalée. Ce n'est que quatre jours plus tard que la cousine chez qui elle s'était rendue (une fête d'anniversaire, je crois) s'est inquiétée de ne pas réussir à la joindre au téléphone et nous a alertés.

– Alors?

– Rien, aucune piste. Par contre, on a fait expertiser la voiture, c'est là qu'on a trouvé le sucre. On dirait bien le mode opératoire de votre client.

– Mouais, on dirait! Vous avez son adresse?

– Hum, 251 rue Francis de Pressensé à Villeurbanne.

– OK, merci. On se tient au courant.

Dumesnil raccroche en jetant un œil à son équipière. Ils pensent la même chose : deux semaines seulement, on peut espérer qu'elle soit encore en vie.

– On va chez elle, interroger les voisins.

Au moment où ils s'engagent sur le périphérique, bien évidemment congestionné, le SRPJ rappelle :

– Allô, commissaire? Non, aucune disparition de jeunes femmes en zone police. Enfin si mais, soit retrouvées soit crime élucidé.

Chapitre 63

Jour 10, jeudi – 18h45

Rue de Pressensé, les enquêteurs ont une mauvaise surprise : l'adresse n'est plus la bonne, elle partageait l'appartement avec une autre jeune femme. Cette dernière l'occupe seule depuis deux mois, Sandra a emménagé à Pont-de-Chéruy. Est-ce qu'elle a des nouvelles ? Non, elle n'a pas cherché à en avoir, elles se sont quittées en mauvais termes. A-t-elle repéré un homme correspondant à la description du suspect ? Un gros 4X4 vert ? Non à toutes les questions. Même les nouvelles coordonnées, elle ignore. Tout ce qu'elle sait c'est que Sandra fait suivre son courrier. Alors, peut-être qu'à la poste…

Dumesnil est furieux :

– Z'auraient pu vérifier l'adresse ces abrutis, on perd notre temps !

– D'autant que la poste est fermée maintenant. Il n'est que 19 heures un peu passées, on peut peut-être attraper « Vert-de-gris » avant qu'il ne quitte le bureau, ou chez Béber.

– T'as raison, on y va.

Nouveau démarrage brutal de la Mini, avec gyrophare cette fois. Il est 19 heures 20 quand ils se garent devant le bistro préféré des flics du SRPJ. Comme prévu, le capitaine Griverd est là avec son équipier, le Corse. Plus Le Doumer qui, lui, y passe plusieurs heures par jour. Dumesnil se veut cordial.

– Salut collègues, on peut s'asseoir avec vous ?

Seul Le Doumer répond aimablement, bien que de manière peu intelligible, les deux autres se taisent. Le commissaire prend place tout en hélant la serveuse. Camille s'installe à ses côtés.

– Une Leffe. Tu prends quoi Berthelier ? Un kir. Alors une Leffe et un Kir. Et vous les gars ?

Les « gars » annoncent qu'ils prendront la même chose : pastis. Dumesnil décide qu'il n'a pas de temps à perdre et attaque d'entrée.

– Vous savez sur quoi on enquête ?

– Sur les dégâts provoqués par ta nana. Enfin, peut-être ton ex...

Griverd a répondu narquois, agressif, avec un mauvais sourire, lourdement ironique, en regardant Camille. Dumesnil s'était préparé à ce genre d'attitude, il est bien décidé à garder son calme.

– Le capitaine Françoise Rondin n'est pour rien dans ce qui lui est arrivé. C'est un coup monté. Probablement par un tueur en série qui s'en prend à de jeunes femmes qu'il enlève après avoir piégé leur voiture. C'est lui qu'on traque.

À part le vieil alcoolo qui conserve sa jovialité éthylique, les visages changent d'expression, abandonnant la simple hostilité. Pas de la même manière, Griverd semble contrarié, l'autre plutôt effaré. Le premier se veut goguenard, provocateur :

– Bah, on peut pas dire que ce soit une JEUNE femme, ta nana. Non ? Alors quel rapport avec elle ?

Cette fois le commissaire doit faire un effort pour garder son calme, aidé par Camille qui lui serre discrètement le genou. C'est d'ailleurs elle qui répond, voulant devancer une éventuelle invective de son chef.

– Elle était sur la piste du psychopathe. C'est bien pour ça qu'il a voulu l'éliminer. Désormais, c'est nous qui le pistons.

Le capitaine Griverd retrouve un visage neutre, regard noir malgré tout. Il se veut distant du problème.

– Alors, vous avez un nom? Je ne crois pas, sinon vous ne seriez pas ici. À moins que vous pensiez que c'est moi ou tiens, pourquoi pas Le Doumer.

Ce dernier marmonne des propos peu compréhensibles, il semble être question de son honneur mis en cause. Il avale son pastis cul sec, comme le Corse qui arbore un air détaché. Tout en restant très attentif, note le lieutenant Berthelier. Un bref silence s'installe avant que Dumesnil ne reprenne la parole :

– Eh bien, en remontant la piste suivie par le capitaine Rondin, nous sommes passé par Chambéry. Plus particulièrement par l'Hôtel Kyriad. Tu connais, je crois... Peut-être pourrais-tu nous dire ce que tu y faisais, il y a deux semaines. On sait jamais, tu pourrais nous fournir un indice...

Dumesnil, tout en observant la réaction de Griverd, fait signe à la serveuse de renouveler les consommations. Le capitaine ne montre aucune surprise, il demeure impassible, juste un peu hostile. Le Corse semble franchement surpris.

– Je pourrais vous envoyer balader, commissaire. Vous n'avez aucun droit de me poser cette question. Mais je vais pourtant vous dire ce qu'il en est. C'est tout simple : je suis né dans cette ville, j'aime m'y replonger, de temps à autres.

Une réponse acceptable, à vérifier bien sûr, pense Dumesnil sans quitter des yeux son interlocuteur. Juste à ce moment la serveuse arrive, déposant la nouvelle tournée d'apéro sur la table, avant de récupérer les verres vides. Le commissaire tente de reprendre sa chope où il restait un fond de bière. Pensif, en la reposant il renverse un verre qui se brise sur le carrelage. Naturellement, il se précipite pour aider la jeune femme à ramasser les morceaux.

La conversation se poursuit encore une dizaine de minutes. Dumesnil, et parfois Camille, tentent d'en apprendre plus par une série de questions indirectes. Sans succès. Ils vont quitter le bar quand le commissaire lance une dernière question :

– Ah, au fait, Griverd, t'as quoi comme voiture ?

– Allez vous faire foutre ! J'ai une vieille Clio pourrie. En panne, si vous voulez tout savoir.

Puis, se tournant vers son adjoint, Griverd ajoute :

– On y passe après la pizza, tu vas arranger ça...

Chapitre 64

Jour 10, jeudi – 19h50

– Qu'est-ce qu'ils voulaient ces cons, ils te cherchent, on dirait ?

Le Corse s'adresse à son chef sur un ton neutre, ce dernier y voit pourtant une nuance de contrariété. Peut-être même d'inquiétude. Contrarié, lui, en tout cas, il l'est.

– Sais rien ! J'vois pas où ils veulent en venir ni ce que c'est cette histoire de psychopathe, de tueur en série. Y doit se croire dans un polar hollywoodien, le commissaire…

Tadéi, pourtant toujours prompt à approuver son chef, ne sourit pas à cette saillie, il rétorque :

– Ça semble sérieux, quand même ! T'es vraiment de Chambéry ?

– Ouais, et alors ? D'ailleurs, je te l'ai dit quand on y a fait un saut pour se taper les deux italiennes.

Haussement d'épaules du Corse.

Griverd se rend compte qu'il a répondu avec une virulence extrême, totalement disproportionnée. Il décide de calmer le jeu, après tout l'autre lui est redevable alors, autant lui dire pourquoi il est contrarié. Il enchaîne :

– Je suis né à quelques kilomètres et je connais bien. C'est vrai que j'aime y retourner à l'occasion. Mais, j'ai aussi d'autres raisons…

– Eh, me dit pas que tu es vraiment le dingue qu'ils recherchent. J'veux pas être mêlé à des histoires de meurtres en série…

Le capitaine lance un long regard à son subordonné, se demandant visiblement si celui-ci est sérieux ou pas. Le lieutenant Tadéi n'exprime rien, il attend en silence. À côté d'eux, Le Doumer termine bruyamment son énième pastis et appelle pour une nouvelle tournée. Les deux autres qui l'avaient oublié le regardent, surpris.

– Ça donne soif, vos conneries ! Alors, comme ça, t'es un « serial killer ».

Le vieil alcoolo ânonne ces mots en ricanant, content de sa sortie. Elle n'amuse pas ses deux collègues mais détend un peu l'atmosphère. Griverd, après acceptation de la tournée, répond :

– Vous me voyez en psychopathe ? Pourquoi pas en pédophile ?

Le Doumer se marre, Tadéi reste silencieux, étrangement songeur. Les boissons arrivent, chacun règle deux tournées, respectant à la lettre le code, non écrit, de l'honnête « pilier de bistro ». Pendant que « le vieux » cherche de la monnaie, Griverd s'adresse discrètement au lieutenant :

– J't'expliquerai plus tard...

Tadéi hoche la tête, compréhensif : pas question de faire des confidences devant l'autre poivrot ! Les pastagas sont vite avalés, le Corse se lève en premier.

– Bon, on y va. Salut, Le Doumer !

– Vous partez déjà ? Bah, moi j'vais m'en jeter un p'tit dernier...

Griverd se lève à son tour, les deux collègues quittent le bistro laissant l'autre devant un nouveau « P'tit jaune ». Une fois à l'extérieur, le premier donne une tape sur l'épaule de lieutenant Tadéi.

– Viens, on va manger un morceau, on parlera...

Chapitre 65

Jour 10, jeudi – 19h45

La Cooper du commissaire n'est pas garée loin, en une minute ils y sont. Dumesnil adore le bruit rauque du moteur, il est d'une génération où puissance et capacités d'accélération voulaient dire quelque chose. Sans demander à Camille, il met le cap sur le commissariat : pas de temps à perdre dans un quelconque restaurant. La jeune femme est d'humeur maussade :

– Ça n'a rien donné, encore du temps perdu, commissaire.

– Pas tout à fait... J'ai faim, on se restaure, ensuite je t'expliquerai.

Camille n'insiste pas, sans doute a-t-il besoin de mettre ses idées en place. Peu d'encombrements, vingt minutes leur suffisent pour rejoindre la Croix-Rousse. Ce n'est pas un jour à s'attarder, un bistro tout proche propose des sandwiches. Sans perdre de temps, ils s'installent dans le bureau de Dumesnil. Camille connaît les lieux, elle sert deux whiskies sans même consulter son compagnon. Avant de prendre sa boisson, Dumesnil sort de sa poche un mouchoir et le pose sur la table basse. À l'intérieur, des morceaux de verre. La jeune femme comprend immédiatement :

– Ah, je vois, tu as récupéré les empreintes de Griverd.

– Ouais, on avale les casse-dalles et on vérifie.

Ils trinquent sans enthousiasme, satisfaits des progrès de l'enquête mais préoccupés à l'idée d'une captive peut-être encore en vie. Le temps presse !

Les «jambon-beurres» sont avalés en deux minutes, Dumesnil ouvre un tiroir, en sort une petite mallette : le nécessaire à empreintes. Un petit coup de pulvérisateur, la poudre blanche matérialise les marques de doigts. Là, c'est Camille qui intervient, elle saisit son smartphone et tire une dizaine de clichés en résolution maximale.

Dumesnil la laisse faire, il la sait beaucoup plus experte que lui en informatique. La jeune femme sort de son sac à main un mini câble USB pour connecter le smartphone au PC de son chef.

– À toi de jouer, commissaire.

Dumesnil charge les images tout en lançant le logiciel de recherche et de comparaison d'empreintes. Première vérification, le fichier des délinquants. Bien sûr, Griverd n'y figure pas, mais il fallait pourtant essayer. Ensuite, comparaison avec les relevés faits dans la cabane, dans le bois près de Chambéry. Déception ! Les empreintes de Griverd ne s'y trouvent pas. Dumesnil n'est qu'à peine déçu :

– Ça aurait été trop beau, il n'est pas si con !

– Bon, alors qu'est-ce qu'on fait, commissaire ?

Dumesnil, reste silencieux, les mains dans les poches il arpente son bureau. Quelque chose lui dit que la jeune femme enlevée est encore vivante, il ne saurait dire pourquoi, une intuition. Pourtant, il connaît les statistiques : il est rare qu'une personne enlevée par un psychopathe soit maintenue en vie plus d'une dizaine jours, il faut faire vite, trouver quelque chose ! Les empreintes n'ont rien donné, peut-être le téléphone...

– On doit voir s'il a «borné» dans des zones d'enlèvements !

Camille hausse les sourcils, interrogative.

– Mais comment ?

Sans répondre, le commissaire compose un numéro.

– Salut Jérôme, ça va?

– Pas mal, et toi, Dum? À ta manière de parler, je présume que t'as un truc à me demander. Genre impossible!

– Mmouais, mais je sais que pour toi rien n'est impossible...

– La flatterie maintenant, ça doit être grave! Allez, accouche.

– Je te donne un numéro de mobile, il faudrait que tu trouves où il a « borné » depuis... disons 6 mois.

– Rien que ça! Bien sûr, tu n'as pas l'IMEI?

– Quoi?

– Laisse tomber! Je m'en occupe demain.

– Non, c'est une question de vie ou de mort. Il me faut ça dans l'heure!

À la voix du commissaire, le hacker comprend que c'est vraiment sérieux.

– Ok, Dum, je laisse tout tomber pour m'y mettre. J'te rappelle.

Silence. Le commissaire, mâchoire serrée regarde dans le vide. Son adjointe a compris, elle n'a jamais rencontré ce Jérôme, mais elle commence à le connaître, à l'imaginer en tout cas. Pour elle, même si elle est plutôt branchée question informatique, le hacking relève de la sorcellerie. Elle veut y croire :

– Il va pouvoir le faire?

Dumesnil hoche la tête.

– Ouais, ça c'est sûr. La question est : « Combien de temps? ». On va reprendre tous les dossiers des disparues. Enfin, ceux que nous connaissons...

Ils s'y mettent sans échanger davantage, conscients qu'il est peu probable qu'ils découvrent du nouveau, mais il faut bien s'occuper en attendant l'appel de Jérôme. De fait, ils ne trouvent rien de plus : des jeunes femmes entre 22 et 35 ans, disparues un soir en rentrant en voiture, leur véhicule ayant été piégé pour tomber en panne

Rien d'autre. Il leur faut maintenant attendre.

Chapitre 66

Jour 10, jeudi – 20h00

Griverd et le lieutenant Laurent Tadéi, arrivent chez Mario, leur pizzeria préférée, Grande rue de la Guill'. Le patron les salut comme des clients de marque avant de leur désigner la seule table de libre.

– Hé, vous auriez dû prévenir.

Haussement d'épaules. Les deux flics s'installent. À peine assis, Mario est de retour avec les cartes. Mais il connaît d'avance les choix.

– Deux pastagas, une calzone, une poivron et un pichet de rosé ?

– Va bene, Mario.

Ils attendent les apéros pour commencer à parler, savourant les bonnes odeurs de cuisine. Pas longtemps, les anis sont là en quelques secondes. Le Corse s'est résigné à passer la soirée avec son chef. « *Après tout elle peut attendre.* » C'est lui qui attaque :

– Alors, tu devais m'expliquer pourquoi ils te prennent pour un psychopathe.

– D'abord, ils n'ont pas dit ça, ils enquêtent, le mec qu'ils cherchent opère sur Chambéry, ils ont trouvé ma présence la-bas, ils interrogent... Rien de plus.

– Ouais, mais t'avais pas trop l'air à l'aise. Et puis, tu t'es démené pour me faire sortir de garde-à-vue, c'est sympa, mais j'aimerais comprendre ?

Griverd ne répond pas immédiatement. Les pizzas arrivent, lui donnant un certain délai. Il prend le temps de commencer la sienne, une calzone magnifiquement gonflée, avant de reprendre.

– Écoute, j'ai une combine, un truc qui rapporte mais qui demande de la discrétion...

– C'est-à-dire ?

Tadéi a dressé la tête comme un chien de chasse flairant un gibier. Lui, c'est l'odeur du fric qu'il a reniflée. Son chef, encore un peu hésitant, finit par répondre :

– Les clopes. J'ai une filière, par l'Italie en provenance de Roumanie. Je touche les paquets à 2 Euros, je les revends à 6. C'est pour ça que je voulais surtout pas que l'IGPN vienne fourrer son nez dans notre équipe.

Le Corse a un sourire entendu. Soulagé, peut-être aussi.

– Le rapport avec Chambéry ?

– Simple. C'est vrai que je suis du coin, j'y connais des tas d'endroits discrets où je peux être livré. Beaucoup moins risqué qu'à Lyon et l'Italie est toute proche. Voilà, c'est tout.

– Humm, je vois. Et ça rapporte ?

– Tu fais le compte : quatre balles par paquet, quarante pour une cartouche. J'en ramène cinquante chaque semaine.

– Donc, dans les huit mille Euros par mois. Pas vraiment le casse du siècle mais ça met du beurre dans les épinards.

Griverd observe son collègue. Il n'est pas inquiet, l'autre ne va pas le dénoncer. Pas le genre à se formaliser pour un petit trafic, d'ailleurs, il lui est redevable. Non, pas de risque pour ça, mais... Quelque chose chagrine le capitaine. Peut-être une certaine expression sur le visage de son adjoint. Il n'arrive pas à définir quoi. Ce Corse a un côté inquiétant. D'ailleurs, il ne tarde pas à avancer ses pions :

– Bon, eh bien, on va faire ça en équipe.

– C'est-à-dire ?

– Fifty-fifty, part à deux. Mais, on pourra en prendre beaucoup plus, suffira de trouver les clients, tu empocheras toujours autant.

«Vert-de-gris» secoue la tête tout en avalant la dernière bouchée. *«C'était donc ça... Après tout, pourquoi pas ?»*. Le temps de déglutir, il acquiesce :

– Si tu y tiens. Mais il faudra aussi que les Italiens soient OK pour fournir davantage.

Tadéi hausse les épaules, sourire aux lèvres. Un sourire de loup.

Chapitre 67

Jour 10, jeudi – 21h00

Dumesnil est nerveux, regardant sa montre sans cesse. Camille tente une approcha câline, autant pour le calmer que pour tromper l'attente. Ce n'est pas le moment, le commissaire se dégage, rugueux :

– Pas la tête à ça, je suis vraiment inquiet pour cette nana. On aurait dû envisager plus tôt l'hypothèse de disparitions sur Lyon.

– Plus tôt, plus tôt! Ça fait pas longtemps qu'on enquête là-dessus... Et même, sans nous personne ne s'en occuperait...

Son compagnon ne répond pas, fixant uniquement le téléphone avec son regard des mauvais jours. Les minutes s'écoulent comme autant d'heures. Enfin, une sonnerie. C'est Jérôme, le hacker.

– Tu m'as envoyé la liste des « bornages » par mail? Super! Merci Jérôme. Je te revaudrai ça. Allez, à plus... Eh, attend. Tu reste disponible, j'aurais peut-être encore besoin de toi. Ouais, c'est super important, la vie d'une femme est en jeu. Et on patauge!

Camille a rallumé l'imprimante. En peu de temps, six cartes de la région sont éjectées par l'appareil. Une par mois, avec des points de couleur indiquant les zones de « bornages ». La jeune femme les examine rapidement avant de secouer la tête, déçue.

– Non. Ton Jérôme a bien bossé mais c'est négatif. On trouve plein de points où Griverd est passé, un maximum sur Lyon et l'Est lyonnais, normal, c'est son secteur. Sur l'ouest, vers les monts du Lyonnais, également.

– Je vois. On le trouve aussi sur Chambéry, rien de nouveau, on savait qu'il s'y rendait, mais rien à proximité des lieux d'enlèvements.

Dumesnil a prononcé les derniers mots d'une voix dure, signe de colère contenue. Camille veut prendre la parole, il la coupe, rageur :

– On s'attendait à quoi ? Il est pas si con ! Non, on a que dalle, possible d'ailleurs qu'il ne soit pour rien du tout dans cette histoire.

– Enfin, il y a sa présence à l'hôtel, le capitaine Rondin qui prend une chambre juste à côté. Elle avait bien une idée...

– Peut-être le hasard. Possible qu'elle voulait précisément cette chambre pour une autre raison.

Camille hausse les épaules. Dans le même instant, une pensée lui traverse l'esprit : « Qui sait si Françoise Rondin n'a pas, finalement, cédé au charme de Griverd ? ». Elle se garde bien de formuler cette hypothèse et reprend l'argumentaire :

– Nous sommes aussi arrivés à la conclusion que celui qui a combiné son faux suicide devait être assez proche. Suffisamment pour pouvoir la droguer ou pour pénétrer son ordi. De plus, elle semble être allée boire un verre avec « Vert-de-gris », le soir du drame.

– Vrai, mais c'est mince. Il pourrait y avoir d'autres explications.

Le lieutenant Berthelier insiste :

– Je reste convaincu que c'est lui. Il faut aller perquisitionner son domicile !

– Comme ça, en pleine nuit ? Sans commission ? Tu délires !

– S'il est chez lui, on demande à lui parler. S'il n'y est pas, on fouille, discrétos...

Le commissaire ne répond rien. Son attitude parle pour lui : mâchoires serrées, front plissé, il arpente la pièce. À nouveau la jeune femme tente de se faire câline. Il la repousse sèchement :

– Non, vraiment pas le moment, j'ai besoin de réfléchir !

Surprise, choquée aussi, par cette réaction violente, Camille, se renfrogne, tentant de masquer sa déception par un argumentaire :

– Réfléchir à quoi ? Attendre quoi ?

– Reprendre les dossiers, on doit finir par trouver quelque chose.

Berthelier passe sans transition de la surprise à la déception. Puis de la déception à la colère :

– Bon, il est presque 22 heures, tu veux pas de moi et comme on peut rien faire de plus dans ce bureau pourri, je rentre chez moi.

Dumesnil hausse les épaules, toujours en colère. Comme sa coéquipière franchit la porte du bureau, il tente un geste vague pour le retenir, cherche des mots, ne trouve rien. Il la regarde s'éloigner en silence.

Chapitre 68

Jour 10, jeudi – 21h30

Griverd et Tadéi ne se sont pas attardés à la pizzeria pour se rendre au domicile du Corse dans le but d'y récupérer le matériel nécessaire au dépannage de la voiture du capitaine. Les deux hommes accèdent à l'intérieur par le garage. Le temps que le lieutenant mette la main sur une imposante trousse à outils, Griverd se balade, furetant à droite et à gauche, il ouvre un coffret vert posé sur l'établi.

– « *Quel con, je n'avais même pas pensé à jeter un œil au garage ! Tiens, marrant ça, j'savais qu'il les collectionnait... Mais, à ce point ! Et puis... c'est quoi ça ?* «

Tadéi vient de compléter l'outillage par une lampe à diodes. Il se retourne juste pour voir son chef manifestement intrigué, perturbé même. Lueurs de rage dans les yeux noirs ! Il lui prend des mains une perceuse sans fil et la repose dans sa boîte qu'il remet sèchement en place.

– Pas besoin de ça ! Allez, on s'éternise pas, on va dépanner ta caisse pourrie.

Aucune raison de s'attarder, en effet. Quelques minutes plus tard, ils sont à côté de la vieille Clio. Deux prunes pour stationnement prolongé décorent le tableau de bord. Ricanement du Corse :

– Eh, elles t'ont pas loupé, les ASVP !

Haussement d'épaules.

– Rien à foutre, j'vais les faire sauter ! Regarde plutôt ce putain de moteur.

Tadei s'y connaît en mécanique, il ne lui faut pas longtemps pour poser un diagnostic :

– Injection ! Problème d'alimentation électrique. Sans doute un fil coupé.

Griverd ne commente pas. Juste un geste de la main pour signifier : « *Bon, alors, vas-y, règle ça !* » En fait, il a la tête ailleurs, repensant au garage. Son équipier, tout en s'activant lui jette régulièrement de brefs coups d'œil. Il est perplexe, contrarié ou inquiet, un observateur aurait du mal à se prononcer. Lui-même ne sait pas trop...

Enfin, le moteur se fait entendre. Lumière des phares. Sourire du capitaine.

– Bravo !

– Voilà, tu peux prendre le volant, on va se coucher.

Le propriétaire de la Clio s'installe aux commandes, donne un coup d'accélérateur pour être sûr que tout va bien. La mécanique fatiguée semble avoir retrouvé une nouvelle jeunesse, elle prend ses tours sans rechigner. Il baisse la vitre pour saluer son collègue avant de le quitter. Ce dernier a rangé les outils dans le coffre de son propre véhicule, il s'approche de la vitre ouverte, tendant un gobelet de plastique.

– Tiens, j'ai toujours ma flasque avec moi, on va arroser ça.

– Tu crois ?

– Vas-y, c'est du bon, tu m'en diras des nouvelles !

Chapitre 69

Jour 10, jeudi – 22h10

Le lieutenant Berthelier remonte rageusement la rue Jacquard où est garée sa voiture. Elle s'installe au volant, démarre. Son idée première : rentrer chez elle, se coucher. Mais non ! Elle ne peut pas faire ça, elle doit agir !

– « *Sûr que c'est « Vert-de-gris ». Je file chez lui !* ».

Elle cherche l'adresse sur son agenda électronique : rue Creuzet. Elle voit où ça se situe, dans le septième, non loin du métro Saxe-Gambetta. Elle revient sur le boulevard de la Croix-Rousse, ignore le « Gros-cailloux » et descend vers les quais du Rhône. Elle suit le fleuve jusqu'au pont de la Guillotière, récupère la rue Montesquieu qui l'amène à destination. Le trajet n'a pas pris plus d'une quinzaine de minutes. Par contre, à cette heure, toutes les places de stationnement sont occupées, elle tourne dans le quartier pendant un bon moment avant de finir par garer sa vieille Rover sur un trottoir de la place Saint-Louis, laissant les warnings allumés, le gyrophare bleu en évidence sur le tableau de bord.

Il est presque 23 heures quand elle parvient devant la porte de l'immeuble protégée par un digicode. En principe, ces dispositifs sont équipés de combinaisons génériques pour les services autorisés : poste, police, pompiers... La seconde tentative est la bonne, le lieutenant Berthelier pénètre dans une étroite allée, cherche l'indication d'étage sur les boîtes à lettres, la trouve en quelques secondes et grimpe directement au deuxième. Sur le palier quatre portes dont deux sans nom...

Pas de temps à perdre, elle essaie la plus proche. Silence, puis un bruit de pas :

– Ouais, c'est quoi ?

– Je cherche Monsieur Griverd.

– Ah, le flic. En face !

Elle marmonne un vague remerciement, tourne les talons et se dirige vers l'appartement recherché. Pas de sonnette, elle frappe timidement puis plus fort. Rien ! Elle insiste, toujours aucune réponse. Que faire ? Elle n'hésite pas longtemps, elle n'est pas venue ici pour rien, elle doit confondre « Vert-de-gris ». S'il est absent c'est tant mieux, elle va fouiller l'appartement. Depuis le début de cette enquête, Dumesnil lui a remis un passe. La serrure n'est pas sophistiquée, elle en vient à bout sans difficulté quoique avec un peu d'étonnement : la porte avait juste été claquée, sans tour de clé supplémentaire. De même, un imposant verrou semble avoir été négligé. Bizarre !

Intriguée, la jeune femme pénètre dans l'appartement avec précaution, sans bruit, l'arme à la main. Tout est calme, silence total. Couloir sombre, rien ne semble être éclairé. Elle hésite à utiliser l'interrupteur.

Ses yeux s'habituent à l'obscurité. Un pas, deux pas, timides. Elle se déplace en silence sur le sol carrelé. Arrêt. Elle flaire comme un chien de chasse. Il règne une odeur d'appartement bien entretenu, mélange léger d'épices, de senteur de légumes ou d'encaustique. Rien que de très rassurant, en principe. Pourtant, il y a autre chose qui amplifie son angoisse. Elle n'arrive pas à déterminer ce dont il s'agit, uniquement consciente que ce n'est pas un effluve habituel. Pire, quelque chose de mauvais.

Pistolet bien en main, elle reprend sa progression vers le bout du corridor, laissant sur sa droite une pièce qui doit être une cuisine, une fenêtre semble donner sur une cour intérieure sans lumière, quelques diodes bleues, vertes ou rouges proviennent d'appareils électroménagers.

Un léger bruit. Elle se retourne comme mordue par un serpent, mais il n'y a rien ni personne. Probablement un frigo qui s'est arrêté, les moteurs émettent souvent ce genre de son… Elle se rend compte qu'elle est de plus en plus nerveuse.

– «*Tu pètes les plombs ma vieille! Et s'il rentrait maintenant?*»

La jeune OPJ prend conscience que son idée était complètement folle. Il lui faut filer rapidement. Mais maintenant qu'elle est là… elle doit finir l'inspection en vitesse. Elle décide d'utiliser la torche électrique de son smartphone. Un pas en arrière, oui, c'était bien la cuisine. La petite pièce est propre, bien rangée, manifestement vide. Elle repart vers le fond du couloir où deux portes semblent indiquer les chambres.

L'odeur perturbante lui paraît soudain plus forte.

Elle écoute à nouveau, toujours rien. Elle pousse la porte de droite. Cette fois, elle identifie l'inquiétant fumet, aucun doute possible : des relents de boucherie, l'odeur douceâtre du sang. Le faible éclairage de sa lampe suffit à le confirmer, étendu sur son lit Griverd gît dans une mare rouge. Mort, sans aucun doute!

Le lieutenant Berthelier reste tétanisée quelques secondes, bien que flic, elle n'a pas si souvent vu des victimes de mort violente. Jamais autant de sang!

Elle se reprend vite, ce n'est plus le moment de tergiverser, elle cherche l'interrupteur. Le plafonnier s'allume, une lumière violente, crue, éclaire la petite pièce. Griverd est allongé sur son lit, le poignet gauche ouvert jusqu'à l'os, dans sa main droite un rasoir «coupe-choux», comme coiffeurs et barbiers en utilisent encore.

– « *Merde, il s'est suicidé, il a senti que c'était cuit pour lui...* ».

La jeune femme s'approche du corps. Non pour chercher un éventuel souffle de vie : aucune chance, le lit est imbibé de plusieurs litres de sang. En fait, c'est uniquement un réflexe de flic, elle cherche un hypothétique indice...

La tension nerveuse de ces dernières minutes a été terrible. Plus le choc de cette découverte, elle se sent flageolante, son attention se relâche.

Un bruit... Non, rien! Sensation bizarre, sa tête lui semble lourde, ses jambes l'abandonnent, elle s'affaisse en travers de la porte...

Cinquième partie

Chapitre 70

Jour 10, jeudi – 23h30

Dumesnil tourne comme un lion en cage. Il s'en veut d'avoir laissé partir Camille. Il s'est replongé dans les dossiers, revérifiant tout, une nouvelle fois. Sans cesse, sa pensée revenait à la jeune femme. Il l'a appelée. Sur son mobile, il ne connaît même pas son fixe. Rien, messagerie. Il a recommencé bien sûr, insisté. Sans succès !

Dossiers à nouveau. Mais en fait, il tourne les pages mécaniquement, sans les lire, il attend un appel. Rien. Il essaie, une nouvelle fois, de joindre Berthelier. En vain !

Il doit faire quelque chose, Dumesnil n'est pas homme à attendre indéfiniment, il décide de retrouver sa jeune maîtresse. Voilà presque une heure et demie qu'elle l'a quitté : pas normal qu'elle ne réponde pas, elle n'était pas dans une telle colère... Agacé par le départ de la lieutenant Berthelier puis franchement énervé par l'absence de réponse, il est désormais inquiet.

Où la retrouver ? Chez elle, ce serait le plus logique. Le commissaire se rend compte qu'il ignore l'adresse de la jeune femme, elle a dû lui dire mais n'étant jamais allé chez elle, il n'a pas mémorisé. Heureusement, il a les dossiers de ses OPJ, il trouve rapidement : elle loue un studio à La Confluence, cours Charlemagne...

La Mini démarre. Son rauque de l'échappement. Ce soir, Dumesnil n'y prête aucune attention. Il décide de descendre directement vers les quais de Saône, à cette heure-ci, il y sera en quelques minutes. Non ! Une idée lui vient :

– « *Elle voulait absolument interpeller directement Griverd, à tous les coups elle est allée chez lui…* »

Le commissaire connaît l'adresse : rue Creuzet. Changement de cap, direction les quais du Rhône. Il est minuit passé, peu de véhicules dans les rues, pas besoin de gyrophare, il arrive à destination en dix minutes. La chance est avec lui, une place se libère à l'angle de la rue Montesquieu et du boulevard Jean Jaurès, à cent mètres de son objectif.

Lui aussi dispose de codes génériques pour l'entrée dans l'immeuble. Couloir gris, triste mais propre, boîtes à lettres, il trouve l'étage, grimpe rapidement. Il a la même hésitation que la jeune OPJ un peu plus tôt : deux portes sans nom. Sans savoir pourquoi, il frappe à celle de droite. Pas de réponse. Il insiste. Fort, très fort. Rien !

Pas de temps à perdre, il prend son passe. La serrure n'oppose pas de résistance. Comme Camille Berthelier un peu plus tôt, il remarque qu'il n'y avait aucun tour de clé et que le lourd verrou n'a pas été enclenché. Lui, il identifie immédiatement l'odeur dérangeante : celle du sang. L'inquiétude se transforme en angoisse, il n'aurait jamais dû laisser partir seule la jeune OPJ. Une pièce est éclairée dans le fond. Malgré son émotion, il conserve son sang-froid, sort son arme et avance avec précaution, scrutant au passage les toilettes-salle-de-bain puis la cuisine.

Coup d'oeil à gauche : un bureau vide, il pousse la porte, entrebâillée, de la pièce d'où provient la lumière. Soulagement, le corps gisant sur le lit ensanglanté n'est pas celui de Camille. Il lui faut quelques secondes pour identifier Griverd tant la mort change un visage. D'autant que celui-ci est exsangue.

Dumesnil s'approche, observe le poignet ouvert, le rasoir dans la main droite. Le suicide semble évident. Le corps est encore tiède, la mort ne doit pas remonter à plus d'une heure...

Maintenant parfaitement calme, le commissaire appelle la permanence des services techniques, puis directement Morin, chez lui. Le patron de la BRB ne dormait pas encore. Il arrive.

Dumesnil, en attendant les collègues, inspecte l'appartement à la recherche d'une trace du passage de Berthelier. Il est de nouveau inquiet.

– « Mais si elle était passée ici, elle aurait prévenu... Donc, elle est bien rentrée chez elle ! ».

À nouveau il tente de la joindre. Toujours la messagerie. Pas normal. Il doit aller au studio du cours Charlemagne ! Peut-être une simple panne de téléphone...

Chez Griverd, aucune trace de passage de qui que ce soit. L'appartement est propre, bien rangé. Rien de planqué dans le frigo ou les placards. Le réservoir d'eau des WC ne contient rien d'anormal. Reste un petit bureau dans l'autre pièce. Rien d'intéressant dans les tiroirs. Un ordinateur portable d'assez grande taille est posé, fermé, arrêté, semble-t-il puisque aucune diode n'est allumée. Dumesnil tente de l'ouvrir : refus de l'appareil ! Le temps de découvrir un petit système de verrouillage, sur le devant de l'ordinateur, est suffisant pour que le commissaire s'énerve. Enfin, le clavier et l'écran s'ouvrent, libérant au passage une feuille A4 pliée en deux.

Juste quelques mots : « *Je savais que tôt ou tard, tout serait découvert. Dumesnil et sa pouffiasse ont compris. C'est une simple question de temps. Je préfère en finir, pas question d'aller en taule, je connais le sort réservé aux flics qui y séjournent. Paul Griverd* ».

Le texte a été écrit sur ordinateur, mais il y a une signature manuscrite, à l'encre bleue. Le commissaire note mentalement de la faire expertiser. Cette fois, l'affaire semble pliée. Si Camille dort paisiblement chez elle... Reste à retrouver la dernière victime, peut-être encore vivante.

Morin est le premier sur les lieux. Dumesnil lui explique en quelques mots pourquoi Griverd était suspect. Le patron de la BRB régionale tombe des nues :

– Un type un peu bizarre, souvent limite, notamment avec les femmes, à qui, pourtant, il plaisait. Mais un bon flic dans l'ensemble. J'ai du mal à y croire...

– Pourtant, les faits sont là. Plus la lettre !

– Ouais, j'ai vu la signature, c'est bien la sienne. Mais...

Le commandant Morin est interrompu par l'arrivée de l'équipe de la police scientifique et l'IML[1]. Photos, relevés divers, la routine... Même s'il n'y a guère de mystère à éclaircir. Dumesnil reprend la parole :

– Tout n'est pas réglé, nous manquons de preuves pour les disparitions et surtout nous devons absolument tenter de retrouver la jeune femme enlevée il y a deux semaines du côté de Crémieux !

Devant le regard interrogatif de son collègue, le commissaire précise :

– Sandra Gonnard, une nana kidnappée dans les mêmes conditions (voiture piégée) que d'autres aux environs de Chambéry. Probablement par le même psychopathe : Griverd. Il y a une chance pour qu'elle soit encore en vie !

1 Institut Médico Légal : les services du légiste.

– OK Dumesnil, tu peux compter sur moi, on va étudier son ordi et toutes ses affaires à « *l'usine* ». Je te tiens au courant.

– Merci. À propos d'ordi, je garde celui-là avec moi, je veux l'analyser moi-même.

Dans le milieu des flics, tout le monde connaît le peu d'appétence de Dumesnil pour l'informatique, Morin est surpris, il hésite. D'autant que ce n'est pas légal, s'agissant d'une pièce à conviction. Mais bon, l'affaire est claire, le commissaire est un flic sérieux. Alors...

– OK, j'ai rien vu.

– Merci commandant. Je vous laisse bosser, je dois encore passer chez Berthelier pour... la tenir au courant.

Chapitre 71

Jour 11, vendredi – 0h55

Le commissaire a eu un peu de mal à trouver le studio de la jeune OPJ. Enfin, il y est. Pas de réponse. Ni à la sonnette, ni aux coups redoublés. Le vacarme est tel qu'un voisin entrebâille timidement sa porte :

– Qu'est-ce que c'est, c'est quoi ce barouf?

Dumesnil montre sa carte, visage peu engageant. Le quidam a un mouvement de recul.

– Police!

– Ah, bon. Mais vous voyez bien qu'elle ne répond pas.

– Vous la connaissez?

– Je la croise de temps à autre. Pas vue depuis un moment...

– Bon. Rentrez chez vous.

Le type n'insiste pas, l'huis se referme. Le commissaire sort son passe, une nouvelle fois. Serrure trois points, récente, efficace, elle résiste plusieurs minutes mais finit par céder. La porte s'ouvre en silence sur le studio. Un interrupteur est visible sur la droite. Une lumière crue éclaire un espace limité mais bien agencé : pièce à vivre avec un fauteuil, un canapé-lit et un petit meuble, une penderie dans l'entrée, un minuscule coin cuisine dans un angle, adossée à une micro salle de bains. Mais de toute évidence, il n'y a personne. Camille ne semble pas y avoir mis les pieds depuis quelque temps.

– « *Normal, ces derniers jours elle était avec moi. Soit à l'hôtel soit à Civrieux. Mais elle n'est pas passée là ce soir. Alors elle est où, bordel ?* ».

Dumesnil a fait plus que penser à voix haute, il a carrément hurlé la dernière phrase. Cette fois, il est vraiment inquiet. Que faire ? Où peut-elle bien être ? Les pensées les plus folles lui traversent la tête. Il doit agir, il n'a rien pour pister la jeune femme, elle peut être n'importe où, avec n'importe qui... Alors ? Griverd, peut-être qu'elle a suivi cette piste. Elle aura trouvé une information et foncé. Au fond de lui, il n'y croit guère, si elle avait découvert quoi que ce soit, elle l'aurait appelé. Mais il faut bien tenter quelque chose. Seul élément pour l'instant : l'ordinateur portable de Griverd !

Bien évidemment, il est protégé par un mot de passe. Jérôme !

Le hacker répond à la première sonnerie.

– Oui, Dum ?

– Merci d'être resté en attente, Jérôme.

– C'est ce que tu m'avais demandé. De toute façon, j'ai du boulot et j'aime bien bosser la nuit.

Dumesnil explique la situation en quelques mots. Son interlocuteur comprend vite :

– OK, tu as sur toi la clé USB rouge que je t'ai envoyée, il y a quelque temps ?

– Hum, hum.

– Voilà ce que tu vas faire...

Le commissaire suit les instructions, insérant la clé USB, relançant l'ordinateur. Cette fois l'écran lui propose de rentrer sous le nom de Dum, ce qu'il fait.

– Voilà, je suis connecté.

– Bon, maintenant, tu vas te brancher sur le wifi de ton smartphone.

- ???

– Je t'explique.

Une nouvelle fois, le commissaire exécute les directives, sans bien comprendre, avec souvent quelques hésitations. Mais, après de longues minutes, l'opération est couronnée de succès.

– OK, Dum. Maintenant, je vais pouvoir entrer dans l'ordi de ce mec. Patiente quelques minutes...

Le temps s'écoule, Dumesnil tourne comme un ours en cage. Enfin, le hacker revient vers lui.

– Je suis en train de télécharger le contenu de son disque dur pour l'analyser en détail mais, j'ai trouvé un fichier où il stockait ses mots de passe. Je l'ai déverrouillé, voilà où tu peux le trouver...

– Et j'en fais quoi ?

– Avec ça, tu peux te connecter sur tous les sites qu'il fréquentait. Notamment sur son compte en banque. À toi de fouiller, c'est toi l'enquêteur.

– On se rappelle dans un moment.

Le commissaire tâtonne un peu pour dénicher le fichier indiqué mais finit par y parvenir, il peut lancer ses explorations. Une vingtaine de couples « identifiant – mot de passe » donnent accès à des sites divers, commerciaux pour la plupart. Dumesnil parcourt rapidement. Les listes des derniers achats n'apportent rien. Pas découragé, il attaque les deux restants, les plus importants : le compte Paypal et « Hello Bank », une banque en ligne.

À priori, rien de spécial, aucune transaction suspecte, pas le moindre début de piste. L'heure tourne, déjà deux heures du matin, le besoin de sommeil commence à peser. Dumesnil se demande s'il ne devrait pas reprendre plus tard, après avoir dormi un peu...

Mais non ! Il doit trouver quelque chose la-dedans, maintenant ! Sinon, à quoi bon, il n'a rien pour l'instant.

Alors, il se replonge dans le listing des opérations bancaires. Du banal, rien d'anormal. Achats en supermarché, plein d'essence... Les lignes défilent, presque identiques, sans intérêt. Sauf que... Le commissaire s'est arrêté. Un peu plus haut, un truc bizarre a attiré son attention... Voyant rouge allumé dans son cerveau de flic ! Il revient au début du relevé de compte en ligne, c'est la troisième opération qui a déclenché cette réaction. Un plein d'essence pour 93,44 euros. Il se souvient que Griverd possède une Clio, soit 40 ou 45 litres de carburant embarqué, au maximum. Comment expliquer une telle somme ? La réponse est évidente : il utilisait un autre véhicule, équipé d'un gros réservoir. Un 4X4 Rover par exemple !

Cette fois, c'est une piste. Dès demain, non, dans quelques heures, il va identifier la position géographique de la transaction, en appelant la banque, se rendre sur place. La station-service doit être équipée de caméras et, à tout le moins, il pourra enquêter dans le secteur. De plus, Jérôme et l'équipe de Morin auront peut-être des informations. Apaisé mais toujours inquiet pour Camille Berthelier, il hésite. Non, rien d'autre à faire que de dormir un peu.

Chapitre 72

Jour 11, vendredi – 4h15

Le réveil sonne. Non, pas le réveil, le téléphone. Dumesnil émerge d'un sommeil agité, sans poser de question : le nom de son interlocuteur s'affiche, Jérôme. De toute façon, qui d'autre ?

– Ouais, du nouveau ?

– J'ai analysé le contenu du disque dur, rien de notable, rien qui puisse te mettre sur une piste. Juste un truc : un dossier caché, mal caché d'ailleurs, avec des photos de femmes. J'en ai compté huit, plutôt jeunes. Peut-être les disparues...

– Humm... ça collerait, tu me les envoies !

– Déjà fait, sur ta boîte mail !

– Super. Bon, je crois que tu peux dormir un peu, j'aurai pas besoin de toi dans les heures qui viennent.

Le jeune hacker acquiesce de son habituel ton caustique :

– C'est ça, et si nécessaire tu me réveilleras. Allez, salut Dum.

Le commissaire se précipite sur sa messagerie, en quelques secondes les images sont chargées et comparées à celles transmises par la Gendarmerie. Pas de doute, elles correspondent. Uniquement les visages, endormis semble-t-il. Les faits s'accumulent : « Vert-de-gris » est bien le psychopathe qu'ils pistaient. Cette pensée le ramène au lieutenant Berthelier, l'angoisse revient, plus forte encore.

– « *Griverd est mort mais où est Camille, où est la dernière victime ? Est-elle encore en vie ?* »

Les interrogations tournent en boucle, comme un hamster dans sa cage, avec la même vacuité, pour revenir, sans cesse, à la disparition de la jeune femme. Griverd l'a-t-il tuée ou séquestrée ? Avant de se suicider, ça n'aurait aucun sens ! Alors où est-elle ? Partie en solitaire sur une nouvelle piste ? Possible, bien sûr, mais le commissaire n'y croit pas. Alors quoi ?

Toujours la ronde des questions, il décide de se replonger dans le dossier du suicidé. Une phrase de Jérôme lui revient : « *dans un dossier mal caché* ». Il doit rappeler !

– Oui, Dum. Non, tu parles, tu me déranges pas, je venais seulement de m'endormir ! Ah, le dossier des photos ? Oui, il n'était pas visible directement mais pas totalement bien caché. Je ne vais pas rentrer dans les détails techniques...

– Non, pas la peine. Pourquoi caché ? Pourquoi mal ?

– Difficile à dire. Caché pour que le contenu ne soit pas visible, mais il aurait pu le faire de manière plus efficace ou le crypter. C'est un peu bizarre. Autre chose, les images portent toutes la même date, récente.

– Ce qui signifie ?

– Elles n'ont pas été chargées directement depuis la carte d'un appareil photo, elles ont sans doute été transférées depuis un autre ordinateur. À nouveau, on peut se demander pourquoi. Je vais approfondir, analyser les fichiers dans le détail.

– OK, tiens-moi au parfum. Et... désolé pour le réveil !

Dumesnil raccroche, pas plus avancé. Il n'y a que des bizarreries dans cette affaire. Le dossier, lu et relu, ne l'éclaire pas davantage. Les faits semblent bien établis... Pourtant, le flic n'est pas satisfait, quelque chose le tracasse. La localisation des victimes ! D'abord Chambéry. Pourquoi cette ville ? Bien sûr, Griverd s'y rend assez fréquemment mais, le plus souvent, il est sur Lyon où il aurait eu plus de facilité pour trouver des proies. Ensuite, s'il y avait vraiment un avantage à opérer en Savoie, pourquoi «délocaliser» ici, maintenant?

Cinq heures quarante-cinq. Rien d'autre à faire pour l'heure, il doit attendre. Tout à ses réflexions, il passe machinalement la main sur sa joue désormais bien râpeuse : voilà deux jours qu'il ne s'est pas rasé. Haussement d'épaules, il s'en fout. Par contre, il ressent vraiment le besoin d'un café fort et d'une douche. Quand il sort, encore humide de la salle-de-bain, le breuvage est prêt, il s'en sert un bol comme si sa vie en dépendait. Il l'absorbe debout devant la fenêtre contemplant le lever du soleil. Ce pourrait être un moment de détente mais tout son corps est tendu, muscles noués...

Sonnerie de téléphone, il sursaute. C'est Morin!

– Allô? Oui, Dumesnil, c'est moi, on a bossé toute la nuit.

– Et alors?

– Rien d'anormal. Ni dans son bureau, ni sur le lieu du suicide. On verra les résultats de l'autopsie mais la cause du décès ne semble pas faire de doute. La signature a été authentifiée : c'est bien la sienne...

– Moi, j'ai trouvé le texte sur son ordi. Sans signature.

– Normal, il est manuscrit. Ah, autre chose, tu m'avais demandé de rechercher les empreintes de ta collaboratrice. Tu as vu juste. On en a trouvé sur la porte d'entrée ainsi que sur l'encadrement de celle de la chambre. Mais pas sur le cadavre ou le rasoir. Je te tiens au courant si on a autre chose.

Dumesnil raccroche une nouvelle fois, encore plus pensif. Donc, Camille est bien passée cher Griverd. Avant le suicide? Après? Mais dans ce cas, pourquoi ne pas avoir signalé le décès ? Et ensuite, où est-elle allée ?

Chapitre 73

*Jour 11, vendredi – **6h30***

À nouveau la sonnerie, encore Morin.

– Allô, Dumesnil. Oui, j'ai pas une bonne nouvelle. Le commissariat du septième m'a prévenu à l'instant : on vient de retrouver le véhicule du lieutenant Berthelier en stationnement interdit place Saint-Louis, à deux pas de la rue Creuzet...

– Ouais, je vois où c'est. Donc, elle est allée chez Griverd mais n'est pas repartie avec sa voiture.

– Ce qui signifie...

– Que, soit elle s'est rendue quelque part à pied (mais pourquoi?), soit elle a été enlevée...

Morin est sceptique :

– Par qui? Pourquoi?

À l'autre bout de la liaison téléphonique Dumesnil hausse les épaules, mâchoires crispées.

– J'en sais rien. Effectivement, rien n'indique la présence d'un tiers. Et même... Pourquoi l'enlever? Mais, d'un autre côté, où aurait-elle pu se rendre à pied? Pourquoi ne donne-t-elle pas signe de vie?

Le commandant Morin ne sait quoi répondre, il conserve le silence. C'est le commissaire qui enchaîne :

– Bon, il faut agir. La clé de tout c'est Griverd. Je sais qu'il a un compte web chez Hello Bank, une filiale de la BNP.

– Oui, et alors?

– J'ai constaté que Griverd a fait un plein récemment, en payant par CB, je veux savoir où. Tu peux dénicher l'info, ça me gagnera du temps?

Morin acquiesce sans demander d'où son collègue pouvait tenir cette information. Quinze longues minutes s'écoulent avant la réponse :

– J'ai pu joindre le directeur. La transaction a eu lieu dans une station de Saint-Martin-en-Haut. Un Total Contact 24/24.

– Merci, j'y fonce.

Deux minutes plus tard, le commissaire est au volant de sa Cooper. Gyrophare, compte-tour dans la zone rouge. Peu de trafic, il lui faut moins d'une demi-heure pour y être. Comme il l'espérait, la station est équipée de caméras.

Malheureusement, elle est encore fermée. Il va devoir attendre...

Chapitre 74

Jour 11, vendredi – 7h15

L'employé arrive, enfin, Dumesnil se précipite :

– Police, je dois voir les vidéos de vos caméras.

– Eh, doucement, ça ouvre à 7 heures 30, seulement.

Le regard noir du commissaire l'incite à faire un effort sur l'horaire.

– Bon, bon, on va regarder ça. Quel jour ?

– Mardi !

– Ah, ben, ça va pas être possible...

À nouveau, l'aspect menaçant de son interlocuteur l'incite à expliquer précipitamment qu'il ne s'agit pas de mauvaise volonté de sa part. Seulement, les enregistrements sont automatiquement effacés après 48 heures. Le visage du flic passe de la colère à la déception. Curieusement, il semble s'apaiser, la concentration prend le relais, la piste ne peut pas s'arrêter là, il doit trouver quelque chose. Le pompiste, soulagé, propose de poursuivre à l'intérieur devant un café.

Dumesnil retrouve ses réflexes d'enquêteur, il sort une photo de Griverd, sans grand espoir toutefois.

– Déjà vu ce type ?

La crainte d'être déçu ne dure qu'un instant, l'autre hoche la tête, affirmatif :

– Ouais, j'me rappelle de lui...

– Pourquoi ? Quelque chose de spécial ?

– Non, c'est juste que je l'avais eu deux ou trois fois comme client, il roulait en Clio, une vieille caisse, plutôt pourrie...

– Et alors ?

– J'l'avais pas spécialement remarqué mais, j'ai la mémoire des visages. Alors, quand je l'ai vu faire le plein de sa Range Rover...

Dumesnil bondit :

– Quelle couleur ? Quelle immatriculation ?

– Bah, j'ai pas vérifié le numéro... Mais, elle était verte, un beau vert anglais.

Rien de plus à en tirer, l'employé donne une description fidèle de « Vertdegris » prouvant qu'il est effectivement physionomiste, il n'y a pas d'erreur sur la personne. Encore un élément à charge contre Griverd, il utilise parfois un 4X4 comme le tueur qu'ils traquent. Pourtant, il a vérifié, le capitaine n'en possède pas, uniquement la vieille Renault. Donc, le véhicule est à un proche, la location semblant exclue. Quels sont-ils ? S'il parvient à en établir une liste, il trouvera facilement le propriétaire de cette Rover, lequel pourra fournir des informations, peut-être des preuves définitives, des indications sur un lieu de détention des victimes... Comment établir cette liste ? Tout en réfléchissant, Dumesnil arpente les rues du village, allant de commerce en commerce, photo du suspect en main. Personne ne s'en souvient. Une idée lui est venue, il sort son mobile :

– Jérôme ? Oui, il me faudrait une liste des contacts de Griverd, si possible avec des indications de proximité : amis, parents, échanges récents. J'ai pensé qu'en analysant sa messagerie tu pourrais trouver ça...

– Ouais, je vais voir ce que je peux faire. Ça risque de prendre un peu de temps, j'ai découvert quatre comptes différents. Sans compter que j'ai aussi deux ou trois choses urgentes pour mes propres activités.

Le commissaire ignore totalement cette dernière objection.

– Bien, merci d'avance. Tu m'envoies le résultat au bureau, je rentre sur Lyon. Ah, j'y pense, ça va te gagner du temps : ignore la famille, je m'en occupe.

Il raccroche, sans écouter les protestations du hacker, pour composer le numéro de Morin :

– Salut, c'est encore moi. Tu peux vérifier si Griverd a de la famille et si un de ses membres serait propriétaire d'un Range Rover vert ?

– OK, je vais m'en occuper mais, tu tombes bien, en fouillant, nous sommes tombés sur un RIB de la Société Générale. Pas sa banque principale qui est un établissement web…

– Oui, je sais. Et alors ?

Consciemment ou pas, le commandant Morin, laisse perdurer un silence de quelques secondes, ménageant ainsi son effet.

– Un compte curieux : uniquement des dépôts et des retraits en liquide. Aucune autre opération.

– Quelle fréquence ?

– Une à deux fois par semaine, quelques milliers d'euros, laissés dans la boîte de la banque. Tous les mois, retrait de presque la totalité, entre cinq et dix mille. Je viens d'avoir le responsable de l'agence, il se souvient bien de lui, avec sa petite mallette pour ranger les billets.

Dumesnil pige instantanément l'implication de ces procédures.

– Trafic ou pots de vin ?

– Impossible à dire pour l'instant. Peut-être du chantage. Un truc pas net, à coup sûr !

Après avoir raccroché, le commissaire demeure pensif. Voilà autre chose ! Sans rapport avec les enlèvements de jeunes femmes. À moins que… Peut-être qu'il soutire à ses victimes leur code de CB pour ensuite retirer ce qu'il peut. Haussement d'épaules.

Non, ça ne cadre pas : trop régulier. D'ailleurs cette régularité tend à éliminer les dessous de tables. Donc un trafic. Mais quoi ?

Dumesnil a repris la direction de son commissariat, il marmonne tout seul au fil de ses réflexions, vraiment perplexe. Toute son expérience de flic lui dit que les magouilles ne cadrent pas avec un profil de psychopathe. Ce genre de type se concentre uniquement sur une activité de prédateur.

Il en est là de ses pensées quand il en est tiré par la sonnerie de son mobile. Il appuie sur le bouton au volant.

– Oui ?

Chapitre 75

Jour 11, vendredi – 8h15

Le lieutenant Meunier commence sa journée de fort mauvaise humeur : dispute avec madame dès le réveil, café trop clair ensuite et, pour couronner le tout, voiture refusant de démarrer. Il y a des jours comme ça. Et, en plus, la loi des séries s'applique aussi aux petites contrariétés journalières. De fait, les premiers messages lus sur son ordinateur ne sont pas des bonnes nouvelles.

Le premier fait état de la découverte d'un cadavre qui pourrait bien être celui d'Abdel, son indic disparu. Repêché dans la Saône après un séjour de plusieurs jours, il est en cours d'autopsie. Toutefois, la cause de la mort ne semble faire aucun doute : gorge tranchée.

– « *Merde ! Qui lui a réglé son compte ainsi ? Pas une méthode de truand ! Deux balles de 9 mm, une rafale de Kalach, oui ! Mais ça !* »

Forcément, il repense aux djihadistes, c'est bien leur habitude, l'égorgement, comme pour les moutons. Mais, il n'y a pas nécessairement à s'inquiéter : un projet a existé, cela semble sûr, Abdel en a eu vent, il en a parlé, les lascars lui ont réglé son compte. Avant de cramer, quelques jours plus tard, dans un accident de la route, à Barberaz, du côté de Chambéry. L'évocation de ce nom de lieu amuse le lieutenant : « *Finir à Barberaz, pour des islamistes, c'est un comble !* ». La seule chose certaine c'est que les quatre cadavres calcinés ne commettront pas d'attentat. Doit-il encore s'inquiéter ? Pourrait-il y avoir une autre équipe ?

Meunier n'y croit pas, ces gars-là n'ont pas l'envergure pour une telle logistique...

Le second message ne l'impacte guère, ce n'est que le rapport d'un adjudant de gendarmerie de la région de Chambéry. Le pandore explique, dans le style inimitable faisant le charme de ces militaires, qu'aucune dynamite n'a été découverte. Des recherches ont été lancées après qu'un maître-chien ait prétendu que son animal avait flairé des explosifs. Enquêtes de voisinage dans lez zones sensibles, descentes dans les caves avec chien renifleurs, vérification de toutes les planques connues. Rien! Aucun indice de la présence de dynamite dans le secteur, à l'exception de deux carrières dûment autorisées où rien n'a été dérobé. Aucun vol de ce genre dans tout le secteur, ni d'ailleurs. Pas même dans l'ensemble du pays.

Conclusion de l'adjudant : même si son maître doit en être peiné, Bakil, le chien ayant marqué l'arrêt, s'est trompé. RAS, circulez, rien à voir!

Cette fois, le lieutenant Meunier se sent rassuré. Pourtant, il aimerait bien savoir quand Abdel a été trucidé. Logiquement, ce devrait être avant l'accident de Barberaz.

Encore que... Il pourrait avoir été liquidé par un complice des djihadistes.

Chapitre 76

Sandra émerge douloureusement. Elle a soif. Moins toutefois que dans son cauchemar, elle mourrait déshydratée. Des bribes remontent, s'échappant de son cerveau embrumé.

– *« Il est revenu, cette nuit ! »*

Elle n'a plus aucune perception du jour ou de la nuit, pour elle, la nuit s'est « avant de se réveiller ».

L'ouverture de la porte ne l'a pas tirée de son quasi-coma, pas davantage la lumière dure et blafarde de l'ampoule nue. Il a fallu qu'il la secoue pour la faire boire, inquiet de son état. Pas par humanité, évidemment, uniquement pour ne pas casser son jouet, il n'en a pas fini avec elle, même pas commencé. Appuyant sur la bouteille plastique, il a injecté le liquide de force, en renversant plus qu'elle n'en absorbait.

La conscience de Sandra se fait plus claire. Son bourreau a également apporté des bananes et des biscuits. Elle n'a pas pu avaler ces derniers mais a ingurgité un peu de fruit. Plus ou moins de force, comme l'eau. C'est pour cela qu'elle se sent moins mal, son organisme a récupéré un peu de carburant. Il arrive qu'en état de faiblesse extrême, l'approche de la mort soit douce, paisible, sans appréhension. L'angoisse est filtrée, bloquée même, elle disparaît. Le regain de vie coulant dans ses veines laisse, à nouveau, infuser ce poison. Hurlements !

La jeune prisonnière, désespérée, crie ainsi pendant de longues minutes. Cris entrecoupés de pleurs, de lamentations. Quand enfin elle se calme, il lui semble entendre comme un gémissement. Elle écoute. Rien. Elle a rêvé, elle est seule dans cette cave immonde, dans ce tombeau. Silence. À nouveau un gémissement. Ce bruit, réel ou supposé, stimule ce qu'il lui reste de conscience, les réminiscences de la nuit se font plus nettes. Il est venu avec quelqu'un, une forme inerte. Une autre femme ? Endormie ? Mourante ? Morte ?

Nouvelle plainte. Un murmure étouffé, presque un râle, à côté, sur sa gauche, tout près. Sandra se tourne douloureusement, lentement. Sa main avance avec retenue, comme si elle risquait de se brûler. Quelque chose est là ! Un corps. Un cadavre ? La main hésitante perçoit un vêtement, elle poursuit, toujours aussi timidement, trouve un peu de peau nue, rencontre une douce chaleur, rassurante. Non, ce n'est pas un mort. Ou une morte, il lui semble sentir la forme d'un sein. Une femme ! Il a trouvé une nouvelle victime !

Elle tente de réveiller sa compagne de captivité, elle la pousse, la secoue. Mais sans force. L'autre ne réagit pas, ou si peu : juste quelques gémissements.

Sandra renonce, elle va repartir dans une inconscience protectrice quand une pensée atroce lui vient : s'il a piégé une nouvelle proie c'est qu'il s'apprête à en finir avec elle.

Hurlements !

Chapitre 77

Jour 11, vendredi – 10h30

Dumesnil retrouve son commissariat. Il écarte de la main un OPJ probablement désireux d'exposer un problème sans intérêt pour se précipiter dans son bureau.

Il devrait être content, l'hôpital l'a appelé, Françoise va mieux. D'après le toubib, elle montre des signes de « retour ». Selon toutes probabilités, elle pourrait sortir du coma d'ici 24 à 48 heures. Une bonne nouvelle, sans aucun doute, mais perturbante. Il est passé la voir à HEH, toujours inerte. De plus, l'interne lui a expliqué qu'elle souffrirait sans doute d'amnésie plus ou moins partielle, plus ou moins temporaire. Inutile donc d'attendre un témoignage décisif pour l'enquête en cours. Le commissaire s'en veut de ces pensées... Bien sûr, il est soulagé, heureux que sa compagne (mais, peut-il encore utiliser ce terme ?) revienne à la vie. Pourtant, il ne cesse de songer à Camille, toujours aucune nouvelle, pas d'appel, rien. Il a vérifié, elle n'est pas repassée à son appartement, ni au bureau, ni à Civrieux. Nul ne l'a vue, il lui est forcément arrivé quelque chose ! Sans compter l'autre jeune femme, cette Sandra disparue depuis près de deux semaines désormais. Chaque minute qui passe diminue les chances de les revoir en vie.

Une course contre la montre, mortelle, est engagée !

Il lui faut retrouver le propriétaire du 4X4 vert, Morin a rappelé, Griverd n'a que peu de famille : une mère qui vit à Saint-Étienne, une sœur et quelques cousins en région parisienne. Aucun ne possède de véhicule de ce genre. Restent, les amis et relations...

Dumesnil regarde sa montre, déjà 10 heures 40, il a perdu du temps en passant à Édouard Herriot et surtout, en interrogeant les commerçants de Saint-Martin-en-Haut, enquête infructueuse : nul ne se souvenait de «Vert-de-gris». L'ordinateur démarre, trop lentement à son goût, le commissaire est nerveux.

Enfin, l'écran de connexion. Messagerie. Il y a un envoi de Jérôme. Le hacker a encore fait des merveilles, en pièce jointe une liste des relations avec la qualité des interlocuteurs : amis supposés, collègues, vagues connaissances, indics (?). Pour chaque élément, le nombre d'échanges pour le dernier trimestre, le mois en cours, les quinze jours écoulés et la messagerie utilisée.

– *«Ce type est vraiment incroyable!»*

La liste, trente-neuf noms, défile sous le regard hyper concentré du commissaire. Rien ne semble significatif. Reste à vérifier les véhicules!

Le commissaire appelle l'OPJ qui a tenté de l'interpeller précédemment. Après avoir vérifié ce que ce dernier voulait (une banale formalité administrative, comme prévu), il lui tend la liste.

– Tiens, tu te mets avec Martin et vous vérifiez si un de ces lascars possèdent un 4X4 Range Rover de couleur verte.

– Tout de suite?

Le regard de son patron vaut toutes les réponses, le lieutenant quitte le bureau sans rien ajouter.

Dumesnil a envisagé un autre angle d'investigation : l'immobilier. Si Griverd se rend à Saint-Martin-en-Haut, c'est probablement qu'il dispose d'un local, quel qu'il soit, dans le secteur. Pour y enfermer ses victimes, c'est l'hypothèse la plus évidente. Peut-être pour d'autres raisons, mais, quoi qu'il en soit, il doit avoir accès à un garage, un hangar, un appartement ou autres. Soit, il en est propriétaire, soit locataire, ou quelqu'un lui prête... Le commissaire appelle un notaire de ses amis, cela sera plus rapide qu'une procédure officielle. Puis il contacte le service du cadastre, interrogeant sur Griverd lui-même mais également sur les quelques parents du suspect puis sur les noms de la liste.

Un travail long et fastidieux! Mais, la chance lui sourit, si les registres notariaux sur les propriétés n'ont rien donné, le cadastre va être plus intéressant : «Vert-de-gris» loue effectivement une grange dans les Monts-du-Lyonnais, à trois kilomètres de la station TOTAL où il a fait le plein du 4X4.

Dumesnil ne tergiverse pas, il doit s'y rendre. En urgence! Il y a peut-être deux femmes emprisonnées la-bas. L'inquiétude pour Camille revient. L'action l'avait un peu estompée, elle est là, à nouveau, une boule dans son ventre. Camille, Françoise, Sandra, la jeune femme disparue, les pensées se mêlent, interfèrent, s'entrechoquent.

Midi passé, il ressent tout à coup la faim, n'ayant rien avalé de la matinée, son estomac le rappelle à l'ordre, avec virulence. Bah, tant pis, il prendra un sandwich en bas, avant de prendre la route.

Il ouvre la porte de son bureau, percutant son OPJ.

– Ah, Robert! Alors?

– Rien, patron! Aucune de ces personnes ne possède de véhicule de ce type ou similaire.

– Ouais, ça aurait été trop beau. Bon, t'es sur quelque chose d'urgent?

– Pas vraiment, mais...

– Bien, tu m'accompagnes!

– Où on va, commissaire?

– Saint-Martin-en-Haut.

Le lieutenant Robert Warkowski ouvre de grands yeux, se demandant quelle mouche pique son chef.

Chapitre 78

Jour 11, vendredi – 13h15

Quand ils arrivent, guidés par leur GPS, les sandwiches sont avalés depuis longtemps. Les monts du Lyonnais sont magnifiques, en plein cœur de l'été. Des près, des champs, des bois, de belles maisons. Le soleil est au zénith, le thermomètre flirt avec les trente degrés. Ambiance estivale, tout est verdoyant, un endroit où il fait bon se promener. Mais Dumesnil n'a pas le cœur à la balade, ils sont proches de l'endroit indiqué par les gens du cadastre, engagés dans un chemin aussi rocailleux que pentu. Le commissaire, appliqué sur la conduite, craint d'exploser les carters de sa Mini. Enfin, ils parviennent devant une ancienne grange, en ruine. En partie seulement, un côté semble avoir été restauré, maçonné, fermé par une porte en chêne à l'aspect solide.

Dès que le bâtiment a été en vue, le commissaire a coupé le contact pour arriver en silence. La voiture stoppe à trois mètres de la construction, sans un bruit. L'endroit semble désert, les deux flics descendent, pistolet au poing tout en évitant de claquer les portières. Dumesnil fait signe à son OPJ de surveiller la porte, lui va faire le tour. Il avance rapidement. Manifestement, seule la partie ravalée pourrait abriter quelqu'un, le reste, au toit plus ou moins effondré est envahi par la végétation.

Le lieutenant Warkowski attend les ordres de son chef. Celui-ci, convaincu que la discrétion n'est plus nécessaire s'exprime à haute voix :

– Personne, on dirait ! On va voir ce qui se cache dans cette remise.

Il est évident que si Griverd a pris la peine de consolider cet appendice et de le munir d'un porte solide, c'est pour y déposer quelque chose de précieux. Ou quelqu'un !

Le lieutenant a été briefé pendant le trajet, il sait que son chef recherche deux personnes, dont leur collègue Camille Berthelier. Il avance, nerveux, tendu. Sans qu'il ne s'en rende compte, son rythme cardiaque s'est accéléré. Dumesnil est plus calme en apparence. Pourtant, il est inquiet, angoissé. Il voudrait foncer, monter à l'assaut dans une furie libératrice. Pourtant, il se force à progresser lentement jusqu'à la porte. Verrouillée, évidemment.

Coup d'épaule. Violent ! Mais vain, le chêne épais est solide. Pas question de se laisser arrêter, le flic retourne à sa voiture, en revient avec deux démonte-pneus. Le plus difficile est d'insérer le bord plat de l'outil, la menuiserie ne laisse guère d'espace. À chaque tentative, un peu de bois éclate. Finalement, le pied-de-biche improvisé peut être introduit, le commissaire fait levier de toute sa force. Avec rage ! Le bois explose, la porte s'ouvre. Il se précipite à l'intérieur. Que va-t-il trouver ? Une prisonnière ? Deux ? Des cadavres ?

Rien de tout cela !

Des caisses uniquement. Soulagés, les deux OPJ se précipitent, canif en main, ils ouvrent. Dumesnil éclate de rire. Rien de drôle toutefois, juste la tension nerveuse qui se libère. Des cigarettes !

Tout s'éclaire, Griverd fait du trafic et stocke ici les produits de contrebande qu'il écoule par des réseaux qu'une enquête devra préciser. Ceci explique le compte discret et les dépôts en liquide. Mais, quel rapport avec les enlèvements ?

Aucun, Dumesnil en est sûr désormais. Un trafiquant, bien organisé, mais de peu d'envergure (quelques milliers d'euros par mois) n'a pas du tout le profil d'un psychopathe, d'un serial-killer. Il avait déjà soulevé mentalement cette objection. La nature de la magouille le lui confirme. Non, Griverd n'est pas l'homme qu'il recherche.

Coup de fil à la gendarmerie pour signaler le trafic. Obligé d'attendre les pandores, le commissaire veut faire le point, il sent qu'il est, cette fois, sur la bonne voie. Le lieutenant Warkowski tente de prendre la parole, il est sèchement prié de se taire. Ce qu'il fait, observant son chef marcher lentement, front plissé.

Dumesnil en est certain désormais, Griverd n'est pas le pervers, kidnappeur de jeunes femmes. Pourtant, les indices sont nombreux... Fabriqués dans ce cas. Par le vrai coupable. Un homme qui peut facilement l'approcher donc. Un homme qui possède (ou qui utilise?) un 4X4. Restent, le message d'aveu signé, signature authentifiée, et la liste des proches qui n'a rien donné. Cette affaire est décidément un casse-tête!

Au loin, une sirène de véhicule de police. Lumière bleue de gyrophare, les gendarmes arrivent. Le commissaire est interrompu dans ses pensées.

– Adjudant Lambert, bonjour commissaire. Vous avez découvert une affaire de contrebande de cigarettes?

Le flic explique en deux mots, désigne l'appentis recelant le stock et laisse les képis prendre les choses en main. Il aspire à trouver un peu de calme, il a besoin de réfléchir.

D'un signe de tête, il enjoint à Warkowski de le suivre :

– On y va.

Chapitre 79

Jour 11, vendredi – 14h00

Quelques kilomètres plus loin, Dumesnil stoppe la Cooper dans le centre du village, devant une brasserie.

– Une pression !

– Moi aussi.

Les deux flics attendent les consommations en silence.

Les bières arrivent, bien fraîches, savoureuses. Dumesnil en avait besoin pour réfléchir. Il sait que le temps presse, que deux femmes sont en danger de mort, peut-être est-il déjà trop tard… Mais il ne doit pas se laisser aller à une vaine agitation, il doit trouver une piste, en prenant le temps d'examiner calmement tous les éléments.

Warkowski attend patiemment, il sait que son chef cogite, dans ce cas, il vaut mieux ne rien dire. Le silence perdure, les verres sont vides quand, enfin, Dumesnil prend la parole. En fait, il choisit de penser à voix haute :

– Griverd a utilisé un 4X4 Range Rover vert, ce véhicule ne lui appartient pas, c'est, très probablement, celui du psychopathe que nous recherchons…

Le lieutenant tente un timide :

– Oui, et donc…

– Ce n'est ni un parent, ni un ami ou une relation avec qui il échange par mail, nous avons vérifié.

– Une location ?

Le regard noir du commissaire suffit pour démontrer à son OPJ l'absurdité d'une telle hypothèse. Dumesnil est agacé, pas tant par la remarque stupide du lieutenant que par l'impasse dans laquelle il a le sentiment de se trouver.

Paradoxalement, un flash se fait dans son cerveau.

C'est évident! Un proche qui n'est pas un parent, avec qui on n'échange pas de mail, ce ne peut être qu'un collègue, un équipier avec qui on passe une bonne partie de la journée... Pas besoin d'échanger par courrier électronique quand on le fait devant la machine à café.

– Bon sang, c'est évident!

Sans prendre le temps d'expliquer au lieutenant Warkowski, il appelle le SRPJ. Sonnerie, le patron de la BRB décroche.

– Oui commissaire?

– Dis-moi, Morin, dans tes OPJ, est-ce que l'un d'entre eux possède un 4X4 Range Rover?

– Je vais vérifier, oui. Mais pourquoi?

– S'il y en a un, c'est probablement le tueur de jeunes femmes que nous recherchons. Mais je te donnerai tous les détails sur place, j'arrive.

Chapitre 80

Camille revient à elle, sa tête est un chantier de démolition où une dizaine de marteau-piqueurs se déchaînent. Elle a la bouche horriblement pâteuse. Comme une gueule de bois carabinée. Elle sait pourtant qu'elle n'a pas bu, elle a été droguée. Par qui ? Elle n'a rien vu, rien perçu. Un gaz anesthésiant ? Malgré l'orage sous son crâne, ses idées sont claires, elle cherche à reconnaître l'endroit où elle se trouve. Noir complet, pas un bruit. Une cave ?

Elle tente de se redresser. Immédiatement une douleur au pied droit, elle s'accroupit, tâtonne vers sa cheville. Un anneau métallique l'enserre, prolongé par une chaîne. L'angoisse devient panique : elle est entre les mains du psychopathe ! Il l'a suivie chez Griverd, ou alors, il s'y trouvait déjà. Oui, c'est ça, il était sur place, elle se souvient d'un léger grattement entendu… Elle s'en veut d'avoir attribué ça à un réfrigérateur. Ses idées sont de plus en plus claires, elle est presque sûre d'avoir entendu un nouveau bruit avant de sombrer dans le noir… Droguée ou anesthésiée ! Mais pourquoi ? Pourquoi ne pas l'avoir laissée sur place, morte ou vivante ? La réponse l'agresse immédiatement : elle correspond plutôt bien au profil des victimes, il veut lui faire subir le même sort. Elle ne sait pas lequel, mais rien de plaisant. Viol ? Sévices ? Les deux ? Et pour finir, la mort, de toute évidence.

Elle se force à respirer lentement pour maîtriser la panique. Elle doit raisonner calmement, trouver un plan, réussir à fuir !

Première chose, explorer l'endroit où elle se trouve. Dans la mesure de ce que permet la chaîne. Elle se redresse un peu, moins vivement que précédemment. Toujours le noir complet. Pour la première fois elle prend conscience de la puanteur ambiante. Elle respire un air vicié, une atmosphère non renouvelée avec des odeurs de moisi. Pire, celles de déjections humaines : de la pisse et de la merde ! D'un coup, ça lui devient insupportable. À nouveau, par un immense effort de volonté, elle se force à respirer (par la bouche) lentement.

Plus calme, elle avance un peu. La chaîne se tend, elle n'a guère progressé, elle allonge un bras explorateur. Un corps !

Elle n'est pas seule. Ses mains perçoivent la tiédeur d'une hanche. Elles poursuivent en remontant, trouvent un poignet. Une femme. Bien sûr, c'est Sandra, la dernière en date à avoir été enlevée, elle est donc vivante ! La flic en elle reprend le dessus, elle était persuadée de la culpabilité de Griverd, manifestement, elle s'est trompée. Qui alors ? Il faut tout reprendre de zéro ! Cette pensée absurde, dérisoire lui arrache un ricanement amer : pour l'heure, elle a d'autres préoccupations que de mener l'enquête. D'ailleurs, elle saura bien assez tôt qui est le tueur, quand il reviendra. À moins qu'il ne revienne pas, qu'il ait décidé de les laisser mourir d'inanition dans ce tombeau puant.

Elle se reprend, secoue sa compagne de captivité, tente de la faire réagir en hurlant son prénom supposé :

– Sandra ! Eh, Sandra !

Elle n'en tire qu'un grognement imperceptible. Sandra est trop faible pour réagir, Camille le comprend, elle renonce, poursuivant son exploration. Ses mains rencontrent un liquide immonde en partie absorbé par le sol en terre battue. L'odeur ne trompe pas, ce sont les restes d'un saut hygiénique renversé. Un peu plus haut, une bouteille en plastique. Vide de l'eau qu'elle a probablement contenue.

Pour l'OPJ, il est évident qu'il s'agit de Sandra, que la jeune femme, prisonnière depuis deux semaines, est en état d'extrême faiblesse, au bout de l'épuisement.

Le raisonnement de flic reprend ses droits. Un cinglé qui kidnappe des nanas pour les violer ou leur faire subir d'autres horreurs ne les laisse pas mourir de faim ou de soif. Sauf s'il a décidé qu'il en avait fini avec elle, qu'il n'avait plus qu'à les laisser crever, enterrées vivantes...

Chapitre 81

Jour 11, vendredi – 14h30

Une demi-heure plus tard, Dumesnil pénètre dans le bureau de son collègue.

– Alors ?

– Il y en a un : Tadei, l'équipier et adjoint de Griverd.

– Ah, je vois qui c'est, un grand brun, l'air sombre. Un Corse, je crois.

– Exact. Il est sur le terrain, pour l'enquête sur la mort de son collègue, justement. Mais tu lui veux quoi ?

Le commissaire expose les faits : la présence du 4X4 dans les zones d'enlèvements, la description de la silhouette… Morin est dubitatif :

– J'ai du mal à y croire. C'est vrai qu'il possède ce véhicule, mais c'est mince comme preuve. Vrai aussi qu'il était jusqu'à l'an dernier, en poste à Chambéry.

– Ah, tu vois ! Attends, il me vient une idée.

Morin veut questionner, Dumesnil lui impose silence d'un geste, composant un numéro sur son smartphone.

– Hôtel Kyriad de Chambéry ? Police, j'ai besoin d'une information. Oui, il y a trois semaines environ, vous avez loué une chambre à une certaine Françoise Rondin. Cette personne a demandé à en changer, de la 11 à la 17, où elle s'est trouvée à côté d'un OPJ, le capitaine Griverd.

– …

– Je veux connaître les noms des occupants des chambres voisines. Oui, j'attends… Ah, vous êtes sûr ? Un certain Laurent Tadéi ! OK, merci.

Morin interroge du regard.

– Tadéi était à Chambéry avec Griverd, à l'hôtel Kyriad où Françoise a aussi pris une chambre, juste à côté d'eux...

– Pourquoi ?

– Françoise Rondin s'est rendue à Chambéry, sur la piste d'Harbidi, le suspectant de préparer un attentat. Elle a découvert, par hasard, l'existence d'un psychopathe s'attaquant à de jeunes femmes de la région. Elle a soupçonné quelqu'un, maintenant j'ai la certitude que c'est ce Tadéi. Je ne sais pas ce qu'elle a trouvé, un indice fort mais pas une preuve sinon, elle aurait déclenché son arrestation...

– Et alors ?

– Alors, elle a décidé d'enquêter, je la sentais préoccupée ces derniers jours. Elle a pisté le suspect, c'est comme ça qu'elle a réservé au Kyriad, demandant une chambre mitoyenne pour l'espionner.

– Tadéi ou Griverd ? À moins que ce ne soit les deux ?

– Non, je ne pense pas que le capitaine soit complice. Rien ne l'indique. En fait, ce qui nous a amené à le croire coupable, c'est que les deux hommes ont sensiblement la même silhouette, correspondant aux signalements, que Griverd conduit parfois le 4X4 du lieutenant. Et surtout le registre de l'hôtel...

– C'est-à-dire ?

– Nous avions découvert que le capitaine Rondin avait demandé à changer de chambre, nous sommes arrivés à la conclusion que s'était pour être au plus près de son suspect. Nous ne connaissions pas le nom du Corse, mais celui de Griverd par contre...

– Oui, je comprends.

– Je ne sais pas comment Tadéi a compris que Françoise était sur sa piste mais, c'est un fait, il s'en est rendu compte. Il est vrai qu'en tant que proche collègue, il était bien placé. Peut-être avait-il déjà piraté son ordinateur.

Morin n'est pas surpris :

– Oui, il est assez balèze en informatique. Je crois qu'il avait eu une formation pour intégrer une brigade anti-cybercriminalité.

Dumesnil approuve silencieusement la confirmation de son hypothèse, le patron de la BRB commence à percevoir l'histoire dans son ensemble. Il enchaîne :

– Tadéi comprend donc que le capitaine Rondin est sur sa piste, il doit l'éliminer. D'où la mise en scène du faux suicide ou faux accident de Francheville, avec la voiture d'Harbidi. Il était au courant des soupçons concernant le Tunisien, il a trouvé pratique d'utiliser le véhicule de celui-ci. C'est quand même tordu !

Dumesnil approuve :

– Ouais, ce mec-là est complètement tordu. Un maniaque, un pervers sadique. Griverd aussi a dû découvrir un indice, l'autre a décidé de l'éliminer, en montant ce pseudo suicide.

– Plutôt bien combiné d'ailleurs ! D'autant qu'il sortait de 48 heures de garde à vue.

C'est au tour du commissaire d'être surpris, son collègue explique :

– Soupçonné de sévices sur des suspects.

– Ça cadre avec le profil. Quant au suicide, je pense qu'il y a des chances que l'autopsie montre que Griverd a été drogué. Ensuite, poignet ouvert.

– Et la lettre ?

Dumesnil hausse les épaules.

– Sais pas. Un montage informatique, peut-être. On en saura plus quand on l'aura bouclé. D'ailleurs, j'y pense, le message est signé en bleu. On a retrouvé un stylo bleu ? Et, si oui, l'encre correspond ? Sûr que non ! Même chose pour les images retrouvées sur l'ordi de Griverd, dans des dossiers mal cachés : une mise en scène !

Morin, un temps séduit par les arguments de son collègue revient à une réalité plus prosaïque :

– Oui mais, on a aucune preuve. Un faisceau de présomptions d'accord mais bien mince pour déclencher une arrestation.

– Une garde à vue, pour commencer ! Oui, je comprends, tu hésites, tu te dis que si on se plante, ça va mettre un sacré bordel dans ton service. Pour que dalle !

Morin restant silencieux, le commissaire poursuit :

– On peut pas ne rien faire, la vie de deux femmes est en jeu. Déjà là, on perd du temps...

Le chef de la BRB est un homme prudent, pas un mou, il se lève, bien décidé :

– OK, on y va. Reste à savoir où le trouver. De plus, s'il comprend qu'on l'a démasqué, il risque de prendre la fuite à l'étranger. Pour l'heure, impossible de lancer un signalement pour le bloquer aux frontières. S'il file, on est marron !

Morin appelle deux OPJ pour les questionner au sujet de Tadéi. Un brigadierchef et une toute jeune lieutenant se précipitent dans le bureau, inquiets puis soulagés : ce n'est pas eux qui sont sur la sellette. Non, ils ne savent pas où se trouve leur collègue. Il est passé en début de matinée, sans s'attarder. Peut-être interroge-t-il les indics. Autant dire qu'il peut être n'importe où...

– Lancez un appel radio, qu'il se localise et revienne immédiatement ici !

Devant la mine dubitative de Dumesnil, le commandant tente de se justifier :

-Pas sûr qu'il obtempère, mais que faire d'autre ?

– J'ai une idée, vient, on fonce chez lui, je t'expliquerai en route.

Chapitre 82

Jour 11, vendredi – 14h15

Les deux flics sont rapidement devant le domicile de Tadéi, la rue Lamartine est toute proche du SRPJ. Juste le temps pour Dumesnil d'exposer son idée.

– J'ai vu Griverd et son équipier au bistro chez Béber dans la soirée d'hier, il ne semblait pas y avoir de tension entre eux. Je sais qu'ensuite, ils vont souvent manger une pizza, pas loin de la rue Creuzet où loge le capitaine. Je connais l'établissement, j'y suis passé en venant chez toi...

– Ah, j'avais trouvé que tu mettais un peu longtemps !

– Oui, c'est à peu près sur la route mais ça m'a pris tout de même une bonne dizaine de minutes. Nos deux lascars y sont passés, ils en sont sortis vers 21h00, ils avaient l'air pressés, d'après Mario, le patron...

Morin commente, ironique :

– On ne se méfie jamais assez des serveurs dans les bars et restaurants : ils entendent tout !

Dumesnil approuve de la tête et poursuit :

– Celui-ci les a entendus parler de cigarettes, ils semblaient conclure un marché. On sait que Griverd se livrait à la contrebande, Tadéi y aura été associé. En tout cas, ils s'entendaient comme larrons en foire...

– Et deux heures plus tard, Griverd est mort !

– Exact, tout est là ! Ce qui veut dire qu'entre-temps, il a dû découvrir quelque chose. Où ? Probablement pas chez lui. Pas dans le 4X4 puisque c'est lui qui le conduisait dernièrement, il l'aurait vu avant. Donc, ils sont passés chez le Corse et c'est là qu'il a compris.

– Tu veux fouiller sans commission ?

– Deux vies sont en jeu, merde !

Morin n'a rien répondu, à quoi bon, il connaît Dumesnil. Ils se dirigent donc vers l'entrée du coquet pavillon. Montchat est un quartier tranquille, la chaleur est revenue, écrasante, personne dans les rues, pas un bruit, on pourrait croire la ville morte.

Le commissaire tente d'actionner la serrure avec son passe non sans avoir vérifié l'absence de caméra et d'alarme. Cette fois l'outil magique échoue, Tadéi a installé une fermeture de haute sécurité. Pas le temps de tergiverser, après la difficile ouverture (avec des démonte-pneus) de la grange, il s'est muni de pied-de-biches. La porte doit être renforcée, les deux hommes s'attaquent à une fenêtre, le volet cède en une minute. Vitre brisée, l'accès est libre. Ils avancent dans la pénombre jusqu'à un interrupteur. Lumière.

Le patron de la BRB est toujours quelque peu sur la réserve.

– Bon, on est entrés. Maintenant, on cherche quoi ?

Haussement des lourdes épaules, Dumesnil ne répond pas immédiatement, il écoute. Silence complet : personne, pas de chien, aucun animal.

– On fouille, on regarde, on cherche ! Griverd a vu quelque chose, un truc suffisamment grave pour qu'il comprenne, il aura accusé le coup, l'autre s'en est rendu compte. Ça doit pouvoir se trouver !

Morin tente une timide objection :

– Sauf que si Tadéi a pigé, s'il a décidé d'éliminer son chef, il aura fait disparaître la preuve.

Dumesnil ne se laisse pas déstabiliser :

– Peut-être que c'est quelque chose qu'on ne peut pas supprimer facilement. Peut-être aussi qu'il n'a compris que plus tard... En tout cas, ça vaut le coup d'essayer !

Tout semble en ordre, rien ne paraît avoir été modifié récemment, les deux flics ouvrent les tiroirs, les placards, à la recherche d'un éventuel document compromettant, d'une arme de crime. En fait, ils ne savent pas ce qu'ils cherchent.

De pièce en pièce, ils arrivent dans ce qui doit être un salon : quelques fauteuils, une table basse. Immédiatement le commissaire pointe la cheminée.

– Là, on a brûlé quelque chose, un emballage ou un document !

En effet, au milieu du foyer, par ailleurs parfaitement propre, les résidus d'un papier brûlé, juste quelques poussières de carbone sur la brique nettoyée. Selon toute vraisemblance Tadéi a voulu faire disparaître quelque chose, rien n'indiquant le démarrage d'une flambée. Les deux flics s'agenouillent, examinant de plus près les restes, quelques traces noires, c'est tout. Après la combustion, l'âtre semble avoir été sommairement balayé.

Dumesnil a sorti son couteau multi-lames, il en extrait une pince à épiler, il a repéré quelque chose. Le sol de la cheminée est en brique plus ou moins jointives, un peu de papier s'est glissé dans un interstice. Le commissaire s'en empare avec mille précautions. Le reste minuscule est un morceau d'un document plus vaste qui a brûlé, mais pas totalement. Le flic positionne sa trouvaille en direction de la lumière. Aucune image n'est lisible, mais il semble évident qu'il s'agissait d'une photo.

– Il a détruit des photos, s'exclame Morin ! Celles de ses victimes ?

– Probablement, ce genre de taré aime les tableaux de chasse.

Le patron de la BRB a, malgré tout, une objection :

– Bon, admettons, il y a une série de portraits de jeunes femmes. Pourquoi Griverd aurait-il tiqué, ce pourrait tout simplement être des conquêtes amoureuses ?

– Tu as peut-être raison. Mais, peu de temps auparavant, je l'avais allumé au sujet d'un psychopathe. Possible qu'il ait fait le rapprochement ! S'il a accusé le coup, l'autre s'en est rendu compte, il a compris qu'il devait l'éliminer sans délai...

Dumesnil suspend sa démonstration, son collègue qui commence à bien le connaître interroge du regard, le commissaire reprend :

– Je viens de penser à une phrase de Griverd, d'après le patron de la pizzeria, il a dit que sa Clio était en panne et demandé au Corse qu'ils aillent régler le problème après avoir dîné.

– Oui, et alors ?

– Ça signifie qu'ils sont passés ici, mais sans doute pas dans la partie à vivre, plutôt dans le garage, pour prendre de l'outillage. C'est là que Griverd a vu quelque chose ! Viens !

Les deux flics trouvent rapidement la porte qui mène au local. Quelques traces d'huile au sol indiquent le stationnement régulier d'un véhicule. Sur un des côtés, de nombreux casiers à outils. Des clés et tournevis sont accrochés directement au mur. Sur la face opposée trône un imposant établi, une pièce de bois de dix centimètres d'épaisseur avec à chaque extrémité un étau. Tout est bien rangé : Tadéi semble être un bricoleur méticuleux. Chacun d'un côté, Dumesnil et Morin cherchent un indice en silence.

Sonnerie d'un mobile. C'est celui du commandant :

– Ah, super ! Oui, un instant je suis avec un collègue, je mets le haut-parleur.

Puis, se tournant vers le commissaire :

– C'est un de mes OPJ, les résultats de l'autopsie sont arrivés. Oui, on t'écoute.

– Sans surprise, il est mort d'hémorragie. Le point important c'est qu'il avait absorbé beaucoup d'alcool, il était à 2,5 grammes au moment du décès. Plus quelques traces de GHB...

Le collaborateur de Morin poursuit encore sur quelques détails sans grand intérêt. Une fois raccroché, les deux flics échangent un regard entendu, ils connaissent bien les effets de cette drogue. C'est Dumesnil qui exprime leur conclusion :

– Avec une forte consommation d'alcool, les effets de la GHB sont décuplés : perte totale d'inhibition et de volonté. Ils avaient déjà bien picolé quand je les ai interrogés chez Béber, ils ont continué à la pizzeria. Il aura suffi que Tadéi lui fasse absorber un peu de drogue...

– En quelques minutes Griverd a dû devenir totalement amorphe, endormi. Le coup de rasoir n'a pas été douloureux, il ne s'est peut-être même pas réveillé.

– S'il l'a fait, il était sans force, incapable de réagir. Oui, ça c'est passé comme ça!

Passée la satisfaction d'avoir éclaircie la mort de «Vert-de-gris», Dumesnil revient au moment présent :

– L'heure tourne, nous avons toujours deux femmes en danger de mort, nous devons trouver quelque chose!

Ils reprennent leur inspection minutieuse du garage. Morin reste dubitatif, ce qui agace son collègue. Ce dernier retient une réflexion bien sentie quand l'autre objecte :

– Je vois pourtant pas pourquoi il aurait eu des photos dans son garage, avec les outils.

Dumesnil doit admettre que l'autre n'a pas tort, il persiste cependant dans son idée :

– C'est vrai, mais ils sont passés ici avant d'aller dépanner le véhicule de Griverd. Donc uniquement pour prendre du matériel. Forcément ici ! Dans ces casiers, ou là, tiens, dans ce tiroir !

Mais ceux-ci ne renferment que des vis et autres boulons. D'ailleurs, on imagine mal Griverd fouiller en présence de son équipier. Il n'avait aucun raison. Dumesnil n'est pas du genre à baisser les bras, il avise, sous l'établi, une sorte de panier accueillant trois coffrets verts. Des perceuses ou des visseuses probablement. C'est bien le cas, il ouvre la première boîte en plastique. Rien de particulier. La deuxième en revanche contient une perceuse sans fil mais surtout, comporte, à l'intérieur du couvercle, une pochette destinée à recevoir le mode d'emploi. Une chemise cartonnée y est glissée.

Le commissaire l'extrait fébrilement. Elle est vide mais un trombone semble indiquer qu'elle a contenu un document.

– Voilà, c'est ça ! Les photos devaient être là-dedans. Le coffret était sorti, ouvert, Tadéi avait peut-être utilisé la perceuse récemment, Griverd a examiné l'outil, découvrant les images.

– Possible mais ça fait beaucoup de suppositions. Un simple coup d'œil sur les photos aurait suffi à Griverd pour comprendre ? Tadéi aurait décidé dans l'instant de l'éliminer ?

Haussement d'épaules. Regard fixe, lointain. Dumesnil ne lâche pas :

– Étonnant, c'est exact. Pourtant, il faut bien que ça se soit passé ainsi. Griverd a bel et bien été liquidé. Donc… Attends ! Oh, nom de Dieu !

– Quoi ?

Le coffret contient, outre l'outil principal, un chargeur, une batterie de rechange et un emplacement pour des forets. Il y en a quatre. C'est de là que le commissaire extrait un morceau de dent. Dumesnil brandit un éclat de ce qui a été une molaire.

– Il a vu les photos, de simples portraits, je suppose, mais aussi ça. C'est ce bout de dent qui lui a donné la certitude. Chaque élément n'est pas concluant en soi mais, si on met bout à bout le fait que j'ai parlé d'enlèvements de jeunes femmes par un psychopathe, les images trouvées et un morceau de dent dans une boîte à outils... Sûr, il a compris, signant par là son arrêt de mort, car l'autre l'a vu sur son visage.

Morin admet le raisonnement mais formule d'autres objections :

– D'accord, mais comment la dent est-elle arrivée dans cette boîte ? Pourquoi Tadéi ne l'a-t-il pas fait disparaître ?

– Je pense qu'il ne s'en est pas rendu compte. À mon avis, ce taré torture ses victimes avec une perceuse. Après usage, il a rangé son matériel en l'essuyant rapidement sans voir l'éclat de dent. Pour une raison inconnue, il devait être pressé.

Dumesnil marque un temps d'arrêt, ce qu'il vient d'énoncer ne lui convient pas, ce genre de tueur est généralement méticuleux.

– Non ! Je crois plutôt que l'éclat de molaire s'est accroché à un vêtement ou un chiffon avant de tomber dans la case à forets.

– En tout cas, cela signifie que des analyses devraient permettre de trouver des traces de sang, nettoyage ou pas. On tient notre preuve, j'appelle le labo !

Chapitre 83

Jour 11, vendredi – 15h15

L'équipe de la police scientifique est arrivée en vingt minutes. Le luminol[1] a confirmé des traces de sang, invisibles à l'œil nu. Tout a été emmené pour analyse ADN. Pour Dumesnil, aucun doute ne subsiste, ils vont le rattacher à une des disparues. La preuve est là, ils peuvent lancer l'arrestation de Tadéi.

Reste à le localiser et surtout à trouver Sandra et Camille, chaque minute qui s'écoule diminue les chances de les récupérer vivantes.

Le commissaire a eu le procureur au téléphone : feu vert pour saisies et perquisitions officielles dans la maison et le bureau du Corse. Sur place deux ordinateurs, un poste fixe et un portable. Plus celui du SRPJ. Tous sont verrouillés par un mot de passe. Solide, semble-t-il !

Dumesnil n'a pas hésité longtemps, il a appelé le général Harimbaud pour obtenir son aval. Ensuite Jérôme.

– Écoute, mec, y a super urgence. J'ai vu avec le grand patron, dans dix minutes, un véhicule rapide avec gyrophare va passer te prendre. Tu laisses tout tomber, dans moins de quatre heures tu me rejoins à Lyon. On a trois ordis à faire parler. Question de vie ou de mort !

Le hacker n'a pas discuté, il vient de confirmer être en route. Le commissaire est persuadé que c'est dans la

1 Un produit qui réagit avec des traces infimes de sang lesquelles sont ensuite visibles en lumière violette.

mémoire des PC qu'ils trouveront l'information décisive. Sans pour autant négliger une fouille minutieuse de la maison. Tout est retourné, sondé. En vain. Aucune cachette secrète, rien dans le jardin pouvant indiquer la dissimulation de cadavres. D'ailleurs, le Corse n'est pas stupide, il n'aurait jamais planqué des corps chez lui, les disparues ne sont pas passées par ici. De même, son ancien domicile près de Chambéry est fouillé par une autre équipe. Sans plus de résultat.

Après l'accord du procureur, une alerte aux frontières a été diffusée, si Tadéi n'est pas déjà à l'étranger, il ne pourra pas passer. Son portrait et sa description sont dans tous les commissariats et gendarmeries. Une arrestation semble imminente. Dumesnil a également contacté les fournisseurs de téléphonie, leur homme dispose d'un abonnement chez SFR. Le mobile a été mis sur écoute, la société doit fournir aux enquêteurs les localisations de bornages. En fait, rien depuis hier 22 heures 30 où le smartphone de Tadéi a été localisé tout près d'ici.

– Il est prudent, c'est clair. Dès qu'il a décidé de liquider Griverd, il a tout coupé. D'ailleurs, il a probablement un autre téléphone intraçable : avec une carte prépayée ou enregistré sous un faux nom.

Morin approuve silencieusement. L'équipe de la scientifique vient de quitter les lieux, ils restent seuls. Plus une voiture banalisée dans la rue, en planque au cas où le fugitif passerait par chez lui.

– Qu'est-ce que t'en penses, Dumesnil, il est au courant qu'il est traqué ?

– Pas sûr, on vient de démarrer l'alerte...

– Oui, mais l'appel radio que j'ai lancé, pour qu'il repasse au SRPJ. C'était pas une bonne idée, peut-être que ça lui aura mis la puce à l'oreille. Sûr qu'il en est cavale, peut-être déjà loin.

– Possible. D'un autre côté, s'il garde son sang-froid, il doit penser qu'on a rien contre lui (il ignore la présence du bout de dent, sinon il l'aurait fait disparaître) à part ses ordinateurs...

– Tu crois que les preuves sont dedans ?

– J'en suis sûr, ce genre de malade fait des photos, des vidéos...

– Donc ?

– S'il a un doute, il va passer ici, les récupérer et les faire disparaître. On l'attend ici !

Chapitre 84

Jour 11, vendredi – 17h15

Tout est fermé, portes et volets, dans le petit pavillon de la rue Lamartine. Dumesnil et Morin attendent dans la pénombre, leurs mobiles sur vibreur. C'est celui du chef de la BRB qui s'allume, Laval, un des quatre OPJ en planque dans la rue, annonce :

– Allô, patron ? Oui, une C1 vient de se garer, Tadéi en est descendu, il se dirige vers chez lui. Il se méfie, il a regardé partout, mais je ne pense pas qu'il nous ait repérés.

– Laissez-le entrer, puis bloquez la porte.

Se tournant vers Dumesnil :

– T'avais raison, il arrive !

Communiquant par signes, les deux flics se positionnent, l'un dans le bureau où se trouvent les ordinateurs, embusqué derrière la porte, l'autre dans la pièce attenante, une chambre d'amis, selon toute apparence.

Tadéi a ouvert la porte sans précipitation, après avoir jeté un nouveau regard dans la rue déserte. Il avance lentement, sur ses gardes, à l'écoute d'un bruit suspect. Une progression silencieuse, jusqu'à son bureau. Il est manifestement inquiet : il a son arme à la main. Mais ça, Dumesnil et Morin ne peuvent le voir…

Le Corse avance dans la pièce jusqu'au PC de bureau. Le capot de l'appareil s'ouvre en desserrant trois vis, sans nécessiter d'outillage. Il utilise la main gauche, le flingue dans la droite, Dumesnil, embusqué derrière la porte ne voit pas très bien, mais il a repéré l'arme. Il a lui-même la sienne en main, ça risque d'être chaud. Il attend, calme malgré l'augmentation de son rythme cardiaque.

Tadéi ne s'embarrasse pas de fioritures, il arrache littéralement le disque dur et le glisse dans sa poche, prenant l'autre ordinateur, le portable, sous le bras. Le Berreta toujours dans la main droite. En découvrant l'arme, le commissaire avait espéré qu'il la pose, ne serait-ce qu'un instant. Il n'en est rien. Impossible de tergiverser, il faut agir !

– Mains en l'air Tadéi, c'est fini pour toi !

L'interpellation d'un tueur armé est une opération extrêmement dangereuse, Dumesnil le sait. Il en a la confirmation, le Corse se retourne, vif comme un serpent, et flingue à la volée. Le commissaire est en bonne forme physique, cela lui sauve la vie : par réflexe, dès l'amorce du mouvement de son adversaire, il plonge au sol, ouvrant lui-même le feu. Les deux balles se perdent dans les murs, aucun n'est touché mais c'est un signal pour Morin qui intervient. Il aurait eu le temps de tirer pour neutraliser Tadéi. Malheureusement pour lui, il fait des sommations. Le Corse l'allume presque à bout portant.

Dumesnil au sol, mais arme en main, n'a pas d'autre solution que de tirer, en direction des jambes du tueur.

Hurlement de Tadéi qui s'écroule, lâchant son automatique. Le commissaire écarte l'arme d'un coup de pied avant de se précipiter vers son collègue blessé. Morin semble salement touché.

Les deux flics en planque se sont précipités à l'intérieur. Odeur de poudre et de sang. Dumesnil hurle :

– Appelez les urgences, vite !

Il reste auprès de Morin pour le soutenir :

– Oh, vieux, tu pars pas. Regarde-moi, ça va aller...
– Le Samu arrive, commissaire... Oh putain, regardez !
L'OPJ désigne Tadéi qui baigne dans une mare de sang, Dumesnil comprend que l'artère fémorale a été coupée par la balle :
– Vite, fais-lui un garrot, il nous le faut vivant.

Chapitre 85

Jour 11, vendredi – 18h45

Hélas, à l'arrivée du Samu, le Corse vient de mourir, exsangue. Pour Morin, il y a encore un espoir mais son état est critique.

C'est ainsi que Jérôme débarque, trouvant le commissaire passablement accablé dans un pavillon normalement tranquille, évoquant aujourd'hui un champ de bataille par les remugles de poudre et de sang.

– Eh, salut Dum ! C'est Verdun ici !

– Presque.

Dumesnil ne sourit pas, préoccupé par l'état de son collègue et la mort de Tadéi. Il avait espéré que le psychopathe parlerait, donnerait des indications pour retrouver les deux femmes. À supposer qu'elles soient encore en vie. Il sait pourtant bien que ce genre de détraqué se nourrit de la souffrance et de l'inquiétude des autres, de ce fait, ils n'avouent jamais. Il espérait malgré tout. Maintenant, ils vont devoir trouver par eux-mêmes.

Le commissaire tend la main à l'informaticien en s'étonnant de ne pas le trouver changé. Voilà deux ans qu'ils ne se sont pas vus et pourtant, le hacker lui semble toujours aussi jeune. Il est vrai qu'il n'a pas encore trente ans. Longiligne, il paraît plus grand que son mètre quatre-vingts. Châtain clair, presque blond, il est d'apparence plutôt banale si l'on fait abstraction de son regard : des yeux gris bleus étonnants, seuls indices d'une intelligence hors normes.

– Je t'attendais. Ici, tous les relevés ont été faits on prend le matériel et on file chez moi. Pour bosser, ce sera mieux. Ce sont des pièces à convictions mais, puisque le criminel est mort, elles ne sont plus cruciales pour l'accusation. L'important, ce sont les vivants.

Tout en conduisant, le commissaire résume les derniers événements au jeune informaticien :

– Tu es déjà au courant pour la cabale montée contre Françoise. Nous avons d'abord pensé que c'était Harbidi, puis Griverd. En fait, le taré était le coéquipier de celui-ci, le lieutenant Tadéi. Il sévissait dans la région de Chambéry avant d'être muté sur Lyon. C'est là-bas que Françoise a trouvé sa piste, par hasard, en filant Harbidi...

– Oui, tu m'as parlé de la baraque dans les bois où il enfermait ses victimes. Au moins certaines. C'est peut-être un renseignement précieux pour localiser le lieu de détention actuel...

– Je poursuis. Oui, Françoise a trouvé cette cabane, avec, sans doute, un indice impliquant Tadéi. Nous le découvrirons... ou pas, peu importe. À partir de là, sans délaisser Harbidi, elle enquête sur le Corse. Malheureusement celui-ci s'en rend compte...

– S'ils étaient collègues, ce n'est pas très étonnant. D'autant, tu m'as dit, que Tadéi avait un bon niveau en informatique. Il aura pénétré son ordi...

– Exact, il semble l'avoir fait. Au départ, tu t'en souviens, nous voulions innocenter Françoise. Ensuite seulement, nous en sommes venus à traquer le psychopathe. Mais forcément, en tant que flic du SRPJ, ce dernier en a eu vent. Dès lors, il nous espionne, c'est lui qui a suivi Camille dans les caves, l'expertise balistique le montrera puisqu'il a utilisé son flingue.

– Vos investigations vous ont donc menés à ce type.

– Pas directement, on a d'abord suspecté le capitaine Griverd.

– Pourquoi lui ?

– Correspondance au signalement, les deux hommes ont la même silhouette, un âge voisin, la présence à Chambéry et surtout le fait que Griverd utilisait parfois le 4X4 de Tadéi…C'est pour ça que Camille, impatiente, a pris l'initiative d'aller fouiller l'appartement de Griverd.

– Où elle a croisé la route du tueur ?

– Probablement. En tout cas, elle a disparu. Je pense que Tadéi a compris dans la soirée que Griverd avait deviné qu'il était le coupable, il décide rapidement de l'éliminer, le drogue et le ramène à son appartement de la rue Creuzet où il lui ouvre le poignet : suicide apparent.

– Avec même des photos de victimes dans l'ordi plus un mot d'explication. Tout un montage informatique, je sais comment il s'y est pris…

– Tu m'expliqueras plus tard !

– OK. Et donc, c'est là que le lieutenant Berthelier…

– Exact. Elle est entrée, sans doute avec un passe, c'est moi qui lui ai donné et appris à s'en servir. Tadéi était encore sur place. Il la neutralise et l'emmène. Certainement dans la planque où doit déjà se trouver une certaine Sandra, enlevée il y a exactement 13 jours. Il aurait pu l'éliminer sur place, mais ça aurait foutu en l'air la mise en scène du suicide. Sans compter qu'elle correspond bien au profil qu'il recherche.

– Il nous faut absolument découvrir où il enferme ses victimes !

Dès leur arrivée à Civrieux, refusant repas, boisson ou toilette, le hacker attaque l'ordinateur portable. Posé au sol, le disque dur du poste fixe est encore couvert du sang de Tadéi dans lequel il a baigné.

– Tu vas pouvoir en tirer quelque chose ?

– Oh, probablement, oui. C'est résistant ces bestioles. Mais je suis sûr que le portable renferme plus d'infos.

– Ok, je te laisse bosser.

Mais, le commissaire est trop impatient, il ne peut se retenir de poser la question :

– Combien de temps ?

– Voilà, j'y suis. Je suis entré dans le système. Je parcours les dossiers. Ah merde !

Dumesnil considère le hacker comme une sorte de sorcier des temps modernes, un personnage doté de pouvoirs surnaturels, à qui rien n'est impossible. Surpris, il sursaute :

– Quoi ? Un problème ?

– Toute une partie du disque est cryptée, impossible d'y accéder.

– Bah, tu vas faire sauter ça !

– Non, Dum. C'est un encodage très fort, avec une clé de 512 bits.

– … ?

– Il n'y a que deux manières de lire une zone protégée ainsi : connaître la clé ou la découvrir, ou essayer toutes les combinaisons possibles…

– Et ça prendrait du temps ?

– Environ un milliard d'années avec les ordinateurs actuels les plus puissants.

– Ah !

Le commissaire accuse le coup, il regarde Jérôme, comme un enfant malade lance un regard implorant à sa mère. Le jeune homme hoche la tête, déterminé, il aime les défis !

– On baisse pas les bras, Dum. Cracker ça, c'est impossible, mais il y a une partie en clair, plus l'autre disque, plus son mobile.

– Et alors ?

– On va peut-être y trouver des indications de localisation de la planque. On peut surtout y découvrir la clé, il a dû l'enregistrer quelque part.

– Tu crois ?

– Une clé de cryptage de 512 bits représente, en gros, 64 caractères. Si on en perd ou modifie un seul, elle n'est plus opérationnelle. Je pense donc qu'il l'a notée. Je m'y remets.

À nouveau le commissaire attend, confiant. En fait, le hacker s'est montré plus optimiste qu'il ne l'est réellement : la clé peut être cachée au milieu d'un texte d'où il sera impossible de la découvrir si on ne connaît pas le point de départ. Elle peut aussi avoir été mémorisée. Tout simplement !

Sonnerie de téléphone, Dumesnil a lancé des recherches immobilières auprès des notaires et du Cadastre, comme pour Griverd. Hélas, elles ne donnent rien, le Corse n'est pas propriétaire, il n'a en location que ce pavillon, rue Lamartine. Comme aux environs de Chambéry, il squatte sans doute une cabane pour y séquestrer ses victimes. Quelque part dans les bois, dans un trou perdu. N'importe où !

Le flic observe Jérôme s'activer, morose. Il songe à Camille, peut-être déjà morte, à Françoise qui revient lentement à la conscience. Mais dans quel état ?

Chapitre 86

Camille se réveille d'un sommeil agité. Malgré l'angoisse et le désespoir, elle a fini par sombrer dans un oubli temporaire. Le mal de crâne est toujours présent, tout son corps est douloureux. C'est la puanteur ambiante qui la replonge au cœur de l'horreur. Elle se souvient d'une présence, une autre femme est enfermée ici, avec elle. De la main, elle cherche, tâtonne. Oui, il y a bien un corps, tiède donc probablement vivant... Elle lui parle, tente de la pincer pour la faire réagir. Rien ! Peut-être a-t-elle succombé...

Elle doit faire quelque chose, réagir !

Un temps paniquée, désespérée, elle reprend courage. Elle doit lutter, trouver une solution, s'évader de ce trou à rats. Elle inspecte ses poches. Bien sûr son téléphone lui a été subtilisé. Rien, si ce n'est un vieux kleenex et quelques pièces jaunes. Ah, si !

Elle porte un jean. Comme tous les pantalons de ce style, au-dessus de la poche droite, il en comporte une autre, plus petite où elle a l'habitude de glisser le passe qu'elle a toujours avec elle. Elle sent, du bout des doigts, le petit objet métallique : son ravisseur ne l'a pas découvert, sans doute trop pressé.

Fébrilement, elle s'en empare. Elle va pouvoir ouvrir le collier métallique qui lui enserre la cheville droite. Maudissant l'obscurité, elle cherche la serrure. Il doit bien y en avoir une... Ses recherches sont interrompues par un spasme, elle vomit. Presque rien, son estomac est vide. Curieusement, elle ne ressentait pas la faim, maintenant oui, c'est comme une brûlure. Plus cette atroce puanteur! À nouveau, elle pense que leur agresseur va les laisser crever là, enterrées vivantes...

Nouveau sursaut, elle se reprend, elle doit se libérer. Enfin, ses doigts trouvent le cadenas. Une serrure simple, selon toute vraisemblance. Mais dans le noir total... Le passe lui échappe des mains, il lui faut un temps infini pour le retrouver. Enfin, elle parvient à faire jouer le mécanisme, à ôter le verrouillage. Reste à écarter les deux demi-cercles d'acier. Ils sont articulés mais sans doute rouillés, ils refusent de s'ouvrir. Elle insiste, se casse un ongle. Voilà, les mâchoires s'ouvrent, elle se libère, se redresse. La tête lui tourne, elle doit s'asseoir. Le passe lui a de nouveau échappé.

Nouvelle recherche, fébrile. Enfin, il est là, sous sa main. Elle tente de se lever, plus lentement cette fois. C'est un peu mieux. Toujours le noir absolu, toujours cette puanteur. Elle avance, lentement, les mains devant elle, en quête de la porte. Il doit bien y en avoir une!

Elle trébuche sur sa compagne de captivité, se retrouve au sol, dans un liquide immonde. Elle se redresse encore une fois. Quand elle a heurté celle qu'elle pense être Sandra, il lui a semblé percevoir un gémissement. Léger, peut-être le fruit de son imagination...

Elle reprend sa progression dans les ténèbres, finit par trouver une paroi. En terre, le contact et l'odeur le lui indique. Elles sont bien dans une cave. Elle suit ce mur, lentement, dans le sens des aiguilles d'une montre. Elle va trouver une sortie, elle doit y croire!

Enfin, du métal! Ce doit être une porte. Nouvelle recherche, à tâtons. Elle est de plus en plus fébrile, ne trouve rien, sans doute passée trop vite. Elle reprend.

Oui, la serrure est là. Le passe, vite ! La liberté est toute proche. La vie !

L'outil est introduit, il accroche le pêne. Hélas, le mécanisme est lourd, vieux, probablement rouillé. Elle ne parvient pas à le faire jouer...

Elle s'agenouille, crache dans la petite ouverture pour lubrifier, recommence.

Une légère rotation, elle insiste. Ça y est, le mécanisme tourne. Elle tire sur une vague poignée de métal. Rien ! Elle tente de pousser. La porte ne bouge pas davantage.

Elle recommence, encore et encore. Sans résultat. Elle comprend alors : il y a un verrou de l'autre côté !

Elle s'effondre à genoux pour hurler son désespoir.

Chapitre 87

Jour 11, vendredi – 20h30

Installé dans le salon, Jérôme travaille fébrilement. Ses doigts courent sur le clavier à une vitesse qui impressionne toujours Dumesnil. Il a chargé des outils de recherche et d'analyse, des données, mystérieuses pour un béotien, défilent à l'écran.

Le commissaire a eu les urgences, au téléphone. Morin est opéré en ce moment : pronostique vital réservé. Pour tromper l'attente, il se livre à une nouvelle consultation du dossier. Les équipes de la scientifique ont tout inspecté, effectué tous les relevés, rue Lamartine. Il les appelle, sait-on jamais... Rien de nouveau, hélas !

Il ne peut rester inactif, il reprend le relevé des « bornages » du mobile de Tadéi au cours des derniers mois. Une chose le frappe : aucun passage dans l'Ouest lyonnais. Bien sûr, le Corse ne s'est jamais rendu sur les lieux de détention de ses victimes avec un téléphone opérationnel, il coupe avant. Mais en ce qui concerne la cabane de Chambéry et les emplacements des enlèvements, on trouve trace de son appareil jusqu'à cinq kilomètres de ces endroits. Rien pour l'ouest de Lyon. Ce fait, d'apparence banale, semble prouver que la planque actuelle n'est pas de ce côté.

C'est comme une réaction en chaîne : un raisonnement en amorce un autre. Le flic se remémore l'ADN retrouvé dans la baraque abandonnée, près de Chambéry, il correspondait à Mireille Lambert. Pas trace de celui de la victime suivante : Véronica Madeira. Ceci implique

que Tadéi, sans doute dérangé par les islamistes, a choisi une autre planque. Peut-être a-t-il aussi utilisé celle-ci pour son dernier forfait. Dumesnil sort une carte, positionne Chambéry et Crémieu (bourgade proche de la dernière disparition de jeune femme). Les deux villes ne sont distantes que d'une cinquantaine de kilomètres, à vol d'oiseau. C'est une confirmation, il le sent, tout son instinct de flic le lui dit : le lieu de détention est là, entre ces points.

Rien de sûr toutefois. Pourtant Dumesnil y croit, il poursuit son raisonnement : Tadéi avait besoin d'un endroit discret, retiré, pas en rase campagne, plutôt en zone boisée, montagneuse. La carte lui propose une réponse : le sud du Bugey, dans le «V» formé par le Rhône, à quelques kilomètres de Belley.

Du coup, il interrompt le hacker :

– Hey, Jérôme. Je crois qu'elles sont dans ce coin.

Il montre la carte où il vient de dessiner un cercle.

– Là, dans ce triangle vert, des bois et de la petite montagne, plein de recoins, des vieilles fermes isolées, parfois abandonnées.

L'informaticien ne demande même pas comment le commissaire est parvenu à cette conclusion, il admet le fait en toute confiance.

– OK, Dum, je vais intégrer ça à mes recherches, je récupère les noms des villages et hameaux dans ce secteur. On va voir ce que ça donne. Tu pourrais regarder sur Internet, sur des vues aériennes. Peut-être qu'il serait possible de repérer des vieux bâtiments...

Dumesnil bondit :

– Ouais, t'as raison. Je vais même faire mieux. À la DGSI, ils ont des relevés beaucoup plus précis, je demande une autorisation de connexion sur leurs serveurs.

Il lui faut une quinzaine de minutes pour parvenir à joindre son ancien chef, le général Harimbaud. Plus quinze autres pour avoir les codes adéquats. Dans ce laps de temps, Jérôme a rebranché le disque dur récupéré, à l'ordinateur de bureau qui dispose d'un plus grand écran que le portable. Il va reprendre ses propres recherches, mais les interrompt pour aider le commissaire à établir la connexion.

Dès celle-ci obtenue, les coordonnées de la zone saisies, les images apparaissent, saisissantes de précisions, même le hacker est bluffé.

– Impressionnant Dum. Bien plus précis que ce que propose Google.

– Imagerie militaire. Pas du domaine public !

– Tu parles ! Et tu vas chercher quoi ?

– Tadéi n'a ni propriété ni location, il squatte. Pas un bâtiment habitable, il y aurait trop de risque de voir débarquer le propriétaire.

– Donc, une baraque en ruine, une cabane, une grange abandonnée.

– Ouais, et isolée. À mon avis, au moins trois cents mètres d'une habitation, sinon le risque serait trop grand pour séquestrer des gens. Plus un chemin d'accès praticable pour un 4X4, pas un simple sentier, difficile de croire qu'il ait pu porter ses victimes jusqu'au lieu de détention.

– Pas mal, bien vu, commissaire !

Le hacker connaît son Dumesnil, les deux hommes se respectent. Mais, au-delà de cette estime, il est réellement impressionné par le commissaire. Il prend le temps de l'observer à la dérobée. Le flic a vieilli, lui semble-t-il, ses cheveux ont blanchi, peut-être les épreuves actuelles... Mais l'intense concentration, la détermination, se lisent sur son visage et sont bien toujours les mêmes.

Avant que Jérôme ait pu ajouter un autre commentaire, le commissaire poursuit :

– De plus, il faut pouvoir emprisonner une personne, donc une pièce bien fermée, encore en bon état nécessairement, ou une possible cave. J'ajouterai que Tadéi a dû s'y rendre plusieurs fois dans les deux dernières semaines, quand nous serons sur place, nous devrions visualiser des traces de passage. Peut-être même sur les images, certaines datent de seulement un mois.

– OK, Dum, on cherche. À mon avis, tu vas trouver avant moi...

Le hacker reprend ses recherches, jonglant avec ses outils logiciels tout en observant le commissaire entre deux études de résultats à l'écran. Ce qu'il croit voir ne lui convient pas.

– Hum, comment tu procèdes, Dum ?

Surpris, celui-ci se redresse d'un coup. Malgré la détermination, la fatigue transparaît, le front est davantage plissé, la lippe plus tombante, les gouttes de sueur tentent de trouver leur chemin à travers une barbe de trois jours. Une tête à faire peur, pense le jeune homme. Peu de collaborateurs se hasarderaient à interpeller ainsi le commissaire mais, entre celui-ci et le hacker, une relation de parité s'est établie, en dépit de la différence d'âges.

– Ben tu vois, je cherche, je parcours la surface à scruter, je regarde, je tente de repérer les constructions isolées...

– Mouais... Comme ça, tu vas y passer la nuit. Et encore ! Si tu étais sous Google, tu n'aurais pas d'autres solutions mais, à mon avis, un outil comme celui-là doit pouvoir être programmé pour trouver automatiquement des habitats solitaires.

– Ah ?

– Laisse-moi regarder.

De fait, la fonction existe, un peu complexe à paramétrer. Pas pour Jérôme. En cinq minutes, la recherche reprend en mode semi-automatique, traquant les constructions isolées. À chaque proposition du logiciel, le commissaire observe attentivement les images pour valider, ou pas.

L'analyse des disques durs ne donnent rien : une partie cryptée, l'autre sans intérêt apparent.

– Que dalle, j'avance pas !

Le flic lui lance un coup d'œil en coin avant de répondre.

– Moi, j'ai trois éléments. Une ferme en ruine, une grange abandonnée (la construction attenante semble avoir brûlée) et une cabane de bûcheron. Ah, tiens, encore une !

– Bravo ! Moi, j'attaque le smartphone.

Deux minutes plus tard, l'informaticien pousse un cri :

– Eh, mais ce mobile est tout récent, il a été mis en service il y a deux jours seulement.

– Et alors ?

– Ça veut dire que le Corse en a changé, que les relevés que vous avez obtenus ne prennent pas en compte cet appareil.

Dumesnil pige immédiatement l'implication de cette nouvelle :

– On pourrait récupérer plus d'infos sur les dernières 48 heures. Problème, à cette heure-ci, impossible d'obtenir quoi que ce soit de l'opérateur. Il nous faudra attendre demain matin.

Jérôme ricane.

– T'oublie que j'ai « *mes entrées* » chez eux...

Dix minutes plus tard, le résultat tombe :

– J'ai un bornage à proximité de Saint-Benoît, dans l'Ain, pile dans le coin que tu as défini. Bravo Dum, t'as vu juste, c'est bien dans cette zone!

Conforté, le commissaire poursuit ses recherches, il est 23 heures quand le balayage du triangle rhodanien est terminé. Dix emplacements possibles. Il est totalement épuisé, le temps a poursuivi sa course, indifférent au drame, la nuit est profonde maintenant, en cette fin juillet. La décision s'impose :

– Nous lancerons une recherche en hélico demain, dès le début du jour. j'envoie des messages pour demander un appareil, l'aérodrome est à quelques kilomètres. Tu viendras?

– Bien sûr, Dum! Va dormir un peu, je continue mes recherches...

Chapitre 88

*Jour 12, samedi – **6h00***

La mini se gare sur le parking réservé de ce qui est baptisé, un peu pompeusement, «Aéroport Tarare – Villefranche», en fait, une simple piste et quelques baraquements. Un hélicoptère de la gendarmerie les attend, les directives du général Harimbaud ont, à nouveau, été entendues.

– Adjudant-chef Bernet. Vous êtes le commissaire Dumesnil? Je vous présente notre pilote, l'adjudant Morel.

Poignées de mains rapides, le flic et le jeune informaticien s'installent sur les places arrières. Dumesnil tient en main une liste de dix points possibles avec coordonnées GPS, il les remet au pilote en montant. Celui-ci la parcourt du regard avant de demander confirmation :

– Sud Bugey, c'est ça?

– Affirmatif!

Ceintures bouclées, le moteur démarre. Vrombissement d'hélices, échanges entre le pilote et la tour, l'engin oscille un peu, prend de la hauteur puis de la vitesse en direction de l'Est. La lumière est magnifique, de la brume monte des fleuves, la vue sur Lyon est splendide. Pourtant ni Dumesnil ni Jérôme n'en profitent, trop tendus et inquiets pour les captives. De plus, le flic a horreur de ce genre d'engin. Déjà l'avion...

Insensible aux remous, Jérôme pianote sur un minuscule ordinateur portable. Après avoir travaillé toute la nuit, une chose assez courante pour lui, il a fini par dénicher, dans les fichiers de Tadéi, un texte, un peu surprenant en cet endroit. C'est un poème de Baudelaire, un extrait des «Fleurs du mal». Pas le style du Corse! Il est arrivé à la conclusion que la clé recherchée, celle qui permettrait de lire les zones cryptées, est contenue dans ses quelques vers. Il a donc écrit un petit programme qui prend des blocs de lettres, les uns après les autres pour les tester. Ainsi circonscrite, la recherche sera infiniment plus rapide qu'en mode aléatoire complet.

L'hélico progresse rapidement vers leur destination, en quinze minutes, ils sont au-dessus du premier point. Il s'agit d'une ancienne grange, manifestement à l'abandon. L'appareil se pose pour vérification, Dumesnil et le chef de bord descendent, arme au poing au cas où. Mais il n'y a rien. Tout est à l'abandon, aucune possibilité de cellule improvisée.

Redécollage vers la position suivante. Toujours rien. Un commentaire déçu de Dumesnil est masqué par une exclamation de Jérôme :

– Ça y est, j'ai trouvé la clé de cryptage, j'accède à la partie cachée.

Coup d'œil suspicieux des deux gendarmes. Le commissaire a seulement présenté le jeune homme par son nom, indiquant juste «*il est avec moi*». Pour les rassurer, il précise :

– Il bosse pour la DGSI, habilité secret-défense.

Les deux pandores hochent la tête, un peu surpris. Déjà le troisième point est atteint, l'appareil se pose une nouvelle fois. Encore un échec. Nouveau redécollage.

Pour la quatrième fois, l'hélicoptère se pose, Dumesnil et l'adjudant-chef en sortent, toujours armés. Une ferme en ruine, rien d'utilisable semble-t-il. Nouvelle déception, les deux hommes remontent à bord, Jérôme a le nez dans le sac, bien occupé à vomir. Dumesnil un peu surpris l'interpelle :

– Alors, mon gars, mal de l'air ?

– Non, j'ai découvert les vidéos de ce que ce taré faisait subit à ses victimes... Une horreur !

– Ah ! Fallait s'en douter ! Pourvu qu'il soit encore temps pour elles...

Le pilote remet les gaz, l'engin reprend de la hauteur quand Jérôme, regard vers l'extérieur pour récupérer, pousse un cri.

– Eh, c'est quoi ça ?

Il désigne un fil noir qui court au sol, dans la végétation. Le pilote prend un peu d'altitude. À une centaine de mètres, des poteaux électriques sont visibles. Le câble semble venir de cette direction.

– Un branchement électrique !

Chapitre 89

*Jour 12, samedi – **6h50***

L'hélicoptère se pose à nouveau, seul le pilote reste à bord. Cette fois, l'informaticien suit le commissaire et l'adjudant-chef. Il faut recommencer l'inspection : si quelqu'un a réalisé ce branchement, c'est certainement récent. Donc...

Au sol, le câble est invisible, dans les herbes et la broussaille. Ils parviennent, malgré tout, à le localiser pour le suivre jusqu'à la ruine. Il pénètre dans les restes de la construction par un trou percé dans la pierre, assez récemment semble-t-il.

Les trois hommes contournent un morceau de bâtiment, encore debout par miracle, pour tenter un accès intérieur. Progression peu évidente ! Des pans de murs sont toujours en place, en partie effondrés, d'autres le sont totalement, des poutres menacent de s'écrouler, partout des gravats, des herbes folles, voire des arbustes. Rien ne ressemblant à un espace pouvant être utilisée pour séquestrer quelqu'un...

Enfin, ils parviennent dans ce qui semble avoir été une vaste pièce, le câble doit arriver juste derrière, par l'extérieur, mais on ne le voit nulle part. Ici aussi, gravats, pierres, poutres effondrées, plus ou moins pourries, végétation folle.

C'est le hacker qui remarque une porte double, abandonnée à plat sur le sol. Elle semble avoir été étonnamment préservée, peu de débris sur elle.

– Là, regardez, il doit y avoir quelque chose la dessous !

Trois paires de mains agrippent l'objet, le soulèvent, le déplacent. Une trappe métallique apparaît.

– Il y a une cave!

Il s'agit d'une porte horizontale que l'on soulève à partir d'un axe, une béquille en ferraille permet de la maintenir. L'ouverture laisse apparaître un sombre escalier, quelques marches plongeant dans les profondeurs. Vers l'enfer? C'est la question qui traverse l'esprit du commissaire, pourtant peu porté sur les religions. Il est vrai que l'étroit passage est franchement peu accueillant.

Le gendarme sort une puissante lampe de poche éclairant les marches taillées dans la terre, juste renforcées par quelques éléments de bois. Sur les côtés, les parois ne sont autres que le sol naturel. Odeur de moisissures peu engageante. Au bas d'une dizaine de degrés, une porte métallique bloque l'accès.

L'adjudant-chef s'engage le premier, suivi par Dumesnil. Jérôme reste un peu en retrait, à nouveau capté par son écran d'ordinateur qu'il a toujours en mains. La porte est doublement verrouillée. Par une serrure à clé classique renforcée par un verrou extérieur commandé par un digicode. C'est d'ailleurs à ce niveau que le câble électrique arrive, partagé entre le dispositif d'ouverture et un interrupteur commandant, selon toute vraisemblance, un éclairage intérieur à la geôle.

Le gendarme frappe le métal, imité par Dumesnil. À l'intérieur se doit être un beau vacarme. Pourtant, il n'y a aucune réponse. Les deux hommes se regardent… Trop tard, semblent dire leur mines contrites!

Ils doivent entrer, quoi qu'il en soit. Le commissaire sort son passe, attaquant la serrure d'apparence peu compliquée. Il devrait en venir à bout rapidement. À sa grande surprise, le mécanisme est en position ouverte. Qu'est-ce que ça signifie ?

– Ici, c'est ouvert ! Reste le digicode. Le verrou a l'air costaud.

L'adjudant-chef pense la même chose, pour lui, il faut utiliser la force.

– On va défoncer la porte !

Plus facile à dire qu'à faire, tout est en métal : la porte elle-même, son encadrement et une prolongation en tôle épaisse se perdant dans le sol. Sans doute sur une distance non négligeable. C'est ce que constate Dumesnil :

– Impossible, il faudrait un chalumeau. Il va falloir demander des renforts.

Les deux hommes ont un mouvement pour remonter vers l'extérieur, ils se heurtent au hacker.

– Attendez, je crois que j'ai trouvé une liste des codes qu'il utilisait. Essayez 42891, c'est le premier.

– Que dalle ! Un autre ?

La troisième tentative est la bonne. Le verrou se débloque, effectivement, la serrure était libérée, la porte s'ouvre.

Rien n'est visible dans le noir, seule une abominable puanteur les agresse.

– Interrupteur !

Jérôme, un peu en retrait l'actionne déclenchant un éclairage agressif. Vision d'horreur, deux femmes sont allongées sur un sol immonde, au milieu de déjections. Dumesnil reconnaît immédiatement Camille, la jeune femme est la plus près de la porte, elle n'est pas enchaînée s'étonne le commissaire. L'autre, une peu plus loin est maintenue par un anneau à la cheville. Ce doit être Sandra.

Elles semblent mortes. Désespéré, le commissaire se précipite sur son adjointe, le gendarme se penche sur l'autre femme.

– Non, encore en vie !

Dumesnil s'est écrié le premier. D'un geste il fait signe à Jérôme de prévenir les secours. L'adjudant-chef confirme que Sandra aussi n'est peut-être pas morte :

– Pas de réaction, mais corps tiède. Par contre, je ne sens pas le pouls.

Camille, secouée, massée par son chef, émet un léger grognement. Puis ouvre les yeux, murmurant même :

– C'est toi, Commissaire ?

Chapitre 90

Jour 12, samedi – 7h50

Un hélicoptère des pompiers est arrivé sur les lieux en vingt minutes. Premiers soins donnés sur place. Le médecin est optimiste en ce qui concerne la lieutenant Berthelier, il diagnostique épuisement et état de choc. Pour Sandra, son pronostique est plus réservé, la jeune femme est en situation d'épuisement total, fortement déshydratée, dénutrie et gravement traumatisée par deux semaines de détention.

L'appareil de la protection civile décolle, emmenant les deux victimes vers HEH. Seul point positif, elles n'ont pas subi de sévices physiques.

Sur place, la gendarmerie procède aux premières investigations. Jérôme leur a remis une copie du disque dur du psychopathe. Les derniers mystères de cette triste affaire devraient trouver une réponse.

Dumesnil décide de se faire déposer à Frontenas, accompagné du hacker. Les deux hommes, épuisés, regagnent le logis du commissaire, impatient de trouver un peu de repos. Douche brûlante, café fort, deux heures de somnolence plus que de vrai sommeil. Gyrophare, zone rouge pour la Cooper S, direction HEH.

– Eh, Dum, on est pas à cinq minutes !

Le commissaire ne répond rien, il maintient ce rythme infernal jusqu'à l'hôpital. Conduire comme un pilote de rallye le détend, c'est un exutoire à la tension accumulée. Surtout, il est inquiet, pressé d'obtenir des nouvelles de l'état de santé des deux prisonnières.

De plus, un interne l'a averti, il y a une demi-heure : Françoise se réveille !

Passage par les urgences, en premier. Camille est consciente. Allongée, sous perfusion, elle a repris quelques couleurs, parvenant même à sourire à son amant.

– Alors Commissaire ? T'en as mis du temps pour me retrouver !

Dumesnil, ému, ne trouve pas de mot, il se contente de serrer la jeune femme contre lui. Quand enfin il va parler, un soignant l'interrompt :

– Vous êtes le commissaire, je vous ai vu entrer ? Mademoiselle Berthelier va bien. Dans 48 heures, elle sera dehors. Pour l'autre jeune femme c'est plus compliqué, mais elle devrait se remettre...

– Merci.

– Bon, je vous laisse. Bon courage, Mademoiselle !

Dumesnil pose la main sur le front de Camille. D'une voix très douce, il murmure :

– Jérôme va rester avec toi, il t'expliquera comment on t'a retrouvée, grâce à lui. Moi, je dois aller voir Françoise Rondin, ma... compagne.

Camille, visage encore blafard a un petit sourire triste.

– Va Commissaire, je t'ai toujours dit que je n'étais que de passage...

En réanimation, tout est calme, une infirmière renseigne Dumesnil :

– Madame Rondin ? On l'a changée de chambre, elle va bien mieux, elle se réveille.

Après quelques hésitations dans le labyrinthe hospitalier, Dumesnil frappe timidement à une porte. Pas de réponse, il entre silencieusement.

Françoise semble endormie, à moitié allongée, le dos rehaussé par des coussins, deux perfusions au bras droit. Une petite caresse sur le front, elle ouvre les yeux.

– C’est toi Ernesto ?

Épilogue

Jour 15 – 9h45

Par un curieux caprice du hasard, c'est à deux kilomètres seulement de l'endroit où Camille et Sandra étaient séquestrées qu'un Cessna 172 atterrit discrètement sur la seule zone plate d'un petit sommet. L'appareil, une fois stabilisé, roule doucement jusqu'en bordure d'un bois. Une camionnette grise y est stationnée.

Un homme en descend, il est jeune, brun, manifestement d'origine maghrébine. Il arbore une imposante barbe noire. Du véhicule, trois autres viennent à sa rencontre. Tous se congratulent.

– Bravo Mehdi, bel atterrissage.

Le nouvel arrivant sourit à peine, grave, tendu.

– Allah m'a guidé !

Les trois autres enchaînent :

– *Allahu akbar ! Allahu akbar !*

Tous sont jeunes. Deux sont également originaires du Maghreb et porteurs d'une longue barbe noire. Le troisième est franchement dissemblable : un roux aux yeux verts, longiligne, frêle, d'apparence ascétique, il pourrait paraître timide. Son regard, totalement halluciné dément cette impression. Seul point commun avec les autres, une barbe broussailleuse.

Le roux semble être le chef, il donne des ordres, les trois autres exécutent, silencieusement. Dans un premier temps, il doit tout vérifier, il interroge le nouvel arrivant :

– Pas de problème avec l'avion, ils ne vont pas s'inquiéter que tu le ramènes pas ?

– Pas avant une bonne demi-heure, on a tout le temps...

L'émir approuve de la tête. Les barbus ouvrent la porte du véhicule utilitaire, en extraient de lourdes caisses qu'ils chargent à l'intérieur du petit avion. L'émir interroge :

– Combien de dynamite ?

C'est uniquement son obsession de tout vérifier, il connaît la réponse : quatre cents kilos, ramenés d'Espagne en deux fois par leur frère Mohamed.

L'opération terminée, l'émir appelle ses hommes à l'intérieur de la fourgonnette dont il referme la porte. Espace totalement dénudé, seuls quatre petits tapis sont posés au sol.

– Maintenant, frères, nous allons prier. Le vent nous indique la bonne direction, il vient de l'Est. Bonne direction pour notre prière, mauvaise pour les *kouffars* à qui il amènera la juste punition qu'ils méritent !

– *Allahu akbar ! Allahu akbar !*

– Associons, tout particulièrement, à notre prière, nos frères, Mohamed Harbidi qui s'est sacrifié pour la réussite de notre action et Mehdi qui va gagner le paradis d'Allah dans quelques minutes.

– *Allahu akbar ! Allahu akbar !*

La courte prière terminée, les quatre djihadistes ouvrent les portes, sortent du véhicule et s'approchent du Cessna. Seul Mehdi monte à bord, il s'active pendant quelques minutes. L'émir fait ses ultimes vérifications :

– Tu as bien mis les détonateurs ?

– Oui, il y en a plus de dix, tous reliés à la dynamite. Au premier choc, tout explose !

– Tu sais où tu dois écraser l'avion ?

– Sur le cœur de la centrale, là !

Il montre un plan sommaire, un schéma légendé : EDF centrale nucléaire du Bugey.

L'émir approuve, regard toujours halluciné.

– Oui, là ! Les *kouffars* n'ont jamais pensé à protéger cet endroit contre une attaque à l'explosif. Le béton ne résistera pas, ils vont connaître la colère d'Allah !

Mehdi, livide mais parfaitement calme, totalement concentré, approuve son chef :

– Oui, et le vent de l'est, la direction sacrée, portera la mort nucléaire sur la ville impie !

Allahu akbar ! Allahu akbar !